U0052521

蝴蝶的魔獸故事集

Seba

蝴蝶 著

光與闇的邂逅

《楔子》

她的身上出現了一道聖閃。但她並沒有湧起感激之意，反而有種淡淡的厭煩。

回頭望著那個拿著雙手劍，臉上有著淺淺刀疤，笑得一臉阿呆的聖騎士，她認命的停下腳步。從包包裡掏出一顆晶瑩的治療石。

整個晚上，這個礦坑就她和這個聖騎士在狩獵。每隔十分鐘，這個聖騎就跑來放補血量極低的聖光閃現，加上祝福。雖然他老是把力量祝福放在她身上，把智慧祝福放在虛空行者身上。

雖然她完全不需要這些恩惠，但她也不願意欠人什麼。

「……幹嘛？」陌生的聖騎瞪著她，「好好一個姑娘家當什麼術士呢？跟邪惡的力量打交道是不會有什麼好下場的。聽我的勸，找戶好人家嫁了，不要再搞這些惡魔啦、闇法啦……或者遵循聖光之道也比要弄危險好……」

「你到底要不要治療石？」她忍不住打斷他長篇大論的說道，「你若不要，我就吃

掉。」

聖騎飛快的從她掌心取走了那顆暱稱爲「糖」的治療石。

她頹下肩膀，疲倦的再做了顆糖。靈魂凝聚的糖。看了看任務日誌，她的條件尚未達成。讓虛空行者自行吞噬黑暗，她繼續狩獵。

然後補血量極微的聖閃又不斷的降臨到她身上。

「你到底想做什麼？」她轉過身，「如果你要魔法水和麵包，我是沒有的。看清楚，我是會做糖的『邪惡』術士，不是研究奧術的法師。」

「沒有啊。」他一臉無辜，「一個小姑娘家這麼晚了還在外狩獵，看了不忍心嘛。」

這種誤解常常有，她已經快習以爲常了。

「……我是『邪惡』的術士不是小姑娘！」她吼了回去，自覺失禮，疲倦的閉了閉眼睛。「我不該這麼大聲。但請你照顧好自己就好，聖騎先生。」

「哦哦哦，」聖騎朝著她搖晃食指，「其實，我是會補血的戰士。」他挺起胸膛，試圖更有說服力。

她瞪著聖騎，腦門一陣陣血氣上湧，「……你當我三歲小孩？戰士和聖騎我會分不出來？戰士會放祝福嗎？戰士有光環嗎？戰士會聖光閃現嗎？」

「欸？這麼快就被看穿了？」聖騎有些沮喪，繼而埋怨，「妳這樣不行啦，上次我唬弄一個女牧師，人家是張大可愛的眼睛，驚呼著，『真的嗎？』妳瞧那樣才是女孩子該有的反應。妳這樣隨便拆穿男人，男人都會覺得很沒面子……」

她全身僵硬，額頭青筋浮了起來。「我不是什麼他媽的可愛女孩子，我是邪惡的術士！」

聖騎研究的看了她半晌。「我看妳的曲線……絕對是女生。」

輕輕啪的一聲，她的理智斷線了。一言不發的，她對聖騎發出挑釁的旗幟。

「哇塞！妳要跟我插旗？」聖騎興奮得不得了，「我正打到無聊呢！來來來，看在妳等級比我低的份上，我一定點到爲止……」

她還是沒有說話，瞬間招出一隻地獄獵犬。那隻狗看到聖騎像是看到久違的戀人，撲上去又啃又咬。

「犯規啦！妳怎麼放這隻奶油犬……靠！死狗沉默我！不，不要吃我的buff！該死，滾開啦！」他想砍死那畜生，那隻死狗卻吃掉他身上一

個個的buff，精神越發旺盛。

她漠然站了一會兒，轉身離開。

「站住！」聖騎氣急敗壞的抓著地獄獵犬的後頸，那隻狗緊緊咬著他的屁股不放，「我是要跟妳決鬥，不是要跟妳的狗決鬥啊！不要跑！」

「等打得過我的狗再說吧。」她冷漠的籠罩在綠光下，爐石回家了。

「妳這是臨陣脫逃！哎唷！我的屁股～死狗，我宰了你！」

她一直以為，聖騎都是那種老頑固，嚴肅得快要生香菇，剛毅木訥沉默寡言的人，沒想到今天遇到這樣令人無言兼暴怒的笨蛋聖騎。

希望永遠不會再見面。

回到暴風城，她低著頭去修理裝備，盡量不與人的目光接觸。但還是被同公會的認出來，「星耀，等等我們要舉辦PK大賽，一起來吧！」

「……我有事。」她冷冷的回答。扛著釣竿，她找到暴風城最隱匿的角落開始釣魚。

任何人都不需要她，她也不需要任何人。光亮的名字只是父母開的玩笑，她寧願在黑暗中靜謐獨行。

喜歡孤獨，喜歡神祕。她既沒有打擾到任何人，任何人也不該來打擾她。

釣了幾條魚，她的心情比較平靜了。一回頭，她嚇得跳起來。

全身是傷的聖騎怒氣沖天的站在她背後，屁股上還有著鍥而不捨的地獄獵犬。

「妳這是一種不負責任的態度妳知道嗎？插了旗就把我扔給妳家的狗？妳這是侮辱全天下的聖騎啊～」

她很快的冷靜下來，反而湧出一種類似好笑的感覺。「不然呢？」她淡淡的問。

「當然是跟我正式的決鬥一場啊！還有，叫妳家的死狗快鬆開我的屁股！」

「要決鬥？可以啊。」她轉過身，投竿。「等你打得過我的狗再說。」

「妳這個邪惡的術士！」他氣急敗壞的和那隻死狗ＰＫ，搶救自己傷痕累累的肉體。

「謝謝你的誇獎。」她依舊淡淡的，嘴角卻噙著幾乎看不見的微笑。

這就是星耀和日影的初次邂逅。當然，這個時候，他們還不知道，會成爲生死與共的夥伴。

這個時候，他們還不知道。

（一）

好不容易擺脫了他，星耀迅速的將爐石點更改到艾蘭里堡壘。

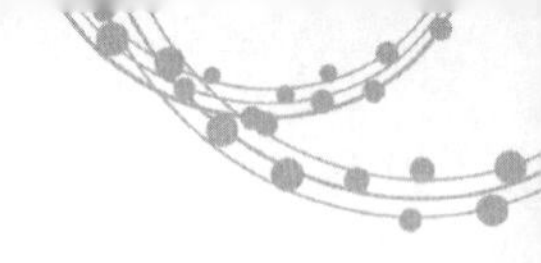

之所以願意忍耐暴風城的交通不便，乃是因爲大部分的人都去探索外域這片新天地，空曠的暴風城成了享受孤寂的最佳場所。但既然有個令人無言兼暴怒的聖騎在此出沒，她不希望再碰到他第三次。

當她怒氣沖沖的向旅館老闆娘註冊爐石點的時候，老闆娘端詳著她。「術士星耀，我頭回兒看到妳有點人味。」

星耀冷淡的睇了她一眼。這年頭，多管閒事的人真多。「……當心戒了魔法的癮頭，成了爛酒鬼。」她尖酸的頂了一句，大步走出旅館。

應該不會再遇到吧？外域這麼廣大，她專接人煙稀少、最偏遠的任務。理論上應該不會再跟那個笨蛋聖騎有任何瓜葛才對。

但所謂人算不如天算。即使她如此厭惡、刻意的避開人群，她偶爾還是得去撒塔斯城的冒險者公會接任務、回任務。

這天，她到冒險者公會領取賞金，發現自己的食物和飲料嚴重不足，而她趕著要去影月谷。

她生活簡樸，幾條魚就是一餐，但飲料卻不能沒有。或許有的術士會去向路人法師乞討，但那絕對不會是她。

走進旅館，準備跟旅館老闆買幾瓶水……

然後她看到那個絕對不想再遇到的聖騎士。

他很明顯的喝個爛醉，和幾個人類、夜精靈跳到櫃台上跳舞。底下同樣像爛泥的酒客拚命吹著口哨、歡呼，熱鬧喧譁到簡直不堪的地步。

星耀僵在原地，很想轉頭走開。但旅館老闆在櫃台對面，而她在趕時間。

反正他爛醉到這種地步，又只見過兩次，未必會把她認出來。星耀安慰著自己，勉強在一群男人中間，找到櫃台後鎮靜的老闆。

「請給我二十瓶水，謝謝。」她側著臉，祈禱著別讓人認出來。

老闆將水遞給她，接過她的金幣。她正慶幸平安過關的時候，爛醉的聖騎認出她來。

「唷，小姑娘，也來喝酒啊？」聖騎脫掉了上衣，看起來似乎準備脫下一件，「來來來，一起跳舞啊～」

「喔喔喔～日影，打算真槍實彈了嗎？」

「你馬子很正喔～」

「日影，上啊～」

……星耀突然覺得，身為一個嚴守法律的術士真是太吃虧了。可以的話，她很想在這群爛酒鬼的身上種下腐蝕之種，讓他們爆一爆氣血，看能不能清醒一點。

「抱歉，借過。」她鐵青著臉想擠出人群。幾個夜精男已經喝到失去理智，脫得只剩一條內褲在跳豔舞了。她繼續待下去，怕眼球受到無可回復的傷害。

但脫掉上衣、爛醉得快站不穩的聖騎已經擋住她的去路，硬跟她跳舞還沒什麼，但那

一前一後擺動腰肢的猥褻舞姿，讓向來冷靜的星耀理智再次斷線。

她深深吸一口氣，抓住日影的項鍊，靠近他耳邊說，「你不是說要找我決鬥嗎？」日影的酒瞬間清醒幾分。他是罕見的、熱愛打架的聖騎士。上次星耀用條狗侮辱他的事情一直讓他念念不忘。

「……真的假的？但我不要跟妳的奶油犬決鬥！」他很堅決。

「好。我不叫狗。」她平和的說，「你去把衣服穿上，我在西城門的小水池等你。」日影興沖沖的趕緊把衣服穿上，酒幾乎都醒了。騎著他的獅鷲獸趕赴決鬥約會，只見星耀孤零零的站在那兒，不見那隻該死的狗，他不禁大樂。

沒惡魔侍從的術士，還不就像塊蛋糕？還是個等級比他低五級的蛋糕。

他故做大方，「妳還是可以召喚邪惡的惡魔來幫妳。雖然在聖光的庇佑下，邪惡無所遁逃。」

星耀抿了抿嘴角，「那還真是謝謝你了。」

看她這樣弱不經風，日影又有點過意不去。欺負這樣一個年幼的小姑娘，即使是崇拜邪惡的術士，他也覺得有些不好意思。「別說我欺負妳年紀小。我讓妳十秒先手。」

「嗯。」星耀應了一聲，拋出挑戰的旗幟。

術士還能有什麼招？不就是恐懼然後下 dot ？這些都是一發無敵可以解決的事情。

他很忙的，趕緊打發這個小姑娘好了了心願……他還有戰場徽章，怕什麼？

結果……星耀沒下 dot，也沒任何招數，只是站著不動。但日影卻只能站著瞪她，同樣動也不能動。

看似沒有惡魔隨從的星耀，居然帶著隱身的魅魔。而那身材火辣的魅魔，施法魅惑住他，讓他動彈不得。

「看好他。」星耀冷冷的吩咐魅魔，「讓他在這裡酒醒一下。我看他喝得那麼醉，大約要站上一天一夜才夠。」

她大方的掏出兩組超強效魔法藥水和一瓶法力之油給魅魔，「不用省魔力，盡量喝。讓他好好的反省一下，喝太醉的後果。」

「交給我好了。」魅魔嬌媚的笑，「來啊，小親親，嘖嘖嘖……」

「……喂！妳又騙我！」動彈不得的日影大叫，「決鬥呢？妳不是說要跟我決鬥？」

「先打得贏我的魅魔再說吧！」星耀冷淡的回答，「我要告訴你，我

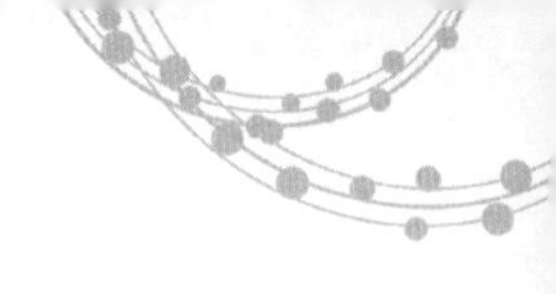

的魅魔不但聰明美麗，而且非常致命。」然後爐石回艾蘭里，搭飛機飛抵影月谷。

據說，入夜的撒塔斯非常寒冷。有個聖騎為了追求魅魔，居然在外凍了一夜，險些成了冰柱，重感冒了一整個禮拜。

「真的假的，日影，沒馬子讓你這麼不挑？」他的損友大力的拍他的肩膀，「連魅魔都好？」

「他媽的你給我閉嘴……哈、哈啾！」

（二）

星耀身處一個極度嚴格而精英的公會。這是一個組織嚴明，戰鬥企圖非常旺盛，在各地聲望俱隆的公會。

在大大小小的衝突與除魔之旅上，他們是連各勢力首領都另眼相待的團體。他們擁有最高超的戰鬥專家和嚴密的軍事首腦，人才濟濟。但有人就有江湖，而諸多能人的江湖，更暗潮洶湧。

避免與人接觸的星耀，在這樣明爭暗鬥的公會裡頭，顯得格格不入。事實上，她通過升級考試的速度不算快，也沒有什麼亮眼的表現。但會長卻對她青眼有加，甚至內定等她通過高等術士考試之後，就排定了她的戰鬥小隊和位置。這讓許多人交頭接耳，認爲她是會長的親信，是靠關係擠進公會的。

然而，照星耀的個性，她是寧願不加入任何公會，當個流浪術士。之所以會留在這裡，是因爲她貧困到幾乎交不出學費時，會長不但贊助了她所有的學費，甚至幫助她通過戰馬考試。

會長只要求她，她可以不合群，不與人接觸，不參加人數較少的地下城軍事行動。但在小隊編制兩隊以上的軍事行動，只要她通過高等術士考試，就不能夠拒絕。

而且，絕對不可以退公會。

星耀不輕易接受幫助，但若接受了，就會盡力償還。當初她渴望探求黑暗的神祕，所以接受了會長的學費和條件。因此，不管別人看待她的眼光是嘲笑還是忌妒、怨恨，她還是會視若無睹的待在公會裡。

公會對她來說，就是必須償還的目標，沒有其他意義。

而其他人不知道的是，會長會做這樣的安排，是因為驚艷於星耀隱藏的才華。她是個天才術士。

「已宰的羔羊」那群老師很清楚星耀的能力，但他們不知是有意還是無意，將之隱瞞不發，也並沒有刻意栽培，甚至有些壓抑她的能力。

但會長看到一個初級術士能夠若無其事的施放威力尚弱的腐蝕之種，整個震驚了。當時的星耀，還是個瘦弱孤僻的孩子。這原本是高等術士才會的法術，卻在一個初級生身上顯現。除此之外，她召喚來的惡魔隨從能力特別卓越，智能特別高，完全沒有被召喚的被動和愚拙……他知道自己發現了蒙塵的絕世珍寶。

我要她加入我的隊伍。她將會是我最致命的人間兇器。所以會長替她付學費，替她解決考試的困難。但也刻意的由她孤立自己。

可以說，她遠離人群完全符合了會長的心意。重視承諾和報恩的星耀，將會是他最忠貞的武器，不至於被居心叵測的幹部帶出去另立門戶。

這些星耀知道，但她不在乎。在年紀太小的時候就展現了黑暗的才華，連父母都畏懼的將她拋棄。她在暴風城孤兒院長到十四歲就離開，開始她獨居而孤僻的生活。

簡單說，成長的環境讓她不喜歡人群。唯獨和惡魔隨從相伴的時候才讓她自在。別人怎麼看待她，完全不關她的事情，公會也不過是個她必須還債的目標，裡頭有些什麼人，她不在乎。

但是這一次……她冷漠的瞥了眼公會的新進會員名單，卻瞪大眼睛。

「新進人員一名。防護聖騎士，日影。」

她開始有種不祥的在乎了。

＊＊＊

星耀安慰自己，就算同公會又怎麼樣？這是個精英公會，編制內起碼上百人，她又不參與任何活動，不會碰到的。

不過她再次體驗到「天有不測風雲」這句睿智的諺語。

這日，她通過次高等考試，疲倦的在艾蘭里堡壘外釣魚。會長施展了密語法術，要她去幫助一個準備進入塞司克大廳的探險隊伍。

「……隨便一個法師都可以比我好吧？」她想拒絕。

「今天沒有人有空。這些新兵需要人帶領。」會長不容質疑的說，「並不是要妳去指揮，而是這群新兵的攻擊力嚴重不足，我不希望見到傷亡。」

星耀靜了一會兒。「我知道了，我馬上去。」

等她趕到以後，立刻傻眼。所謂不是冤家不聚首，她和新兵隊長大眼瞪小眼。

「妳……！」

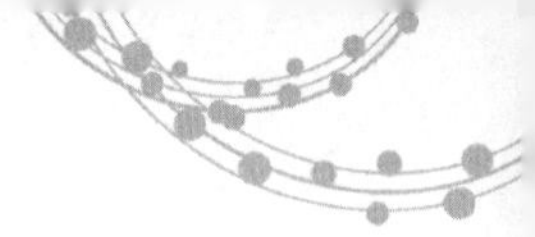

「你……」

是的，她又遇到那個少根筋的聖騎士。

「妳上次把我害得好慘！」日影暴怒起來，「此仇不報非君子啊～」

「君子會喝得爛醉到跳猥褻的脫衣舞嗎？」星耀的臉色也難看了。

「我不要跟妳（你）同隊！」他們異口同聲的吼了起來。

隨軍的中級牧師驚慌失措的看著他們，覺得他們的怒目似乎擦出激烈的火花，規模與奧爆相比擬。

「但、但是……」女牧師眼淚汪汪的說，「另外兩個隊友已經闖進去了……我好像聽到打鬥的聲音……」

「……白癡！」他們又異口同聲的罵起來，而且馬上衝進塞司克大廳。

（三）

塞司克大廳，是奧齊頓中被自稱爲塞司克的原住民佔據的領域。

塞司克原本是阿拉卡族分裂出來的一支，驍勇善戰，而且擁有極高的魔法天賦。

他們是這片土地的原住民，排外性很強。受到陰鬱城勢力方的委託，請求回收阿拉卡

族的聖物，但公會一直沒時間去處理這屬於地方級的微小衝突。

大概是被委託到煩了，所以會長將這任務交給了這批新兵。

只是這個時候，星耀沒想到能夠「新兵」到這種程度。

她衝進去的時候，只覺得腦門一昏。兩個穿著長袍的女孩尖叫著讓那些長滿羽毛的阿拉卡追得東奔西跑。

「喂！放下那個叫做小美的姑娘！」日影對著小美身邊的阿拉卡大吼，「你媽已經讓我下鍋燉雞湯了，你們要不要一起到我的湯鍋裡全家團圓啊？」

阿拉卡們一起氣紅了眼睛，撲向這個不長眼的人類。哪知道這人類居然扔出手裡的盾，將他們打得頭冒金星，腳步也遲緩下來。

趁這短暫的緩衝，星耀命令魅魔迷住當中的一隻阿拉卡，見她控制了一隻敵人，日影很有默契的將其他的敵人帶到一邊，並將神聖的力量灌注在他腳下的土地上。

盛怒的阿拉卡完全忘記那兩個女孩，拚命攻擊這個把他們媽媽下鍋的兇手（？）。

終於殺光這波巡邏兵（耗了很長的時間），他們重整隊形，稍事休息。星耀趁機打量她的隊友。

雖然是個少根筋的聖騎，星耀也不得不承認，他非常稱職。而中級牧師舒心也相當盡責的施放治療法術。這些都沒有問題，有問題的是……那對叫做小美小英、穿著法袍的姊妹花。

如果她的眼睛沒有問題，這對鹵莽先闖進地域的姊妹花，是兩個牧師。

「請問……」她心頭掠過一絲不祥的預感，「妳們兩位……是暗影牧師嗎？」

「我主神聖副戒律。」小美說。

「我主戒律副神聖。」小英說。

看她們倆都報了自己天賦，舒心慌張的說，「啊，呃……我是神聖牧師。」

一片秋風掃落葉，如許淒涼。星耀將頭垂在膝蓋上，避免低血壓造成的強烈暈眩。振作點。她鼓勵著自己。說不定她們裝備極佳，擁有高等法術傷害的加持。神聖法術也可以非常強大的。

「請問妳們的法術加成……」她客氣的詢問。

「啊？呃……我一一〇。」舒心誠實的報上自己法傷。

「我一一九。」小英說。

「我有二六一喔。」小美頗感自豪。

星耀啞口片刻，一把抓著日影拖

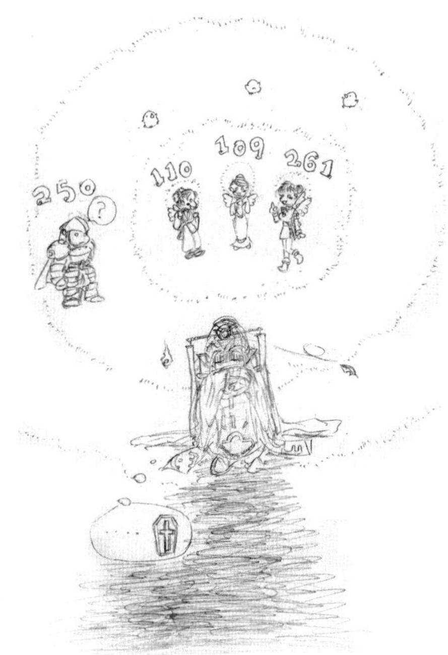

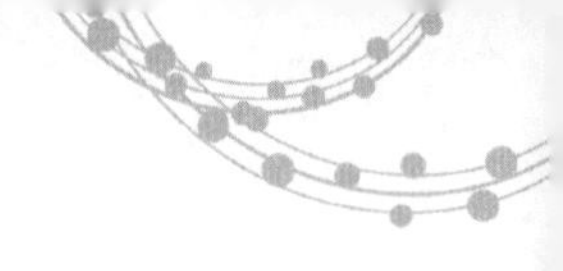

到一邊。

「妳抓我幹嘛？」日影莫名其妙，「妳要問我法傷？我有二五〇。」

她指著那三個牧師，一時語塞。會長說，攻擊力嚴重不足。她覺得會長完全是睜眼說瞎話。

這是完全沒有攻擊力好嗎！

「帶三個神聖到會發光的牧師有什麼搞頭？」她低聲說，咬牙切齒的。

「我怎麼知道？」日影無辜的一攤手，「會長問誰有空，就只有我們有空。」

星耀已經快要握斷手裡的法杖了。「……撤退吧。攻擊力太貧弱了啊～」她吼起來，「需要範圍法術的時候怎麼辦？」

「我會神聖新星。」小美挺起胸膛。

「我也會我也會！」小英也跟著點頭。

「啊？我也……」舒心害羞的舉手。

「我會奉獻。」日影拍拍胸脯，「妳看每個都會AoE，安啦。」

……安什麼？安太歲？

沒想到她今天需要葬骨於此。她若夠聰明，應該轉頭就走。但會長要她來，她是走不得的。

默默的，星耀開始發糖，綁靈魂石。看著牧師們天真又純潔的臉龐，轉眼又看到日影傻呼呼的笑容。

……事實上，他們是阿拉卡那邊派來的間諜吧。

她從來沒有感到如此絕望。

（四）

因為牧師群豌豆般的攻擊力，連日影都覺得有些看不過去。身為隊長的他要求姊妹花牧師一人心靈控制一個阿拉卡，被純潔美色誘惑的阿拉卡攻擊力比牧師高太多了，而且又當場削弱了敵人的勢力，看起來似乎是個好主意。

然而，這只是一切災難的開始而已。

小美是個勇敢的神戒牧。和她出過團的隊友對這個身先士卒，搶在主坦之前奮勇的神戒牧個個印象深刻。認識小美的人絕對不會讓她用心控來料理敵人，乃是因為有過切膚之痛。

但日影完全不知情。

剛開始，看起來一切順利。將阿拉卡法師洗腦得非常徹底的小美處理完集火的敵人，發現狀況已在我方掌握中，洋洋得意的讓她的僕從衝入另一群敵人的小隊中。

但她忘記一件很重要的事情。牧師法術的「心靈控制」是有距離限制的。當脫離了這個有效距離……而阿拉卡是自尊心特別高的種族，又特別團結。

清醒過來的阿拉卡法師一整個惱羞成怒，呼喚了整個小隊的同胞，準備好好教訓那個不知天高地厚的人類小姑娘……

嚇得手足無措的小美，反射性的誦唱了「心靈尖嘯」。被這超高頻率的尖叫嚇壞的阿拉卡們到處逃竄，但也把隊友嚇傻了。

阿拉卡們很快的冷靜下來，怒火更盛。他們呼喚了更多的同胞，排山倒海般洶湧而至。

「……完了。」日影只感到一陣絕望。但他雖然好酒貪杯，終究是個嚴守榮譽的聖騎士。即使知道必死，他還是使出拿手的飛盾絕技吸引阿拉卡們的注意，並且靠嚴厲的奉獻，挑釁著阿拉卡們。

好不容易將所有的阿拉卡聚集在一起，他也抱持著必死的決心……星耀卻衝到他身邊，發出一聲尖銳的恐懼嚎叫，讓阿拉卡們又膽寒的四散逃逸。

「……妳在幹什麼啊！」日影大吼，但星耀卻一言不發，在中了群體恐懼術的阿拉卡身上下腐蝕之種。

這是禁招，她知道。她這樣一個尚未封頂的次高級術士應該不會這種高等黑暗法術才對。但這幾乎是她的本能，還沒成爲術士她就會了這種黑暗大法。嚴厲殘酷的生活教會她，要隱匿、低調，才能夠勉強安靜的生活下去。

但現在，會長將這個新兵隊伍託付到她手底，她不能看他們全軍覆沒。群體恐懼的時間約八秒，若她手腳快一些，可以下三個腐蝕之種。等他們清醒過來，必定會忿恨的跑回來復仇，只要當中有個中腐蝕之種的阿拉卡受到一千以上的傷害，就會引起連鎖爆炸。

賭上身為黑暗使者的尊嚴，她勢必要殲滅這群阿拉卡。

如她所料，忿恨的阿拉卡朝日影身邊的她衝過來，她瞬間喚出虛空行者，犧牲了虛空，忍住極度的痛苦，她詠唱了「地獄烈焰」。

「地獄烈焰」，招如其名。這是術士自我焚燒後達到創敵的大法。犧牲虛空後短暫的護盾可以保護她的詠唱，但也撐不了太久。但為了自尊，她寧可同歸於盡。

她贏了。

在幾乎將自己燒死，魔力燒乾之前，阿拉卡們因為互相引爆的腐蝕之種和劇烈的火傷、聖騎的奉獻、三牧師非常虛弱的神聖新星之下，集體陣亡。

星耀軟軟的癱坐在地上，不敢相信自己居然還活著。

「……撤退吧。」好不容易，她才找到自己乾澀的聲音。

「欸？我們打得不錯啊！」日影抗議了，「為什麼要撤退？」

星耀斜眼瞪著他，拚命壓抑掐死他的衝動。「……這樣的隊伍沒辦法完成任務！」

「只要妳好好聽從隊長的命令就可以！」日影是非常不服輸的。她按著口袋裡的爐石，考慮要不要乾脆飛回去。但，該死的，她無法對會長交代。

「……那隊長，請你下達指示吧。」她按住漲痛的太陽穴。

他們開了一場戰術討論，一致認為戰鷹的威脅非常大。這種阿拉卡飼養的戰鬥飛禽殺傷力不但極高，而且會將人撞得老遠；還有阿拉卡的惡靈會詠唱集體恐懼術，最好也加以控場。

「簡單，」日影覺得很好處理，「術士小姐，妳叫妳的魅魔魅住戰鷹。」

星耀危險的瞇細眼睛，「……魅惑只針對人形生物有效。戰鷹是動物……你逼我跟你插旗？」

日影啞口片刻，「我、我很少跟術士組隊啊，人家法師都可以羊……算了，那妳把惡靈放逐好了。」

她握著法杖的指節用力到發

白，「……放逐只能針對惡魔或元素生物。你是不是存心找我麻煩？」星耀喚出地獄獵犬，「你逼我宰掉你？」

她全身籠罩著黑暗的怒氣，嚇得三個牧師抱在一起縮成一團，日影看看她的狗，也感到有些膽寒。

「……控、控什麼場？」他硬著頭皮，「通通抓起來，我坦！」

這其實是個很爛的戰術。

（五）

或許你會問，防騎在面對複數以上的敵人最有優勢，爲何會說日影的戰術非常爛？

其實戰術本身沒有問題，有問題的是……阿拉卡們精通群體恐懼術，而這些天真善良的牧師們還沒有學到高深的「防恐結界」。

於是，日影費盡苦心終於吸引住所有敵人的注意力，讓星耀安心攻擊，三牧師安心治療，但一發群體恐懼就讓他的苦心付諸東流。在這團混亂中，不管是牧師群驚恐到接近直覺的「心靈尖嘯」，或者是星耀不得不施展的「痛苦嚎叫」……

簡單說，當阿拉卡的群體恐懼術讓日影等的隊伍亂跑之後，等法術效果過去，此起彼

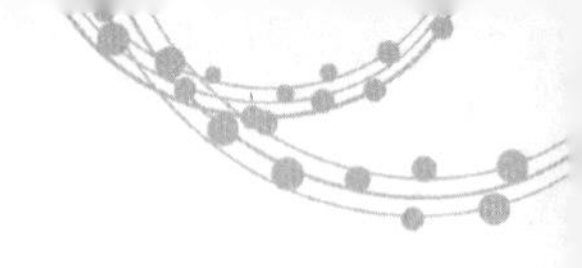

落的少女尖叫聲也讓阿拉卡們嚇得亂跑。

在不分敵我都在跑步的情形之下，居然可以推進到鷹王的門口，不知道是聖光的庇佑，還是黑暗無形的保護。

眼看最後攻略目標就在眼前，星耀已經累得手都快舉不起來了。不知道犧牲了多少虛空行者，她這輩子扔的腐蝕之種還不如這次軍事行動多。她，冷酷、陰霾、特立獨行、孤僻的術士，多少次暴怒的大吼大叫，完全失去她冷靜自持的形象。

他們不是阿拉卡派來的間諜，而是直屬鷹王的特種情報部隊吧？有這種隊友，誰還需要敵人啊？

「據說，」星耀有氣無力的提示，她打賭這群天真到接近殘障的隊友絕對沒看過資料，「鷹王天賦過人，擁有極強、範圍極大的奧爆術。但這種宏大的奧爆術有兩個缺點，第一，必須在施法者視線所及才能造成傷害；第二，詠唱的時間非常長。所以，在他唱起漫長的奧爆法術時，請立刻尋找他視線所不及的掩護。」

「我懂了。」日影點點頭，「這很簡單嘛。」

「我想我也懂了。」舒心溫順的說。

「可能懂。」小美說。

「大概懂。」小英說。

她狐疑的看著這隊天真無邪的隊友，但也沒給她太多詢問的空間……因爲日影衝進去了。

「你！……」星耀氣急敗壞的喊，手裡的法杖差點被她握斷。拜託，靈魂石還剩三分多鐘，若戰鬥到一半就……？

她只能火速做出一顆靈魂石，跟著衝進去。

鷹王第一次奧爆，她就知道誰懂誰不懂了。

因爲死亡做了嚴酷的篩選。那對姊妹花很快的香消玉殞，雙雙躺在地上。

「燈架不能躲嗎……？」這是她們最後的遺言。

一下子就失去了兩個隊友，星耀的臉孔整個慘綠。五人小隊都未必能挑戰的鷹王，在他們面前更像是不可逾越的高牆。但既然殘存的

隊友沒有放棄，星耀也咬緊牙關，技藝全出的攻擊。

就在靈魂石法術剛剛失效的那個瞬間，舒心太專注於治療，一疏神，哀叫一聲，委靡在地。

剩下日影和星耀。而他們也命在旦夕，眼見挨不住下一波的攻擊。

保住聖騎！星耀馬上做了決定。保住這個少根筋的聖騎士，運氣好的話，說不定可以使用聖光，讓他們得到救贖；運氣不好，也可以讓日影回去覆命，讓會長知道我們全軍覆沒。

她立刻對日影施展了靈魂石，但接近同時，日影也對她施展了神聖干涉，立刻因為這禁用的、自我犧牲保全隊友的法術而倒下，卻因為靈魂石的作用又站了起來。

滿身是血的聖騎士大笑，施展了聖盾術。原本得意洋洋的鷹王忿恨的大叫，徒勞無功的敲著宛如烏龜的日影，他還悠閒的用繃帶幫自己止血，補了幾下聖光術，繼續跟鷹王相持。

目瞪口呆的星耀趕緊驅散神聖干涉，也給自己急救一下，立刻又投入戰場。

這場戰鬥非常非常的久，久到日影開了兩次聖盾，星耀幾乎把繃帶用光，最後鷹王不甘願的倒下，乃是因為星耀最後一發爆擊的魔杖。

日影救起了三個牧師，果然聖光沒有遺棄他們。他一一擁抱了又叫又跳的牧師們，等他要擁抱星耀的時候……

他的臉上挨了一記結結實實的巴掌。

「那是可以隨便用的招數嗎？」星耀對他揮拳頭，「你干涉我做什麼？我會復活？還是我可以幹嘛？我給你綁靈魂石是要你救我們大家的，你站起來繼續打？你到底知不知道你在做什麼？你到底有沒有配備大腦這種東西？」

日影發怒起來，但他看到星耀在顫抖，拚命顫抖。

撫著臉，「……只要可以，我是絕對不會放棄救任何隊友的。我可是主坦哪！」

星耀盯著他很久很久，一言不發的，她爐石走人，連再見都沒有說。回到艾蘭里，她錯愕的摸著臉頰，居然一片溼潤。

這可是從來沒有的事情。

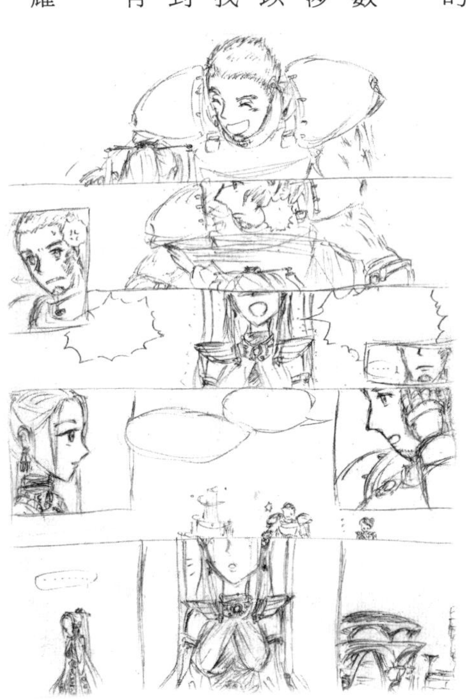

（六）

她馬上將眼淚拭去，因爲這太丟人了。

從來沒有將自己看成是「女人」，她向來只認爲她是「術士」。她不但總是冷冷的，脫離兒童期之後就沒再掉過一滴淚。

流淚的是弱者。她既然選擇了活下去這條路，就絕對不能軟弱。

淡淡的，她向會長密語任務完成的消息。即使她極力壓抑，但會長還是感到一絲不對勁。

「還好吧？」

「還好。」

會長躊躇了一下，在劍刃山脈的戰事正緊，他走不開。「等我這兒的事情了了，過去看看妳？」

「不用。」星耀嚴拒，「我很快就會通過最高等術士考試。到時就能爲公會所用。」

會長擔心什麼，她明白。他擔心他完美的兵器磨損。

不會的。這種事情不會發生。她很快的平復過分激動的心情，專注的在泰洛卡森林完成一些零星的任務，像是在戰場上安撫亡靈。其他的時候，她就在堡壘附近釣魚。

她喜歡釣魚。釣魚不但應付她的糧食，而且提供她一個安靜冥思的情境。在釣魚的時

候，她特別穩定。艾蘭里的大水車邊有個隱密的角落，是她最喜歡垂釣的地方。冒險者和軍隊不會經過，而她只要攜帶一些柴薪，幾乎可以在那兒消耗整天不被打擾。

但她只安靜了兩天。第三天，她望著水面冥想時，一架發出驚人噪音和黑煙、看起來快解體的飛機，降落在她旁邊。

瞪目望著費力爬出來的日影，那架飛機還咳嗽似的，排氣管發出氣爆。

日影居高臨下的看著她。都三天了，他臉上還有著五指烙印。星耀暗暗的在背後甩手。當初那個巴掌使盡全力，她的手痛到今天還在痛。

大概是這巴掌打傷了他的男性自尊，想要找回來？

星耀考慮了一下。她的確過度暴躁。道歉她是說不出口的，但決鬥的時候她願意放水，讓這個少根筋的聖騎高興個一兩天。

「如果……」她開口了。

「對不起。」日影緊繃著身子，「那場軍事行動……我的確莽撞。」

「……啊？」

星耀差點把釣竿掉進水裡。

「我知道，我完全知道這樣的隊伍是不可能完成任務的。」他僵硬的坐下來，不敢看

星耀的臉，「但她們……她們還沒通過最高等牧師考試，還沒有封頂。妳知道的，最高等考試也要求隨軍經驗，但她們還沒通過考試，就沒有隊伍要她們。我如果不管她們……她們要怎樣有隨軍經驗呢？

大家只想有牧師補血，卻沒有人關心牧師怎麼長大。這不是太過分了嗎？雖然知道不該用這樣的隊伍組成去地下城，但我實在不忍心……」

星耀注視了他一會兒，神情緩和下來。「你這樣不能出人頭地。」

「出人頭地的意義在哪？我是聖騎欸。」他有些困惑，「聖騎有聖光的信仰，沒有出人頭地的信仰。」

……這年頭，還有這種笨蛋。

「呃，可以請妳不要生氣嗎？其實妳是個老練的術士，可靠的隊友。」他不太好意思的搔搔頭，「我回去仔細想想，覺得我的確不對，但妳又很難找……我只好開著飛機到處飛，沒想到我運氣這麼好……」

……你是說，你開著這架隨時會墜機的破銅爛鐵，飛了兩天找我？

「……是我太暴躁，抱歉。」她淡淡的說，「吃過午餐沒有？」這是她最大限度的善意表現了。

「呃，我不餓。」他嚥了嚥口水。事實上，他是個非常貧窮的防騎，尤其練了最花錢的工程學。而他這個貧窮工程師，居然還把所有的積蓄拿去打造了這架飛機，更是貧無立錐之地。

就在這個時候，他的肚子發出如雷的鳴叫。

星耀啞然片刻，將烤好的魚遞給他。「……我也吃不完。」順手把啤酒杯推向他。

請他吃飯，沒有什麼問題。有問題的是，請他喝酒。

喝著喝著，容光煥發的日影聲音越來越大，越來越豪邁。

「妳怎麼都不說話呀星耀？」他放肆的握著星耀的臉，「哇……仔細看妳還挺漂亮的。」

星耀一言不發的拿起燃燒中的柴，逼他鬆手。

「幹嘛那麼兇？」他咕噥著，「妳若多笑笑，神情和善點，恐怕比那三個美少女牧師還受歡迎。尤其是妳的胸部比她們大多了……」

叮的一聲，星耀的理智斷線了。

他眼前一黑，星耀很乾脆的將裝著魚的魚簍扣在他腦袋上，怒氣沖沖的搭鳥飛走了。

再也不要見到這個爛酒鬼兼色胚的混帳聖騎了！星耀暗暗的發下重誓。

這王八蛋……

（七）

將魚簍從腦袋拔下來，大怒的日影東張西望，星耀已經不知道跑哪去了。

這女人真是莫名其妙！真是的，好好一個姑娘家，當什麼術士呢？我是誇獎她欸！連誇獎她都給我蓋布袋……我是說蓋魚簍。果然跟惡魔混久了，心地也會變得陰沉……

他正氣悶，冷不防身後傳來一個威嚴的聲音，「……星耀也太暴躁了。」

日影狐疑的回頭，看到一身戎裝的會長大人居然出現在這個僻遠的小城，還遞了手帕給他。

會長大人不是正忙著劍刃的戰事？怎麼有閒情逸致來這兒啊？日影雖然莫名其妙，卻老實不客氣的接過雪白的手帕，胡亂的抹了一把臉，煤煙和污水讓手帕一片烏黑。

他搔搔頭，「會長大人，手帕我洗乾淨再還你。」

「一條手帕罷了，送你吧！」會長漫應著，堅毅冷酷的眼神露出一些若有所思，「星耀很少發脾氣的。」

「啥？你說星耀很少發脾氣？老大，你大概昨天才認識她吧？」日影沒好氣，「她是我見過脾氣最壞的女人！」

那是對你。會長摸著下巴。他培養星耀多年，不管是怎樣的挑釁侮辱，她都眼神冰冷的轉身離去，連回嘴都懶。

但她會對這個聖騎發怒，會容忍他坐在她的火堆邊，吃著她親手烤的魚。

這是從來沒有的事情。

「你叫日影是嗎？」會長笑了笑，鬢角的霜白讓夕陽照得通亮，「我記得你是帖斯特家的人？ＵＢ公會似乎有個出色的防騎也姓帖斯特。」

ＵＢ，Undercover Bloodiness。是他們公會The Deities最大的敵手。這兩個公會相互競爭，檯面上一片和平，檯面下卻接近白熱化。

競爭人才，競爭軍備，競爭榮譽。彼此都相互凝視著，伺機壓倒對方。

「你說恩利斯？」日影茫然了一會兒，「他是我弟弟啊。」

會長瞇細眼睛，「……我記得你原本也是ＵＢ的。」暗暗的，他起了戒備。

「是呀，沒錯。」日影坦然，「本來是。」

「那爲什麼……？」

「因爲防騎太多，但補血的永遠不夠。」日影聳聳肩，「ＵＢ的會長說，要不就是我，不然就是我老弟去洗天賦補血。我們帖斯特家的男人只有站在第一線的，沒有那種躲

背後的子弟。所以我離開了，這樣防騎就不會太多。」

沉吟了一會兒，會長說，「ＴＤ是老公會，新人很難出頭的。」

「出頭是什麼？可以吃嗎？」日影漫應著，「我加入ＴＤ是有個公會擋著，才不會一天到晚被人拉客去補血，煩都煩死。裝備我自己可以打造，不然小規模的軍事行動也可以弄到，我不會麻煩到公會的。」

會長仔細看著這個大剌剌的聖騎，心底緩緩的盤算著。他識人無數，眼光精準。有的人徒有野心，但有的人也徒有才能。

大規模的出軍不是個人秀，他再怎麼寶愛星耀的才華，也必須其他成員服氣配合才行。這群野心勃勃的傢伙只承認強者，還沒有琢磨過的星耀，只是顆原石。

但星耀太傲氣。任何要給她的武器防具都不屑一顧。她太過孤僻，需要一個隊長讓她跟隨。眼前這個沒有野心的防騎，說不定是個好人選。

這人會讓她暴怒不是嗎？能讓冷靜漠然的星耀暴怒……他開始覺得有趣。

「但公會可能會麻煩到你。」會長點了點頭，「你跟星耀去趟地下城，覺得她如何？先撇開個人的觀感，只就戰鬥而言。」

日影有些摸不著頭緒，但他還是誠實的回答，「星耀是個可靠的隊友。可以放心將自己的性命交給她。」

「嗯……」會長摩挲著下巴，「那麼，你願意帶著她嗎？我一直在找能夠接納她的隊長。如果你願意，說不定將來你有可能負責更重大的軍事活動。當然……也能獲得更好的獎賞。」

應該不會有人拒絕吧？

「這種事情不是我能決定的，」日影一口回絕，「在沒得到星耀同意之前，我不能答應你。什麼更重大的軍事活動……你找別人吧。不是心甘情願的隊友我不要，我是爲聖光效命的聖騎士，可不是只看到財富的傭兵。」

會長卻沒有生氣，反而湧起一抹滿意的笑。他是找到了可以安心托付的隊長。

「那就請你招募她吧。」會長頓了頓，「因爲她的個性……她通常是孤獨的。被父母拋棄的過往給她很大的創傷。」

日影呆了呆，眼中湧出濃厚的憐憫。拯救不幸的人也是聖騎的天職。「……我會先去徵求她的同意。」

上鉤了。會長抬頭還想說幾句場面話，瞠目看著日影蹲在地上撿魚。

「呃……那些魚都沾了沙土。」會長是防戰，很清楚坦克通常都不富裕。但有窮到要撿那些裹著泥沙的魚嗎？

「洗洗還可以吃啊。」日影頭也不回，「星耀很會釣魚欸！你看她釣的都是高價魚……烤一烤以後妥善收藏，我可以吃上好幾天哪！招募她似乎很不錯，以後吃飯都不用花錢了。」

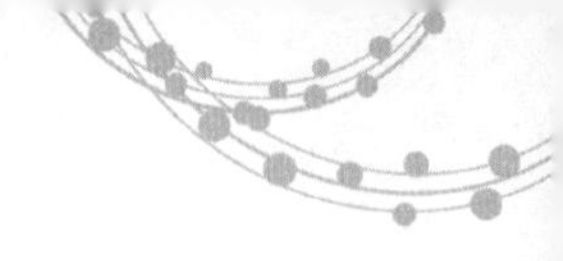

這個窮防騎，很樂的蹲在河邊開始洗魚。

會長啞口片刻，密語給公會的會計。「……以後防騎日影修裝，都由公會支付……不對，公會的坦克修裝都由公會支付。」

會計嚇了一跳。過去會長一直不肯如此，因爲他本身是防戰，怕招人物議。「……爲什麼？會長你不是說……」

「我們公會的坦克窮到連飯都吃不起，撿地上的魚烤……傳出去，恐怕不甚好聽。」他沉重的嘆了口氣。

（八）

坐在榮譽堡的塔頂看著天上的三個月亮，是星耀僅有的興趣之一。

地獄火半島非常荒涼，荒涼到悽愴的地步。她喜歡這種悲愴感。有些時候，連釣魚都不能讓她平靜的時候，她喜歡來到這兒，凝視著環繞深紫極光的的三個月亮，抱著膝蓋，聽著風聲淒涼的嗚嗚。

「嘖嘖，親愛的，妳爲何神傷呀？」她嬌媚的魅魔欣賞著自己光潔的爪子，有意無意的說著。

「什麼神傷？」星耀冷冷的望她，「查萊泰，妳話越來越多。」

魅魔無視她的不悅，「小姑娘家何必活得這麼扭扭捏捏？我看那聖騎雖有個笨腦袋，倒有個可愛的身體……」

星耀將眼神轉向天際，語氣霜寒，「逼我吃了妳麼？」

魅魔不高興的咂嘴。她服侍人類已久，依舊厭惡被吸乾能量的感覺。跟其他術士不同，星耀算是個慈悲的主子。這種依舊懷有慈悲心的人類吃起來特別美味……

她舔了舔豔紅的唇，貪婪的。只有她吃人類的份，哪有人類吃她的份？等星耀軟弱下來，她說不定就有機會……星耀的意志再堅強，也是有弱點的人。

而女人的弱點，單一而致命。

背對著她的星耀，卻發出一聲冷笑，將她甜美的狂想打個粉碎。「查萊泰，我是個天生的術士。」

若我意志軟弱，早就讓黑暗吞噬殆盡，還輪得到妳這小小的魅魔

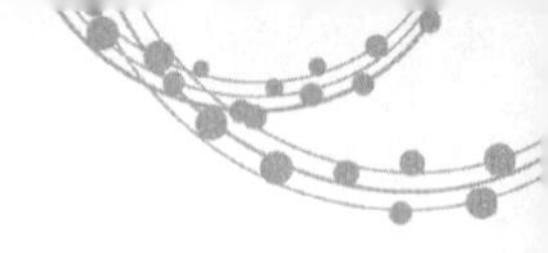

麼？

魅魔閉了嘴，忿忿的轉身消失。星耀沒有喚她，依舊如石像般抱著膝蓋，望著月。她的意志不能夠軟弱。她的惡魔僕從一直都虎視眈眈，稍有不慎，她會被吃個乾乾淨淨。別人羨慕她的天賦，卻不知道她一直都砥礪自己，讓自己堅強得毫無破綻。

這就是她必須付出的代價。

聽到背後腳步聲。她冷笑。困於契約，她不信惡魔僕從可以走多遠。一轉頭，她瞠目。那個笨蛋聖騎咧著大嘴笑，對她說，「嗨！」

……嗨個屁。

「你……」她好不容易找到自己的聲音，「你怎麼……」

她躲在這裡，爲什麼也會被找到？

「妳的魅魔很好心的密我欸。」日影大剌剌的坐在她身邊，「她果然是個聰明善良的魅魔。」

……吃碗底洗碗外莫過於此。看著在一旁偷笑的魅魔，她的火氣都高漲了。

該死的查萊泰！

「來做什麼？」星耀的語氣直達零下四十度。

她的脾氣真的很暴躁。日影有些發悶。「呃……如果我說，我是來還魚簍的，妳相不相信？」

星耀給了他一個白眼，表達她憤怒的否定。

（九）

女孩子家這麼難唬弄，可見從來沒談過戀愛。經過戀愛洗禮的女生，每個都知道裝笨的藝術。男生也知道她裝笨，但就是爽，這是一種男生女生配的互動，這個硬邦邦的術士卻一點都不懂。

日影睇了她一眼，更加氣悶。她古板的比聖騎士導師還古板，她當初幹嘛去當什麼術士。

「……呃，我想招募一個小隊。」他搔搔頭，「一個固定執行任務的軍事五人小隊。」

「去。」星耀狐疑的看著他，這種事情跟我報備做什麼？

「我想招募妳。」

星耀冷漠的瞳孔出現了一絲迷惑。招募我？想想他們認識到現在，互動流程可說是非常不愉快。這個笨蛋聖騎是不是有被虐狂，還是想虐待她的冷靜？

「……我想我跟你不太對盤吧。」她冰冷的站起來，「我相信有脾氣更好、更合群

又漂亮的術士等你招募，不論你的人格和智商有什麼問題，平心而論，你是個不錯的防騎。」

……這算褒還是貶？這很尷尬，日影不知道要不要動怒。抬頭看到她「偉大」的胸部，他決定還是算了。

你很難對這樣窈窕的曲線生氣。

坦白說，術士滿街跑，扔個石頭都可以砸到五個術士三條狗，但不知道爲什麼，他認識的術士都是殺人狂，通常都在戰場捨生忘死，拜託他們出個任務都會讓他暴跳，比帶個不定時炸彈還恐怖多了，但是論傷害，又令人心酸的低。

姑且不論星耀那老姑婆似的個性，她的確反應靈敏，非常可靠。

再說，她是個有頭腦的美女。要知道美女跟術士一樣，扔個石頭都可以砸到三五個，但是腦袋這回事就……

「但我只想招募妳欸。」他抓著她的話柄，「就算個性不合吧，就像妳承認我是個還可以的防騎，我也覺得妳是個很棒的術士。我真的需要妳。」

第一次，星耀正眼直視他。這是一種很嶄新的感覺，被需要。向來只有人怕她、畏懼她、厭惡她，敬而遠之的。再不然就是討好她、利用她，像是對她友善的會長。

我被需要著。

她很快的驅散這種陌生的情感。若她會相信人類的話語，就是腦殘。惡魔的殘酷是擺

在檯面上的，妳知道他們一言一行都是謊言。但人類卻會參雜著真實和虛妄，就這方面而言，人類才是大說謊家。

就算是個笨蛋，她也不能夠相信的。

「我考慮看看。」她敷衍著，想要快點離開。

「星耀，妳真的要考慮喔！」日影在她背後叫著，「但是爲了避免日後會有麻煩，我還是告訴妳好了，會長要我招募妳。」

星耀停下了腳步，心頭泛起冰冷的淒涼。果然……只是錯覺，只是利益。

「但我拒絕他的命令……我不想被任何人命令或者是賄賂。除非得到妳的同意。不管妳怎麼決定，我都尊重妳。」

她沒有回頭，就只是站著。「……我相信會長一定提出很好的條件吧。」

「是不錯。」日影承認，「但我不要不甘願的隊友。」

她凝視著天空迴旋的深紫，良久。將來，我一定會後悔，絕對絕對會後悔。若我真的願意效忠他，我絕對會每天都後悔不已。

「我啊，雖然是個邪惡的術士，但我也有我的原則。」她傲然的轉過身，「我若立誓跟從了哪個隊長，就會忠誠到底。我，可不是沒有節操的傭兵！你最好想清楚！」

……重視忠誠、榮譽、承諾……妳幹嘛不去當聖騎士，當什麼術士啊？

但日影也有種感動。一種古老而模糊的感動。在這污濁的塵世，承諾廉價得連張衛生

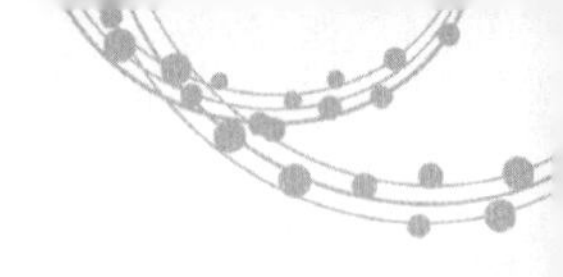

紙都算不上，榮譽被視爲一種笑話。在男人身上都已經消失的頑固，卻在一個女人的身上浮現。

一個應該邪惡的術士，一個應該軟弱的女人。

「我不會拋棄我的隊友，」他慎重的說，「是，我要妳跟我來。」

他單膝跪下，拉著星耀的手，一吻。

……

他馬上中了魅惑。魅魔狂笑得掉了鞭子，幾乎無法執行星耀的命令。

「輕薄！」星耀整張臉都紅了，她大怒，「我現在就開始後悔了！混帳！查萊泰，好好看住他！等他改掉這種輕薄的性子再放他走！」

「我看他轉世投胎才可能改得掉。」魅魔擦了擦眼角的淚，「老規矩，一天一夜吧。」

「……喂！這是騎士對淑女的禮貌欸！」日影氣急敗壞的大叫，「我把妳當淑女，妳把我當色狼？喂！星耀，妳不要走！快解開我的魅惑……」

但怒氣沖沖的星耀已經看不到人影了。

天哪……別再來一次……

他火速開了無敵盾解除魅惑，衝下樓，但衝到一半，又被魅惑住了。

……這怎麼可能？

他使用了戰場徽章，跑沒幾步，又被魅惑住了。「……不可能的！」他大吼。

「嘖嘖嘖，小親親。」魅魔嬌媚的搖著食指，「我可是有點天賦的。想我查萊泰乃是魅魔高材生，魅惑可是瞬發的唷～☆……」

現在，讓姊姊我點燃你的火焰……

我有碰到你嗎？我沒有碰到你呀！

我有碰到你嗎？我沒有碰到你呀！

現在，你是不是又熱又煩躁呀～☆」

「……星耀！妳這混蛋！」日影悲憤的聲音在無人的守望塔無盡的迴響著。

（十）

這是個很糟糕的開始。不管是對日影，還是對星耀，都是非常惡劣的。

日影站滿了一天一夜，已經問候遍了星耀的十八代祖先，順便問候魅魔的列祖列宗直到三十八代，等他終於被釋放的時候，他已經完全「鐵腿」，連彎曲膝蓋都會劇痛。

比上回好一點的是，榮譽堡的守護塔溫暖多了，不時有空襲的地獄火加溫，所以他沒有感冒，只是有一點熱衰竭。畢竟穿著全套盔甲悶烤，滋味不是很好受。

但他終究可以滿臉冷汗，僵硬如機器人般走下塔，沒有被損友們看到他的糗樣。

這該死的女人！他一定是腦筋打結才想要招募她！將來一定要讓她ＯＴ死個幾十遍才可以，這邪惡的巫婆！

不過，不管關係再怎麼惡劣，這兩個同樣非常重視然諾的人開始共同進行地下城的冒險任務了。不管再怎麼看不順眼，他們還是恰如其分的扮演好自己的角色，日影不得不承認，星耀的確是個控場專家，最普通的裝備卻擁有最兇殘的殺傷力。

在戰鬥中，她完全看不到那種易怒、暴躁的影子，她變得纖細而專注，在最兇暴的輸出中優雅的緊咬著他的仇恨，讓他更緊繃的提高自己的仇恨上限。

或許是因爲星耀太優秀，好一陣子日影都不太習慣和陌生法師同隊。應該說，他會用相同的標準衡量任何隊友。

這不好，這樣真的很不好。

另一方面，星耀也隱隱感到不安。她有自信在任何隊長手下成為一個優秀的攻擊手，但她幾乎都要將自己的能力壓抑再壓抑，才不至於超過隊長仇恨，並且要分神注意全隊的狀況。

但日影不同。

她幾乎不用壓抑自己，可以盡情輸出。日影會注意每個細節，她不再需要精神緊繃的注意每個突發狀況，日影會完美的解決。她只要控好自己要控的對象，然後將輸出壓榨到極限就可以了。

之後她幾乎無法習慣任何隊長。對於必須不斷壓抑自己，疲勞的監控全局，她完全不習慣。

這不好，這樣真的太不好。

在他們警覺的時候，已經太依賴對方。這真的不是什麼好事，最少對星耀來說，非常糟糕。

＊＊＊

隨著日影四處征戰，星耀有種奇妙的感覺。

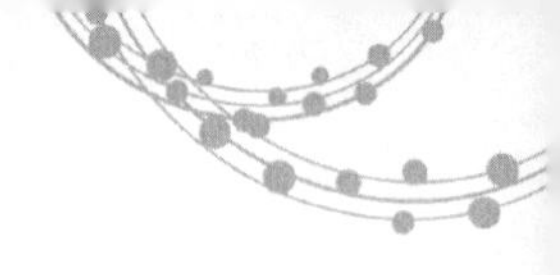

日影是個非常老練的隊長。他對各個地下城瞭若指掌，不管是任何地方。但有個例外，就是撒塔斯城郊的奧齊頓。

這很奇怪。距離撒塔斯城這樣的近，許多人第一個最熟悉的地下城就是這裡。但日影卻非常陌生，他最容易出錯的地下城也是這裡。

「……我不懂。」星耀把烤好的魚遞給日影，「為什麼你對奧齊頓這樣陌生？你很少出這裡的任務？」

日影有些尷尬，他接過魚，「……是很少。」

他很習慣來星耀的火堆白吃白喝，自從見識過他連水都買不起的窮困，星耀就默默容忍他了。唯一的要求是，不准喝酒。

她怕自己失手真的宰了喝個爛醉的日影。

聽說公會已經支付了所有坦克的修裝費，她不懂為什麼日影會窮成這樣。不過她向來嚴守禮節，所以也不會去問。

「為什麼？冒險者公會發出許多奧齊頓的任務單。」

「……沒為什麼，」日影含糊的咬著烤魚，「就剛好來撒塔斯都有事……請把辣椒遞給我，謝謝……」

雖然狐疑，但星耀沒有追問。他們關係沒有親密到那種可追問的地步。他只是隊長，而星耀，也不過是效忠他的隊員而已。

而且只是職務上的效忠。

不過，終究星耀還是明白了原因。

這日，他們接了冒險者公會的任務單，準備前往法力墓地。但一到撒塔斯城，日影就失蹤了。

她和其他隊友等了又等，等到其他的隊友等不住離開，而兩個鐘頭已經過去了。又驚又怒的星耀開始在整個撒塔斯城找人，然而遍尋不獲，密語法術也沒有回音。她向獅鷲獸管理員詢問，也沒有查到日影飛離的記錄。

這麼大一個人，怎麼可能失蹤呢？她的心臟緊縮，喉頭乾渴，她突然很害怕很害怕，這種害怕多麼陌生……

她望著陰鬱城，感到一絲絲的絕望。日影一直不喜歡奧齊頓，是不是有什麼她不知道的原因？是不是那個原因吞噬了他？

視線有些模糊，但她不肯承認自己想哭。她遠望，想把這莫名的刺痛抹去……

她看到世界盡頭小酒館。她和日影曾經在那兒碰見過……現在，她又看到櫃台上一群酒鬼在嚣鬧……

一口氣血翻湧，她招了地獄馬，火速奔下通道，一路騎進酒館裡。

遍尋不獲的日影脫得只剩一條內褲，一面跳著猥褻的舞，一面大聲的跟黑市商人下訂單，「我要三箱魔鐵栓，四組恆金錠，還有，那個機械小雞的圖呢？一千金？太便宜了，

下單下單~」

……這就是他窮困的原因。他把所有的錢都拿去喝掉、拿去購買昂貴的工程玩具，然後窮到沒錢修裝沒錢吃喝，窮到簡直是窮困潦倒的地步。

騎著地獄馬，星耀的臉孔照得鐵青，瞳孔燃燒著兩簇怒火，「……所以，你對奧齊頓這麼不熟？因爲你一進入撒塔斯就會泡在酒桶裡？」

日影的酒瞬間嚇醒。

「星、星耀，妳、妳冷靜點，聽我解釋……都是豬朋狗友害的啦，他們硬要拉我來喝酒……」

「你知不知道招募來的隊友跑了？你記不記得你還有任務在身啊？」星耀的神色越來越難看。

「我、我真的只想喝一杯而已！」但他身邊堆了無數的

酒杯和酒桶，讓他的說明非常沒有說服力。

「……」星耀深深的吸了一口氣。

那天，世界盡頭小酒館幾乎被炸翻過去，酒客們被炸得東倒西歪，天花板裂了個大洞，遍撒星光。而一個只穿一條內褲的聖騎，被一隻地獄犬追著跑遍了整個陰鬱城。

這個事故，成了撒塔斯城的一個傳奇。

（十一）

日影和星耀被會長叫去痛罵了一頓。

會長簡直氣壞了，無數投訴讓他焦頭爛額，酒館老闆差點帶人來拆了公會辦公室。賠錢倒還沒什麼，但公會名譽受到相當的損失。

（雖然投訴之後通常都是好奇這兩個人的關係……）

等他罵完，看著鐵青著臉孔，低下頭的星耀倔強的忍著淚，和那個鼻青臉腫，只穿一條內褲，屁股上還有隻地獄犬的聖騎，突然感到一陣陣無力。

「星耀！我知道妳通過最高等的術士考試，正式封頂了，但妳不該用這種方式通知我！難道妳的才華就是這樣傲慢的……」

「是我不對。」日影插嘴，一面使勁拔下屁股上的地獄犬，「是我喝醉了，纏著星耀決鬥，才波及酒館其他人。都是我不好，請處罰我。」

會長的眉毛可怕的攏聚，「聖騎士是不可以說謊的。」

日影馬上漲紅了臉。「是我不對。」

「是我的錯，抱歉。」星耀開口，有種強行壓抑的激昂，「所有損失和責罰我都願意承擔。這跟日影沒有關係。」

「星……」日影想說話，卻被星耀厲聲打斷，「不是聖騎不可以說謊，是任何人都不該說謊。」

她倔強的昂起頭，「會長，請讓日影去著裝。他這樣有失禮節。」

會長仔細看了看她，對日影揮手，「去穿上衣服，把身上的傷治一治。你的懲罰，等裁奪了晚點會通知你。」

日影還想開口，卻看到星耀眼睛裡滾著的微光，他閉上嘴，頹喪的走了出去。

沉默降臨，誰都沒有開口。

「星耀，我的立場很爲難。」會長沉重的嘆口氣，「妳一向冷靜，爲什麼……」

「是我沒控制好自己，我還不夠成熟。對不起。」

他有點擔心，卻不是因爲這個事故。雖然麻煩，但不是處理不起。他們可是TD哪。真正讓他擔心的是，星耀似乎太在意這個防騎。

「……換個隊長如何？」他提議，「妳若和日影處不來，我想可以幫妳安排一個比較好的隊長……」

「我承諾了。」她深呼吸一下，「我會努力控制自己的脾氣。會長，你知道我的，承諾就是承諾。我從不輕諾，但許下就決不更改。」

或許他多慮了？星耀向來重然諾。冒險者公會的定期報告也指出，他們小隊的表現向來優異。

「好吧。星耀，我相信妳。」他語重心長的說，「但你們的懲罰是不能免的。紫羅蘭之眼委託了一個任務，我將之交付給你們。你們先去卡拉贊看看吧，看能幫上什麼忙。」

星耀點了點頭，離開了。

一直到走出辦公室很遠，她才讓臉頰上的淚滑下來。

雖然，她完全不知道自己在哭什麼。

＊＊＊

並肩走在逆風小徑，地獄馬和聖騎軍馬並轡，有種詭異的協調感。

自從世界盡頭小酒館那一炸，日影和星耀都出了名。豬朋狗友都將他們倆亂配對，連撒塔斯那群八卦到極點的居民都自行編劇到八點檔的境界，他去修裝，武器商還擠眉弄眼的問，「你那愛吃醋的老婆沒來？你到底是親哪個酒侍被她看到啊？嘖嘖，偷吃要擦嘴啊，娶了這麼漂亮又厲害的女人……」

「我還沒結婚。」日影悶悶的打斷他。

「女朋友？那更麻煩啦！老婆呢，床頭打床尾合，靈魂綁定嘛。但女朋友可是會跑掉的……」

「她不是我女朋友。」日影更悶了。

「嘖，才剛開始追就亂搞？小哥，不是我在說，表面工夫也得做足了……」

我沒有要追她！你看我像是瞎了眼，追一個可以把人炸上天的術士嗎？更不要提她萬惡的魅魔和更萬惡的奶油犬！

但他的憤怒一轉到星耀鬱鬱的臉孔，又煙消雲散了。

尤其是獅鷲獸管理員跟他講，星耀帶著哭聲詢問的時候，他的心頭一痛。

這麼高傲頑固的女人，因爲他的失蹤帶著哭聲。

靜的。

那場事故後，星耀簡直不跟他說話了。除了必要的任務提點，她一直都是沉默的，安

似乎回到最剛開始的那個自我封閉、冷漠、瞳孔裡飄著冰霜的術士。

他還寧願星耀天天對他暴跳如雷，也好過這麼冷冰冰的。但他實在沒膽子再去逗她……他的屁股還隱隱作痛，一眼一眼都是那隻奶油犬的牙印。

默默的，他們通過逆風小徑，來到雄偉的卡拉贊。原本在作實驗的法師們似乎鬆了口氣。

「終於有人肯來了，歡迎你們，冒險者。」大法師艾特羅斯點了點頭，「我們委託這麼久，願意來的冒險者卻不喜歡這個偏僻的地方。目前才幾個小隊來而已……」

「你好，請問有什麼需要幫忙的？」日影振作起精神。

星耀一直默默的站在旁邊。這是個偏僻的地點，但是因爲紫羅蘭之眼不斷的向冒險者公會發出要求，所以除了他們，還有幾隊小隊也在附近。

一個部落的不死賊盯著她不放，咧開有些腐爛的唇笑了笑，對她發出決鬥的要求。

星耀冷冷的望他一眼，拒絕了。那個不死賊不放棄，又發出一次決鬥邀請，星耀再次拒絕。

被拒絕了第三次，不死賊呸的一聲，朝著星耀的腳邊吐了口口水，開始嘲笑她。但星耀只是將目光朝向遠方，理都不理他。

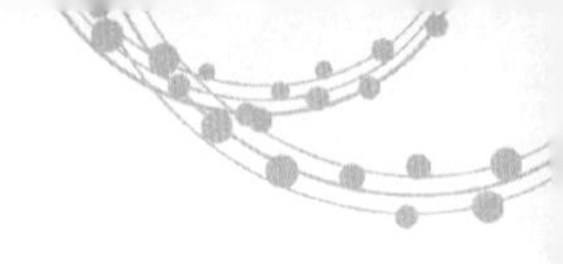

和大法師交談的日影漸漸分神，有股灼燙的憤怒緩緩升起。他胡亂點頭，表示明白了。這個時候，不死賊對星耀做了個下流的手勢。

星耀連眉毛都沒抬。

「……妳爲什麼不暴怒啊！」日影發火了，「妳幹嘛不生氣？妳明明對我又跳又叫，爲什麼那個畜生侮辱妳妳卻……」

「我對陌生人生什麼氣？」星耀有些訝異，「我又不認識他。我若打贏他，他只會說術士imba，我若打輸他，就是他技術高超。這兩種結果都是他開心我不高興，我爲什麼要跟他決鬥？」

莫名其妙的，日影卻臉紅了。她……只對我生氣嗎？還有，別人侮辱她，我作什麼這麼生氣？

一種又羞又氣的莫名情緒下，他怒氣沖天的找那個賊決鬥，然後把那個不死賊打得跪地求饒，又朝著不死賊吐口水，比中指。

「……你幹嘛啊？」星耀瞠目。

「我不爽！他侮辱妳我很不爽！」日影非常大聲的說，「我、我……我們去執行任務吧。」

他僵硬的像是機器人一樣走在前面。所以他沒看到，星耀的臉孔紅的跟初綻的桃花一樣。

（十二）

紫羅蘭之眼的法師要求他們去蒐集鬼魂精華和測量地下水脈，原本是個簡單的任務。

他們都明白，這個任務本身沒有意義。這只是大法師給他們的測驗題，希望篩選能力不足的冒險者。即使他們沒有補職隨軍，不死族又是星耀的弱項，但憑著高超的生存能力，他們兩個還是輕鬆的測量了第一個水脈，蒐集了足夠的鬼魂精華。

第二個水脈，是一口井。他們屏息避開不遠處漂蕩的亡靈，拿起測量器的時候……

悄悄尾隨他們的不死賊現身，咧開有些腐爛的唇。他火速的衝向那群亡靈，跑向日影和星耀，然後在他們之前消失了蹤影。

失去目標的亡靈，立刻撲向這兩個人。

亡靈。星耀慘白了臉孔。這是她的弱項，對恐懼術免疫的不死生物一直都是她最弱的一環。她和日影兩個人沒辦法對付數量這麼龐大的亡靈大軍。

她立刻將靈魂石綁在日影身上，對他叫著，「你敢干涉我，我會恨你一輩子！聽到沒有？你敢拋下我……」

驚覺自己的失言，她閉上嘴，忍住劇痛開始施展地獄烈焰吸引亡靈的注意力。

又驚又怒的日影將她推開，發出怒吼吸引亡靈的注意力，開始奉獻。「叫我不要拋下妳，妳卻要拋下我？」他吼叫的聲音帶著嘶啞，「我不要看妳倒在我眼前……」

星耀只怔了一秒，淚眼模糊的她反而鎮靜下來。她火速召換了虛空行者，在犧牲虛空之後，形成了一個護盾，冷靜的，她開始施放腐蝕之種，然後瞬間發出數道暗影箭，在劇烈的爆炸中，他們消滅了這波亡靈大軍。

日影卻沒有生還的喜悅。因爲星耀臉孔慘白的微笑了一下，哇的一聲，不斷的往地上吐血，跪倒在血泊中。

這種時候，誰還管什麼誤不誤會呢？他趕緊抱住星耀，不斷顫抖。星耀的體溫降得非常低，心跳微弱的像是隨時都會停止。

「……星耀！」他不斷的設法治療她，但她像是破了洞的水袋，怎麼裝都裝不滿。

「別怕。看起來嚇人而已。」星耀的聲音很微弱，她吞下幾個靈魂碎片，「很快就會……就會沒事。」

不是治療石，是靈魂碎片。他一直隱隱覺得不對，但他不想問，不敢問。星耀明明是痛苦系天賦的術士，但她可以瞬召惡魔僕從，現在，她又可以發出暗影箭雨。

這根本就不正常。

「你是不是想問，『妳到底是什麼東西』？事實上，我也很想知道。」星耀扭曲出一個嘲諷的笑，「我會成爲術士，就是想知道我是什麼『東西』。」

星耀出生在夜色鎮。

她出生在一個不太妙的時間點，狼人開始出沒，墓園的死者無法安息，入夜就四處遊走。陰暗的恐怖降臨在整個暮色森林，當然也籠罩著夜色鎮。

但她一直是個安靜的孩子，跟別人沒什麼兩樣。除了她出生沒有哭泣，一切都沒什麼不同。

在那夜色籠罩的不安小鎮，她是年紀最小的孩子。而強凌弱，眾凌寡，即使是孩子的世界也不例外。沒有什麼笑容，卻也從未哭泣的她，成了鎮裡的孩子欺負的對象。

然而，有次過火的欺凌之後，星耀爆發了。年僅七歲的她，從未接觸過闇法的她，施展了腐蝕之種，將那群孩子炸得遍體鱗傷，倒地哀號，還波及了幾個一旁觀看的大人。

這些原本就被濃重不安壓垮的居民，沸騰起來，認爲她是被惡魔附身。她的父母害怕極了，甚至連接近都不敢，付了一筆錢，請一位旅行的哥布林商人將她帶去暴風城的聖光

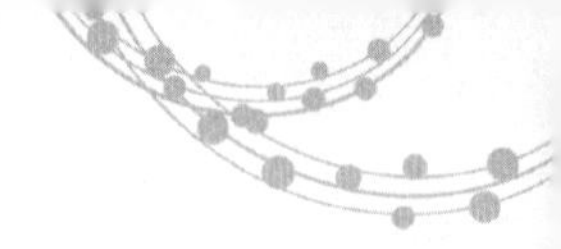

大教堂。

「我運氣很好。」星耀短促的笑了一下，「那是個正直的哥布林商人，沒把我賣掉。他誠實的將我帶到聖光大教堂，說明原委。大主教親自接待我，在他的慈悲下，我沒被送上火堆。」

大主教雖然極爲震驚，但他發現這個小女孩什麼都不知道，也不是惡魔附身。她不知道是極度幸運還是不幸，擁有闇法的天賦。

有光就有闇。這原本就是相互依存的平衡。在平凡人類的身上既然有聖光的天賦，自然也有闇法的天賦。心慈的大主教將她送進孤兒院，同時囑咐「已宰的羔羊」那些術士師傅照顧這孩子。

「別讓她往邪路走。」大主教

嘆息，「最少在她知道自己是誰之前，別讓她往邪路走。」

術士師傅對她的天賦有些畏怯和顧慮。太幼小的年紀，太強大的天賦。麥迪文的故事難道沒教會他們什麼？可以的話，這群低調的術士並不想收這個天才學生。

但他們沒辦法推卻大主教的要求。他們能夠繼續在暴風城待下去，就是因為他們圓滑而低調的處事手段。

他們收了這個小女孩，卻刻意壓抑她的能力，甚至故意的對她提高學費。

但這個沉默的小孩依舊堅持的追尋黑暗的真相，專注的，凝視深淵。

＊＊＊

「你會害怕也是應該的。」雖然臉孔依舊蒼白，星耀的精神像是好些了，她輕輕掙開日影，「因為我追尋這麼久，依舊沒有得到我要的答案。」她望著自己白皙的手，喃喃的重複，「害怕是應該的。」

她是痛苦系的術士。但是她能瞬召惡魔僕從，她能夠吸收惡魔僕從的能量，變得更強大。她甚至可以施展暗影之怒。

這些，她不用學習就會。大多數人不了解術士，所以她可遮掩，可壓抑，隱匿。

更可怕的是，她也會暗影箭雨。在人世的每個術士都不會，包括她的師傅們。每次施

展這個大絕，她就得付出一半的血量，並且渴求靈魂的滋潤。

這是她第二次施展，她逃避著、隱瞞著。戰慄著不敢面對……

「我，到底是什麼？」她很輕很輕的，比耳語還軟弱模糊。

「妳還會是誰？妳就是星耀啊。是要跟我走的、的……」從驚駭中清醒，日影莫名的漲紅臉，「就、就我的……我的隊員，我的人啊！妳承諾過的，不准跑！」

星耀瞪著這個緊繃著臉的聖騎，「……就算你知道我的祕密，我也不會對你不利。」

「廢話啊！我會怕妳對我不利？」日影邊吼邊揮拳，「雖、雖然我打不過妳。但我可沒怕過。怕就不會招募妳啊！囉囉唆唆的……」他粗魯的將星耀扛到肩膀上。

「……你幹什麼！」星耀大喊，卻有些暈眩。她失血過度，這樣的大喊讓她更頭暈。

「妳看起來不能動。」日影堅毅的抿著唇，「就算妳要叫魅魔玩我，叫奶油犬咬我，那都等以後再說啦！讓我……我先帶妳離開這個鬼地方吧。」

……你就不會背我或抱我嗎？你腦袋是不是只裝酒精啊？

但這個時候，星耀卻要很忍耐，才不至於痛哭失聲。

（十三）

將星耀帶回去以後，她大病一場。

日影急得要死，守在旅館幾乎不敢離開。不管星耀怎麼說，他就是固執的坐在床邊焦灼著。

星耀大半的時間都在昏睡，醒來的時候往往看到累垮的日影趴在她的床邊，眼睛底下有著濃重的黑眼圈。

當然啦，還流口水在她的床單上。

極爲愛潔的星耀卻沒有厭惡，只是無助的望著天花板，說不出是什麼滋味。

等她病癒，整個瘦了一大圈。腰帶得扣到最裡面那環，不然衣服不能好好的穿在身上。

即使她能起床了，行動如常，日影還是寸步不離，亦步亦趨。

「我記得你不是神聖騎。」星耀無奈，卻沒有發怒，「別跟個奶媽一樣。你該做什麼就去做什麼，最少也去冒險者公會看看。」

雖然不放心，日影還是出門辦事。但等他回來的時候，平整的被單卻沒有星耀的蹤影。

他終於體會到星耀的惶恐。他幾乎將整個撒塔斯翻了過來（也增添更多居民的八

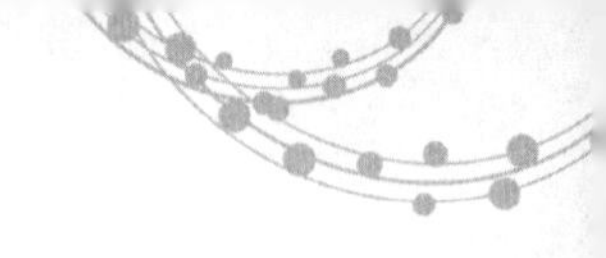

卦），極度絕望中，他頹喪的回到奧多爾旅館，瞠目看著星耀借了旅館廚房，正在烤魚。

「妳跑去哪？」他聲音很大的叫著。

「釣魚啊！」星耀聲音很平靜，「再吃白土司配開水，我覺得我會死於營養不良。」

她泰然自若的遞了一條烤魚給他，「吃吃看，你很久沒吃到肉了吧？」

很久以後，日影才知道星耀去了哪裡。

她將日影支開，就是爲了跟蹤剛離開戰場的不死賊。那個不死賊施施然的無視頭上的ＰＶＰ，大剌剌的往城外釣魚。星耀立刻偷襲了他，極爲暴虐的將他宰了。

然後心情愉快的在他屍體上釣魚，等不死賊因爲死亡天使的庇護得以復活，她立刻動手再把想逃走的敵人凌遲至死，繼續釣魚，直到不死賊不敢復活爲止。

她從來不是個善良的女人。她是

術士，是齜齜必報的邪惡術士。

動她，她可能只是拍拍身上的灰。動我效忠的對象？

等待你的只有冷冰冰的死亡。

「妳幹嘛這樣？」日影抱怨。

星耀只是轉過頭，什麼都沒說。

（十四）

雖說病癒，但星耀還是花了段時間調養才恢復原來的模樣。

即使如此，她還常常感到疲倦、麻木，這是大絕之後的後遺症，她明白。她第一次使用暗影箭雨之後，打從心底感到恐懼，從此就強迫自己封印不可使用，就算真的會死，她也不願意再來一次。

每施展一次，她身為人的部分就會削弱一點點，心底壞死的痲痹就會擴大一些些。熟悉卻森冷的黑暗，卻會更靠近。

我不要成為怪物。

雖然她身體狀況不好，日影也沒說什麼，但他刻意去接比較簡單輕鬆的任務。若是可以，他倒寧可休息的。但星耀不願意像個病人躺在床上，堅持一定要如往常般執行，所以他小心的挑選，盡量不讓星耀太累。

他爲了星耀，改變很多。星耀不想要他喝酒，他就不喝。星耀不想他玩工程學，他就不玩。

最少表面上是這樣。

嗯，表面上。躺在床上的星耀有點想笑，不過只是聽著隔壁房門小心翼翼的打開，然後躡手躡足的走過她的房門前，盔甲倒是很大聲的匡啷啷直響。

她向來淺眠，一點點聲響就可以讓她驚醒，不過，日影不知道這點。她知道日影會趁她睡著的時候，偷偷跑去世界盡頭小酒館喝酒，跟黑市商人下訂單，鬧到天快亮了，又躡手躡足爬回旅館，又刷牙洗臉又洗澡的弄出很大的聲音，試圖刷去滿身酒味，擦亮盔甲，全副武裝又筋疲力盡的倒在床單上昏睡過去。

等他開始打鼾，星耀會無奈又有點寵溺的悄悄推開他的房門，雖然她絕對不會承認。

反正，酒館老闆絕對不會讓他賒帳，黑市商人只收現金，所以日影不會欠了一屁股債。若這些是他最大的快樂來源，那就這樣吧。

這世界的快樂已經太少，讓這笨蛋快樂一下又會怎麼樣？

清晨很冷，而她相信盔甲可以減傷，卻不能保暖。她拉出毯子，蓋在日影的身上，然後悄悄回房，拿出她的針線，就著微亮的天光，開始辛勤的練裁縫。

她很明白自己的個性，所有的軍備都不太會想跟人競爭。她對野心、力量，興趣非常小。當一個人擁有太多力量，困於黑暗宿命的時候，就會覺得力量沒有什麼了不起。

但她還是需要裝備。最少別人打量她的時候可以說，「哦，原來她是個高明的裁縫師。難怪成績這麼突出。」

細細密密，一針一線。她在裁製自己的衣服，以針線，以魔法，和更多的錢。等天大亮的時候，她已經縫好衣服，還剩了一些零碎的布。

驚覺自己晏起的日影，慌慌張張的爬起來敲她的房門，星耀正在縫一只包包。

他有些手足無措，「呃……我起得晚了。」

星耀瞥了他一眼，「我也剛起床不久。」

日影嚥了口口水，有點膽寒的。「……那個，那個……我身上的毯子，是、是妳蓋的嗎？」慘了，星耀該不會發現他跑去喝酒的事情吧？

「我剛起床，怎麼會知道？」星耀低頭咬斷線，「說不定是查萊泰幫你蓋被子。她老說你有個可愛的身體……對了，你的魔紋包早該換了，這個給你吧！」

她遞了只幽紋布包給他，「若你不介意，請你離開一下好嗎？我要梳洗更衣。」

漸漸的，日影發覺星耀默默容許他喝酒玩工程，他就越來越沒有禁忌，甚至興高采烈

的拿玩具給她看。

「星耀，妳看！這是遙控器欸！可以遙控機器人喔！」這天，他們準備要到麥克那爾執行任務，日影很開心的拿出一個像是定時炸彈的小玩意兒。

星耀狐疑的閱讀上面的說明：「……這個設備並不穩定。可能會令目標受到定身效果……」

「很了不起吧？」

「……或是讓目標非常非常生氣。」她湧起非常不好的預感，你知道的，地精的玩意兒有個特色，就是可能把別人炸上天，或是把自己炸上天。

「總之，你不要把這個用在戰鬥中就好……喂！你在幹什麼！」星耀想制止日影，但已經來不及了。

日影對著大機器人按下了遙控器。

大機器人並沒有被定身，而是突然變紅、變大，非常憤怒的奔過來，一傢伙打掉日影半條血。

「日影，你這白癡！」很久沒有發怒的星耀怒吼，「快出去，快逃出去！」

等他們倉皇逃出的時候，其他三個隊友早就習慣日影的脫線表現，也知道後續會有啥發展，很樂的互相傳著爆米花和可樂。

「工程學……」日影尷尬的咳嗽一聲，「科學的進步總是要付出一點代價。」

星耀明顯不接受他的解釋。她瞬召出地獄犬，全身籠罩著黑暗的怒氣。

「說好不叫狗的！」日影摀著臉喊。

「我先宰了你！省得你愚蠢的死在更愚蠢的工程學上！不要跑！」

他們在麥克那爾門口追逐，穿著火箭靴極限版的日影賣力狂奔，後面跟著氣壞的術士和她的狗。

這比什麼電影都精彩多了。

（十五）

她發現，不對日影發怒是件困難度破表的事情。

真不懂，這樣一個優秀的天才ＭＴ，即使是從沒去過的地下城也可以完美的引領整場戰鬥的節奏，他不但是個天才坦克，還是個天才隊長。

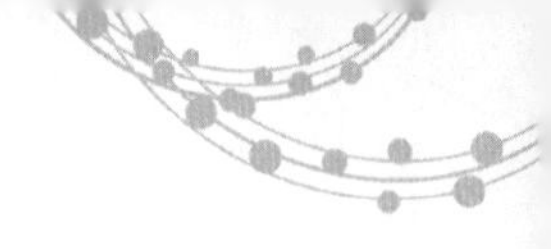

前提是，不搞笑的時候。

「妳這說了等於白說，」他大聲抗議，「我怎麼可能有不搞笑的時候？」

星耀默默的在心底從一數到十，又從十數到一，才勉強壓抑住宰掉隊長的衝動。

是的，大部分的時候，日影都很優異。但她不懂，為什麼他會突發奇想，想要游泳過地下水脈，然後被水底的食人魚咬個半死還找不到可以爬上來的地方。

她也不懂，為什麼他看到青蛙、蛇、蟾蜍有的沒有的小動物一定要去砍一下，然後因為衝去砍小動物引到一團或兩團以上的敵人導致差點全軍覆沒。

她更不懂的是，為什麼要邊跑邊跳，然後一腳踩空，從十樓以上的高度摔到地面，還忘記開聖盾摔死。

「……為什麼你可以這麼優秀又可以這麼白癡啊！」星耀不只一次失控的尖叫。

對不起，會長。我答應你要控制自己的脾氣。但日影……這個日影……真的讓人完全控制不住。

「優秀就好了，白癡那段可以忽略。」日影皺眉。

她險些把大法師之劍折成兩半。疲勞的蓋住眼睛，我是哪根筋不對，跑來跟這個笨蛋隊長。她果然後悔了，每天都很後悔。

後悔歸後悔，他們這隻狀況不斷的小隊，表現卻一直都非常優異。這時候她由衷的感激一路跟隨的牧師舒心，OT不斷的奧火法，和喜歡在牧師身邊冰箱的冰法。

簡直是問題兒童大集合。有時候她會默默的這樣想。但這群問題兒童，卻打出優秀的成績。

他們甚至接受了紫羅蘭之眼的任務單，要去尋找大法師之鑰。

但同時，他們優異的表現也讓會長非常滿意，要他們整個小隊參與劍刃山脈的戰事。於是他們也跟著公會編制的其他四隻小隊，進入了戈魯爾之巢。

這是場非常艱困的戰鬥。事實上，他們小隊的裝備是夠不上標準的。但會長下達了命令，其他人也知道這是星耀的處女秀，有的人憤怒，有的人抱著看笑話的心情，他們這隻小隊幾乎是孤立無援的。

戰況卻意外的順利。或許是會長指揮得宜，也可能是他們這群問題兒童早就對危機處之泰然，當他們讓大君王忿恨的倒下時，許多人都不敢相信。

而星耀的成績更在所有攻擊手之上，遠遠的甩開第二名非常遙遠。

但她一點高興的表情都沒有，只是拉低兜帽，遮住她蒼白的面容。

「我們可以離開了嗎？」星耀面無表情。

會長點點頭，星耀跟著她那群興奮得又跳又叫的隊友離開。他若有所思的望著星耀的背影，露出一個自豪的笑容。

多年的投資，終於開花結果了。

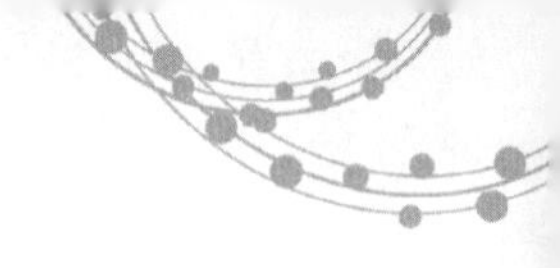

（十六）

星耀一路都很沉默，在跟隊友道別以後，他們一起走向奧多爾旅館。旅館就是他們這些冒險者的家，而星耀和日影分別租賃不同的房間，緊臨而居。星耀的臉色一直很蒼白，滿懷心事的垂著頭。

「星耀，妳到底怎麼了？」日影忍不住開口，「爲什麼不開心？妳幾乎打敗了成打的高手！」

「……我有沒有露出什麼破綻？」緊繃一整晚的星耀終於爆發，她的指甲幾乎都陷入日影的手臂，「有沒有？我看起來有沒有什麼地方出錯？他們看得出來……看得出來……看得出我是、我是……」

「妳看起來完全像是個痛苦系的術士！」日影低喊，「是的，妳表現得很好，完全沒有任何問題！」

星耀驚慌而狂亂的眼睛觸及日影眼中的悲憫，漸漸的冷靜下來。我太緊張了。我做什麼這麼緊張呢？她喃喃的道歉，鬆開日影的手臂。

但這群人……這群充滿惡意、精明的戰鬥高手，是可以輕易識破她的。她不敢鬆懈，全神貫注的不讓自己露出馬腳。她不要在眾人面前，她不要在人群之中。

她不希望成爲焦點，不希望別人看她的眼光盡是驚駭。她只希望安靜的生活，安安靜靜的。

像是個痛苦系術士。這真好笑，我本來就是。

「……我累了。」她垂下頭，讓兜帽掩住她的臉龐，「對不起，我今晚很失常。」

日影微微的痛了一下。這個神氣的女人，驕傲的術士，低頭在跟他說對不起。

他還比較希望星耀趾高氣昂的睥睨他，或是暴跳痛罵，也不想看她惶恐蒼白，低頭說對不起。

這很殘忍，非常殘忍。

他張嘴想說些什麼，還是頹然的轉身。看著地上的燈影漸漸縮小……他突然回身扳住門，星耀微微的驚跳。

「星耀，我不管妳的天賦是怎麼來的，妳就是星耀而已。」他的臉抽搐了一下，尷尬的，「……我是妳的隊長，妳絕對不可以走，這是妳答應我的。」

星耀抬頭看他，眼神格外的脆弱

茫然。「……嗯。」

很小聲很小聲，日影說了，「我很需要妳。」火速轉身下樓。

愣了好一會兒，星耀才緩緩的關上房門。她抱住頭，垂首坐在桌前很久很久。

＊＊＊

日影徹夜未眠。他心裡流轉著一種緩慢的悲哀，爲了星耀。這可怕而黑暗的宿命糾纏這個高傲的女人，幾乎將她逼到絕境。

他像是看到高貴睥睨的龍鷹，卻被困在險惡的羅網中，隨著時光流逝，徒勞無功的掙扎，深陷在殘酷的絲線中亂羽紛飛，鮮血淋漓。

或許他愛惜她眼中的傲氣，愛惜她藏得那麼深的溫柔。他睜眼一整夜，像是什麼都想了，又像是什麼都沒想。

天一亮，他無精打采的起床，準備去冒險者公會轉一轉。一開門，發現魅魔在門口，對著他嬌笑。

別的男人大約會暈頭轉向，樂得飛飛。但那是因爲別的男人沒有罰站一天一夜，而且罰站兩次。

「查小姐，請問有什麼事情？」有過慘痛教訓的日影非常客氣。

「嘖嘖嘖，小親親，幹嘛這麼見外?啊?」她性感的拍自己屁股，搔首弄姿一番，銀白的爪子輕輕的劃著他的臉龐，「小親親，星耀說了，她有點頭痛，想睡晚些，別讓你去敲門。趁這大好機會，姊姊我教你些好玩兒的事情……」

日影臉色大變的貼在牆上，緩緩移動的離她遠些，「呃……改天，改天。我、我還有些事兒要忙……」

聖光保佑，所謂紅粉髑髏。他恨不得多長兩條腿可以跑快些。

驚魂甫定，他抹抹額上的冷汗，走出旅館，冷不防背上一拍，讓他整個人跳起來。一回頭，一張和他非常相似的笑臉，日影罵出來，「恩利斯，你想嚇死你唯一的老哥?」

那位喚做恩利斯的男人，正是日影的弟弟。乍眼看，這對只差兩歲的兄弟像是雙胞胎似的，但沒有人會把他們搞混。

日影的臉上滿是豪邁不羈，氣質反而更像是個戰士；而恩利斯卻溫文儒雅，完全是個聖騎的模樣。

「老哥，你幾時膽子這麼小?」恩利斯笑著，宛如陽光般燦爛。「老媽寄了一堆食物給你，結果你居無定所，只好寄到我這兒來……看起來你過得挺好，老媽真是白擔心了。」

他忍住笑，「看起來新嫂子將你照顧得極好。」

「……我哪來的老婆？」日影翻了翻白眼。

（十七）

恩利斯瞅著他老哥，「……聽說連世界盡頭小酒館都炸翻了。」

「喂！」日影火大了，「是誰那麼愛亂傳八卦啊？事情不是這樣的嘛……」

「老哥，老哥，冷靜冷靜，」恩利斯笑，「我是很想跟你繼續閒聊，但早上我有任務。下午挪個空來艾蘭里如何？我把老媽寄來的東西給你。」

日影皺緊眉和他告別，瞪了一眼正在偷笑的獅鷲獸管理員。這些人，活得不耐煩！再傳？還傳？哪天星耀

抓狂起來，炸翻整個撒塔斯都可能！

笑什麼笑？牙齒白？這些人幹什麼啊真是的……一點危機意識都沒有。

咕噥著，日影去冒險者公會轉了一圈，發現他排漏了，結果今天意外沒事。

也是。最近他們太緊繃，總是任務接個沒完沒了。休息一下也好，尤其昨天星耀……

他晃了晃頭，深吸了一口氣。

回到旅館，他去敲星耀的房門，聽到她心不在焉的回應，推門進去……

星耀正在梳頭。

她的髮色偏白金色，亮的像是銀子一樣。平常她都梳起整齊的馬尾，日影還沒看過她放下來。

現在，她就坐在窗邊，放下白金銀的長髮，一下下的梳著，陽光燦爛的在她髮絲上跳躍。這時候的她，看起來格外的年輕、脆弱。

就只是一個普通的、安靜的少女。

她轉頭找頭繩，沒有找到，卻覺得日影的沉默實在太久了些。她轉頭，日影的眼神卻讓她臉孔有些陌生的發麻。

「……今天的任務是什麼？」她強自鎮靜，淡淡的問。

日影這才醒過來，他狼狽的挪開眼睛，「呃，呃……今天剛好沒事。正好最近都太忙，我覺得我們放假一天好了……」

終於找到頭繩了。她轉頭對著鏡子綁頭髮，「那正好。我也覺得有些累，剛好可以休息。」

「……今天下午我要去找我弟弟……」

星耀搶在他前頭，「那正好，我剛好也有些私事待辦。祝你玩得愉快。」

……妳不跟我去？日影有些淡淡的失望，旋即敲自己的頭。神經病，為什麼星耀要一起來？

不過他去艾蘭里的時候，的確有些怏怏不樂。連老媽最拿手的糖漬蘋果都沒讓他開心起來。

「嫂子沒來？」恩利斯問。

「什麼嫂子，八字都沒一撇，你不要胡說好不好？」日影不知道為啥生氣起來，「誰會追她啊？脾氣又壞，又是個崇拜邪惡的術士！動不動就叫她的狗咬我，叫她魅魔罰我站！個性保守的跟個老姑婆一樣，嚴肅的要命，連玩笑話都聽不懂！抓起來蒸餾搞不好還蒸不出半毫克的女人味！我是造了什麼孽必須追她啊？你說啊，你說個理由來我聽聽看，你說啊～」

恩利斯瞪大眼睛，「……但她不是你的隊員嗎？我聽說你們都同隊。」

「她是個很好的隊員，很好的夥伴。」日影突然洩了氣，「總之，你們不要亂猜，她可是很兇的！」

「但老哥，你一直討厭兇悍的女人。」恩利斯搔了搔頭，「我記得你上任女朋友只是大聲點，你就跟她分手了。」

日影不禁啞然。他長得英俊瀟灑，個性風趣，從來不缺女朋友。可以說，他沒追過女人，通常都是女人來追他的。這可能在某方面慣壞了他，他很不能容忍女人的無理取鬧……

但是等等，星耀無理取鬧過嗎？

他這輩子還沒見過這麼剛正、嚴肅，有稜有角有原則的女人咧。她的暴怒通常是因爲日影大刺刺、粗枝大葉的個性。

「……你不懂啦，星耀脾氣壞是因爲……」他語塞，「她一直都很講理，生氣也只是在任務上。就算生氣也很美啊，小孩子不懂那種暴怒的美啦。」

糟糕，好像越描越黑。

「我沒有追她，我真的沒有追她！」

更慘，好像此地無銀三百兩。

恩利斯卻只是靜靜的看著他，「老哥，我懂了。」他拍著日影的肩膀，「聽說她也留著長馬尾？」

也？

日影精神爲之一振，「小子，從實招來，『也』？你看中哪家姑娘？來來來，長兄如

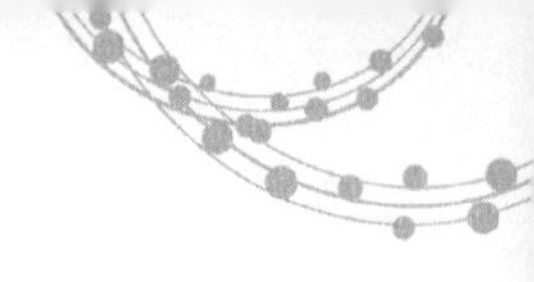

父嘛，老哥替你作主，誰誰誰？在哪？」

「老哥，你別添亂，」恩利斯尷尬起來，「除了她是術士，我連她名字都不知道……」

「也是個術士？我們祖墳風水不好嗎？」日影抱怨了，「爲什麼兄弟看上的都是陰險的術士？」

「也是個術士？」換恩利斯嘿嘿的笑起來。

……你們沒事需要那麼大聲嚷嚷嗎？正在外面買魚餌的星耀壓低了帽簷，深恐被看到。

她該問日影要去哪兒找她老弟的。哪知道偶爾飛來釣魚，又會撞見他們兄弟倆，還聽到不該聽的話。

她背著釣竿，匆匆的往隱匿的釣魚地點走去。幸好這對兄弟互表的很高興，完全沒有注意到她。

（十八）

他們兩兄弟渾然不覺女主角之一在他們眼前溜走，互表得非常開心，直到另一個長馬尾女孩背著釣竿走進來，兩個人不由得閉上嘴。

事實上是日影被嚇到。長馬尾，瘦削的肩膀，身形帶著的那股孤獨和星耀有幾分相似。等她抬起頭，日影才暗暗鬆了口氣。

不是星耀。

雖然身高差不多，也都紮著長馬尾，但這女孩神情輕鬆多了，帶著一股無所謂的神情。髮色也比較深，倒和老弟亞麻色的頭髮有些接近。臉頰長了幾點雀斑，很俏皮的在鼻翼戴了一個極小的鼻環。

再說，她的胸部比較小。

但她和星耀還是有種曖昧的相似，頓時感到很親切。

她愣了一下，大眼睛靈活的眨了眨，轉頭走出去。

而他剛剛高談闊論的老弟，突然靦腆的像是小學生。

「那個馬尾女孩就是你暗戀的對象啊？」日影聲音很大的打趣。

「老哥，你胡說什麼？」恩利斯大窘，死命拖著他，「別扯了！」

「喜歡就追啊，看又看不出愛情火花。」日影大肆批評。

「……你不覺得說這話，你很沒有立場？」恩利斯沒好氣。

這對兄弟互相怒視，最後氣餒的坐下來，跟旅館老闆要了酒。兄弟的相似有時候真的很奇怪，遇到真正喜歡的人就手足無措，這點真是神祕的遺傳。

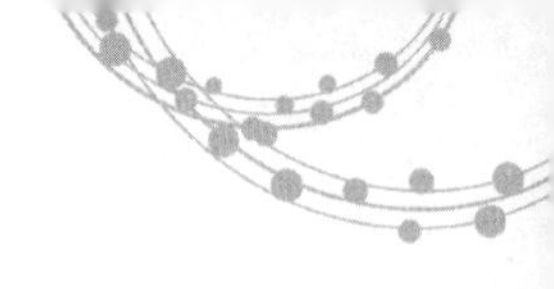

這個時候，兄弟倆意外的都非常沒種。喝了一個下午的酒，互相吐槽，卻也沒激起另一個人的勇氣。

日後，日影才知道，他老弟喜歡的女孩叫做紅葉，很巧的，和星耀是同學。

「這太巧了。」日影嚷起來。

星耀冷冷的瞥他一眼，「……人類術士都是『已宰的羔羊』的術士師傅教出來的。若我和紅葉不是同學，那才奇怪吧？」

「……對吼。」

她疲勞的嘆口氣。爲什麼我會跟從這樣大腦不健全的隊長呢？爲什麼我會在意他呢？這算不算是一種孽緣？

即使是孽緣，他們還是並肩前進。經歷無數艱困的冒險之後，他們追尋大師之鑰，即將有了結果。

他們終於站在時光之穴的黑色沼澤之前，即將尋訪存在於過去的麥迪文大法師。

但星耀，不知道爲什麼，開始不斷顫抖。強烈的，她不想進入這個地域。她覺得將會發生非常可怕的事情。

「星耀？」日影察覺她的異狀，「妳不舒服？」

她回過神，深呼吸幾下。「沒事。我只是有點緊張。」

這很奇怪。但日影沒有多想。因爲這個任務，和以往幾乎沒有什麼不同。事實上他們也成功的封鎖了十八波的時空裂縫，阻止過去被修改。一切都很順利，正常。不正常的是，過去的大法師接待了他們，卻轉頭驚愕的瞪著星耀。

「透莉？」麥迪文困惑，「妳爲什麼會在這裡？妳怎麼沒在卡拉贊等我？」

「……我不是透莉。」星耀覺得自己呼吸不到空氣，「但你……知道我是什麼嗎？」

麥迪文凝視著星耀，好一會兒才湧出隱約的笑意。「哦，妳是從遙遠時光而來的吧？沒想到我會親眼看到我的透莉……」

他伸手撫摸星耀的臉龐，她幾乎是反射性的發出暗影之怒。

大法師一點異樣也沒有，

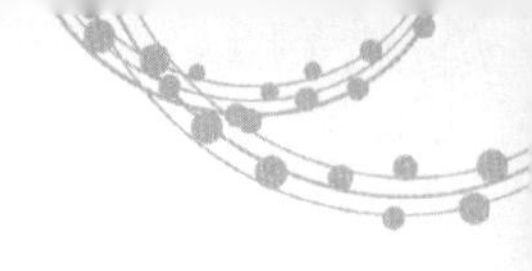

只是若有所思的看著她。「很有趣，非常有趣……去卡拉贊吧。或許妳會發現一些有趣的事情……」

他的眼中透露出清醒的瘋狂，「妳果然誕生了。全天賦的術士。」

星耀感到窒息，宛如溺水般的窒息。

（十九）

星耀不斷的拖延去卡拉贊的日子。

幼年展現了黑暗的才華之後，她一直想追尋真相。她成爲術士，她學習、命令、奴役，召喚與反召喚。她堅持著凝視深淵，希望沉默的深淵凝視回來，告訴她答案。

我，到底是什麼？

然而，在漫長而徒勞的追尋中，她得到了一個有力的線索，卻恐懼著不敢去開啓潘朵拉的盒子。

她是否承受得住？是否有辦法漠然的知曉真相之後，還能泰然自若的處在人世？

即使她真的是個怪物？

日影追問她，她只心煩意亂的推開日影，失蹤好幾天。她用一種狂暴的怒氣衝進已宰

的羔羊，不顧師傅的阻止，堅持的開啓了地下圖書館的門。

不吃也不喝，在古老的羊皮卷和書籍當中辛苦跋涉，想找到一個比較有希望的答案。關於「透莉」，從來沒有在關於麥迪文的文獻中出現過，但她卻因此對卡拉贊有比較深的了解。

卡拉贊是大法師麥迪文生前的住所，他在此處做了諸多魔法實驗。然而，在麥迪文過世之後，這棟宏偉的城堡就此荒廢，成了亡靈和諸多異種盤據的地方。紫羅蘭之眼屢次發出任務單，就是希望能夠深入解開卡拉贊的祕密。

這是最簡略的說法，應該也頗多謬誤。麥迪文過世後，關於卡拉贊的藏書諸多焚毀，這些記載往往是道聽途說的結果。

她沒有去注意麥迪文大法師的生平和神祕的身世，她只想知道，麥迪文在卡拉贊到底做了什麼？

星耀甚至偷偷潛回夜色鎮，要求檔案管理員讓她觀看文件。她翻閱自己的出生文件，追尋自己的祖先，卻看不出任何異樣。

她是個普通的人類。最少，她的父母、祖父母和外祖父外祖母都是正常人類。他們家族都很普通，都是世代的農夫，她有出生證明，並非棄嬰。

但麥迪文對她喊，「透莉」。

夜色鎮的平凡農家，和卡拉贊的大法師，要怎樣有瓜葛？她不懂，她找不出相關性。

疲憊的回到撒塔斯，憤怒又焦急的日影對她大罵了一頓，又跳又叫。她卻什麼話也沒說，垂首聽他罵。

之後她一直很沉默，脾氣卻明顯好了許多。她幾乎很少發怒，意外的溫馴。她還是拖延著去卡拉贊的日子，但公會的其他軍事活動，只要是會長要求，她沒有拒絕過，她只是希望她的隊伍能夠一起。

或許是她的表現太出色，會長接納了她的提議。讓那個看起來是問題兒童的小隊跟著大軍一起前行。令人意外的是，除了星耀，日影純熟的坦克技巧，嚴重的威脅到第一線的主坦地位。

公會開始有耳語和黑函，攻擊著這隻空降的小隊。原本會長可以鎭壓下來，但他卻只有表面上的安撫，並沒有徹底執行。

會長是個深沉的人。他知道有的人徒有野心，但星耀和日影，卻徒有才能。這種排擠和孤立使他們只能信賴和依賴會長，沒有任何陣營要他們。

這對他當然是好事。但他要謹愼處理，不至於造成公會的裂痕，卻能夠將這兩個優秀人才留在身邊，不爲其他人所用，甚至其他公會所用。

當然，有時候他懷疑，星耀似乎都知道這些，但她總是意味深長的看了會長一眼，卻什麼都不說。

直到日影升上ＳＴ，地位應當穩固下來的時候，星耀突然說，「日影，我們去卡拉贊吧！」

日影不懂，但只要是星耀的要求，他都不會拒絕。他開始招兵買馬，準備前往冒險。

你不懂也好。星耀撫摸著大法師之劍。反正她在這世間，真正在意的人那麼稀少，而可以安排的她已經都安排好了。

她可以冷笑著，去面對她的命運。

哪怕是成爲怪物的命運。

（二十）

進入卡拉贊，她幾乎窒息。

陳舊而死亡的氣息撲面而來，最可怕的卻不是這個。

她認識每一個亡靈，每一個。

在殘酷的戰鬥中，她冰冷的發出手底的暗影箭，打在她認識的、曾經會笑會哭的熟人身上，雖然現在他們已經成了亡靈。

成爲骸骨的幽靈馬身上叮叮噹噹，掛著各式各樣小小的飾品。她曾經餵牠們吃過燕麥和甜菜，有些小飾物還是她掛上的。

或者說，是透莉掛上的。

但牠們都死了，狂怒、暴躁，不知道為何徘徊在此。

頭痛欲裂，眼眶裡蓄滿淚水。她被透莉的記憶困擾、驚嚇，交錯而交纏。等看到午夜的時候，她深深的倒抽一口氣。

午夜。被改造成術士馬的午夜，依舊愛玩的午夜，喜歡吃方糖的午夜，大法師的馬。

「很像，對嗎？但只是很接近。」英俊的大法師心不在焉的看著午夜，「終究不是地獄戰馬啊……」

雖然是大法師的馬，但是獵人阿圖曼卻更像牠的主人。她知道的。

不只一次，她來餵午夜的時候，都看到阿圖曼脫掉上衣，用特製的鬃刷，刷洗著午夜。那樣的疼愛。

眼淚墜了下來，她沒辦法殺害午夜，沒辦法對阿圖曼動手。她才靠近馬廄，那匹可憐的馬會歡嘶，阿圖曼會對她揚起手臂，那個古銅色，活生生的獵人……

為什麼？為什麼他們都死了？成為遊蕩的亡靈？

一點溫暖濺在她臉上，她睜大充滿淚水的眼睛。日影被馬蹄踹破了臉，臉頰上鮮血淋漓，瞬間將她從幻境中拉出來。

我是誰？我不是透莉，那些記憶不是我的。我是星耀，我是日影的術士星耀。

她冷靜下來，完全沒有顧忌的施展之前她不斷壓抑的大法，現在的她，用不著顧忌了。

因為她不再恐懼。

當阿圖曼倒在她腳邊，隨著午夜一起消逝時，她傲然的挺直脊背。不再迷惑。

「只要我還活著。」她對日影說，「我就是你的術士。」

第一次，日影看到她真正的笑。

那是飽受折磨艱困，卻依舊充滿勇氣的笑容。是真正覺悟，轉身死戰的鬥士笑容。他見過無數女人的笑，卻從來沒有見過這樣的絕美，像是在他心頭重重的上了一記制裁。

到這個時候，原本曖昧模糊的心情，才真正清晰，他終於了解到星耀在他心目中的重量。

「我是妳的騎士。」他領頭走出去，又轉頭，「永遠都是妳的騎士。」

她堅強的笑因此滲入一絲苦澀。

「隊長，要走的路還很長。」

像是痛楚到極點就會失去痛感，當恐懼到了極致反而不再恐懼。

最初的驚慌過去，星耀反而能夠利用這種幻境的既視感。

身為一個天生的術士，師傅並沒有真正教會她太多東西。但她進入「已宰的羔羊」第一天，師傅嚴肅的告訴她，「如果妳屈膝於黑暗，那就跟那些軟弱的人沒有兩樣。」

這是術士師傅教給她最重要的東西。

冷靜和堅強，是她最好的武器。

或許，在她心底的透莉非常驚慌失措，不斷的問著，「怎麼會這樣？」

原本華美的城堡成了死城，死去的摩洛依舊帶領僕從等待永遠不會回來的主人；大法師製作的貞潔聖女和館長成了面無表情的殺人兵器……她從現在的殘酷中看到過往的美好，拼湊著名為「真實」的殘缺拼圖。

當摩洛即將嚥氣，館長即將報廢，他們輕聲而困惑的喊著，「透莉？」時，星耀的確痛了一下。

但就那一下。

她將這些聲音，推到心底最深處，冷著臉孔，跟著日影，一步又一步，直到圖書館。

艾蘭——大法師麥迪文的生父，以幻影的形態鎮守圖書館。一個發了瘋的幻影。

這個全天賦的法師，即使是幻影，也讓這十人小隊吃足了苦頭。最後艾蘭施展了全體變形術，讓他們成了無助的小羊，冷笑著坐下喝水，然後又瞬發全體大火球，在這同時，他喚出四隻水元素。

就在眾人感到絕望的時候，那四隻水元素居然同時被放逐到別的世界。

不僅僅是小隊成員震驚，連艾蘭都獃住了。

「……不可能！這不可能！」艾蘭大叫，「他不可能成功的！只會有全天賦的法師，不會有全天賦的術士！他失敗了，他不可能成功的！」

星耀在他眼前吸收了惡魔僕從的力量，痛苦震盪之後，又施展了暗影之怒。用技能否定他的否定。

最後艾蘭倒下。在他消散之前，大睜的眼睛裡寫滿了不可置信。

木然的站了很久。星耀彎腰，在他消逝的地方，撿起一本破舊的日記。

那是大法師麥迪文的日記。

（二十一）

日影宣布在圖書館外的小廳過夜，明日再戰。

他們升起火堆，興奮的小聲交談著剛剛驚險的戰鬥，但也下意識的離星耀遠些。

星耀站起來，走進圖書館，點起火把。就著光，她開始閱讀麥迪文的日記。日影安頓好了隊員，也跟著走進來，憂鬱的看著星耀。

早晚會傳出去的。但他不懂，爲什麼星耀不再掩飾……她之前一直很低調，能將這份驚人的天賦藏多深，她就藏多深。

現在爲什麼沒有顧忌？他這個大剌剌的人，被深刻的憂慮啃噬著。

但除了陪伴她，什麼都無能爲力。

就這樣，他們並肩坐在火把前。夜晚的卡拉贊顯得格外的冷，日影將披風裹在星耀身上，她沒有躲避。只是專注的，一頁頁的翻閱。

「日影，我知道我是什麼了。」她笑起來，卻沒有歡意。「我跟午夜一樣。」

麥迪文是個大法師，真正全天賦的大法師。就跟他偉大的母親和生父相同，精通冰火奧三系的偉大法師。

當黑暗漸漸侵襲麥迪文的時候，他開始做各式各樣的魔法實驗，並且對凝視黑暗的術士感到興趣。

有大法師，卻沒有全天賦術士。這是個很有趣的事情。

他運用高超的魔法、煉金，甚至是工程學，改造了午夜，創造了貞潔聖女，但他卻無法創作一個活生生的人。他可以讓人類成爲永不安息的亡靈，但他無法創造一個活生生的術士。

唯有人類可以創造人類。這個挫折讓他感到憤怒又覺得有意思。

夜色鎮和卡拉贊相隔並不遠。當時的卡拉贊還時有訪客和宴會，圍繞著卡拉贊還有個小小的城鎮，在當時的大法師庇護下，相當繁華。許多夜色鎮的農家女在農閒時會去附近找點零工，透莉，就是當中的一個。

她讓摩洛雇用了。這個笑容甜美的小姑娘，很快就和眾僕役打成一片。後來摩洛捨不得她的勤快，留她下來當女侍。

這個時候，麥迪文也注意到這個像是雲雀般無憂無慮的少女。

她成了麥迪文的侍女。麥迪文用魔法或比魔法更高明的誘惑，讓她甘願成爲麥迪文的實驗對象。

於是，她被改造，潛伏了一種像是疾病的因子。一種誘發黑暗天賦的因子。

之後麥迪文更改她的記憶，將她放回夜色鎮，冷靜又熱切的等待她嫁人、懷孕生子，結果卻讓他很失望。

她生下普通的子女，像平凡人一般過了平淡無奇的一生。

即使偉大如麥迪文這樣的大法師，也沒想到他的實驗綿延了三代，才能夠獲得驚人的成功。

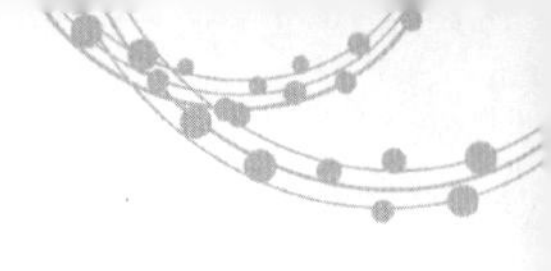

「結果我是麥迪文也不知道的實驗品。」星耀疲憊的遮住眼睛，「一個怪物。」

「拜託妳不要胡說。」日影轉頭，「我不要聽妳侮辱我的術士。」

星耀彎了彎嘴角，卻沒再說什麼。她得到了真相。但她平靜下來，或許讓她真正恐懼的是，對無知的恐懼。

事實上也不算太壞。她或許是個不自然的實驗品，殘留著曾祖母的回憶。但又怎麼樣?她還活著，而麥迪文和曾祖母都已經死了。

只要她不結婚，這條黑暗的血脈就不會傳下去，悲劇就不會重演。這是很簡單就可以解決的事情，她依舊可以昂首過每一天，即使必須避開人群。

這沒什麼。她不是這樣一路走過來了嗎?

「哦，我還是你的術士。」她笑笑，「最少我知道我是什麼了。我是人類。就算是實驗品的後代，也還是個人類。」

她釋懷了，但日影卻覺得眼眶火燙，心頭著了一刀似的痛苦。

＊＊＊

他們探索了整個卡拉贊，試圖清除所有的惡魔與亡靈。當他們終於抵達塔頂，消滅了莫克扎王子，真的以爲一切都結束了。

但一直在空中飛翔的骸骨獅鷲獸卻飛了下來，揚起了滿天塵土。

滿臉于思的大法師下了骸骨獅鷲獸，露出一個迷人的笑。

「一直在等妳呢，孩子。」他熱切的看著星耀，「終於見到妳了，透莉。全天賦的天才術士。」

星耀閉了閉眼睛，讓暈眩感過去。

他明明死了。他明明已經在遙遠的過往死了。現在卻成了一個強大的夢魘，出現在她面前。

在這個偉大的法師之前，他們像是剛出生般的嬰兒一樣，如此無助。所有的人幾乎都失去了聲音，心頭只有無限的恐懼。

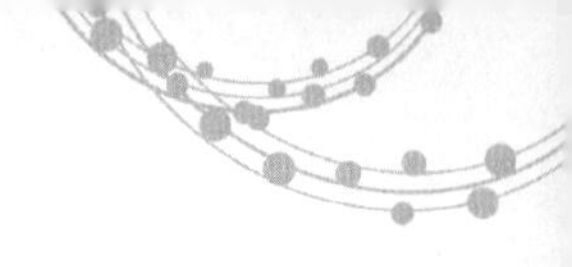

「她才不是什麼透莉！」日影狂怒的擋在前面，「她是星耀，我的術士！」

星耀睜開眼睛，直視著大法師，他的眼底只有殘酷的虛無。

她昂首，從來沒有這麼堅強過。當有人需要妳保護的那一刻，妳才能真正知道什麼是堅強。

「我並不是你的玩具，大法師。」她挺直背，「我是星耀。」

（末章）

一陣風吹過，捲起塵土。

她和麥迪文相互凝視，打量。她莫名的明白了，麥迪文的確死了，就像艾蘭已經死了一樣。

殘留的只是一個幻影，一個熱切而貪婪的幻影，貪婪的想要知道他所有的實驗結果。

「放過他們吧。」星耀冷冷的說，「你要的不就是一個對手，一個全天賦的術士對手？生前一直沒有對手，你一定很遺憾吧？遺憾到……想要製造一個對手出來。」

麥迪文張大眼睛，像個純真的孩子似的笑了，「我的實驗真的很成功。我不但製造出全天賦的術士，還是這樣聰明的術士。死在那些廢物的手裡，我很不甘心哪。」

真是……愚蠢的理由。這個愚蠢的理由卻造成我此生的痛苦和不幸。

就讓這一切，到此爲止吧。

「快走啊，還愣在這兒做什麼？」星耀厲聲，「法師還不快開傳送門？日影，你也走！這裡沒有你們的份，快滾！」

發愣的法師驚醒，火速開了傳送門，爭先恐後的逃離。但日影卻動也不動。

星耀發怒了，「你！……」正要罵出口，心頭一酸，語氣軟弱下來，「隊長，別讓我有後顧之憂。」

「屁話啦！」日影暴躁的回答，「我可是主坦哪！我們帖斯特家的人，沒有拋棄隊友這回事！女人家惦惦啦！」

……一定是麥迪文的實驗搞壞了我的腦子。所以我才會為了這個笨蛋這樣牽腸掛肚，失去冷靜和漠然。

甚至為了他，才了解堅強的意義。

「……不要死。」她瞬間召換了地獄犬，「你若死了，我會讓狗追到陰間去咬你！」

「廢話多！」日影吼著，對著麥迪文拋出了復仇之盾。

麥迪文大笑，瞬間引爆了大火球。

這是場非常艱困的戰鬥。如同艾蘭的幻影，實力比起他生前百不及一，麥迪文的幻影也遠遠不如生前。

但這只是比較級。

一方面是麥迪文留情，一方面是他們倆都不是肯認輸的人，所以還可以周旋一陣子，但已經是極限了。

這卻讓麥迪文漸漸不耐煩。他睥睨的看著這兩個苦苦掙扎的人。「透莉，妳讓我很失望。」

幾乎爬不起來的星耀壓住額頭的傷，右眼望出去，一片血紅。「……這和他沒有關係。」

麥迪文轉眼看著奄奄一息的日影，笑了一笑，「我猜想，妳需要一點動力。」他將日影拖起來，從塔頂扔下去。

星耀愣住了，她找不到自己的聲音。腦筋一片空白，像是被丟下去的是自己。隔了幾秒，她發出極度尖銳痛苦的尖叫。

聲音是那樣高亢淒厲，骸骨獅鷲獸應聲粉碎，甚至讓麥迪文感到窒息，無法動彈。她飄飛，長髮狂亂的在風中張揚，沉重的陰霾不斷的籠聚，讓她像是身處黑暗的風暴中。

不能讓她施法完全！麥迪文驚覺，試圖法術反制，卻被風壓刮出幾步。她的表情猙獰，眼中流出兩行血淚。累積已久的憤怒、悲傷，和狂暴的殺意，捲成渾沌的暴風，她雙手向天，吟唱著難解的咒文，麥迪文緊急斷了她的法術，卻沒辦法終止。因爲烈焰從地底竄了上來，如龍怒般撲向麥迪文。在被烈焰吞噬的同時，黑暗的風暴降臨，夾帶著無數詛咒和闇法，轟然如昏暗的奧術爆炸，將整個塔頂夷成平地。

麥迪文浮出一絲微笑。闇法猖獗。這才是他最應該的，最光榮的死法。死於一個全天賦的天才術士。

「精彩。」他消逝。

星耀落地，然後軟倒。奇怪，明明她已經落地了，爲什麼還是輕飄飄的，像是不斷往下沉？

中。

「……日影。」她闔上眼睛，任憑自己下沉，下沉。不住的下沉。沉入無盡的黑暗

＊＊＊

她沒想到自己還能夠再醒過來。

呆滯的望著室內跳耀的陽光。真奇怪，她怎麼沒有死？她活著幹什麼？日影那樣慘死在她眼前……為什麼陽光還能夠無知的嘩笑？

她的頭髮完全褪盡顏色，白的跟雪一樣，但她一點都不在乎。原來痛到極致，只會感到麻木。

日影……日影。為什麼她眼睜睜看著他死？為什麼？為什麼要奪走她唯一在乎的人？

躺了很久很久，她連流淚的力氣都沒有。

「……日影。」

「妳叫我？」精力充沛的聲音在她背後響起。

她猛然坐起，瞠目看著正在吃烤魚的日影。他笑容滿面的揮了揮手，「妳睡好久喔，我都快急死了。不過醫生說妳沒什麼大礙，只是有點脫水和過度疲勞……」

「你、你……」她顫著手指指著日影，「你還、還活、活活活……」

從那麼高的塔頂掉下去還沒死？這是夢吧？這完全是夢……自我安慰的夢吧？

日影搔了搔臉頰，「我摔不死的。」他笑得一臉粲然，「我可是有聖盾的聖騎哪！」

安靜了一會兒，星耀的病房傳出驚人的暴吼和傢具變成碎片的聲音，還有地獄犬興奮的汪汪叫。

等日影終於可以離開病房的時候，不但鼻青臉腫，屁股上照例有隻地獄犬。

＊＊＊

不知道是使用過度還是某種反噬，星耀驚人的全天賦消失了。她成了最普通的痛苦系術士，還是裝備不太好的那一種。

會長的震驚和失望可想而知，他甚至懷疑星耀欺騙他，找遍群醫，甚至將星耀送到「已宰的羔羊」，得到的結論都是相同的。

星耀可能永久或半永久的失去驚人的天賦。

但從另一方面來說，會長得到了補償。星耀以麥迪文的日記，交換了自己和日影的自由。

他們兩個離開了公會，爲了避免騷擾，自創了一個很小的公會，只有他們兩個人。公會的名字讓許多法師翻白眼，就叫做「麥迪文剋星」。

至於他們的關係……

一點進步也沒有。

這讓日影很苦惱，但他生平沒有追過女孩子，星耀又不是普通的女人。或許她不再是全天賦術士，但她依舊聰明智慧，反應靈敏……

要電一個防騎還綽綽有餘。

所以他們就這樣耗著。成爲更熟練的冒險者，成爲野團的召集人，自由自在的遊走，但依舊是隊長和隊員的關係。

直到北域開放，日影終於鼓起勇氣。

「星耀。」他緊張的看著小抄，「聽說聖騎和術士一起到北域的大教堂宣誓，就可以得到幸福。」

這可是他想了一整夜的台詞。多浪漫含蓄，又充滿詩意啊！像星耀這麼聰明，一定聽得懂，而且不會讓她罵輕薄，不會被她揍。

……這真的很老梗。星耀有些氣餒的看著日影。認識這麼久了，這個笨蛋防騎還是這麼笨。

這部預告片她也看過。她相信，幾乎每個人都看過。

「別再相信沒有根據的事情了。」她冷冷的說。

「……妳能不能像女人一點？」日影生氣了，「這樣妳也聽不懂？妳到底是不是女人

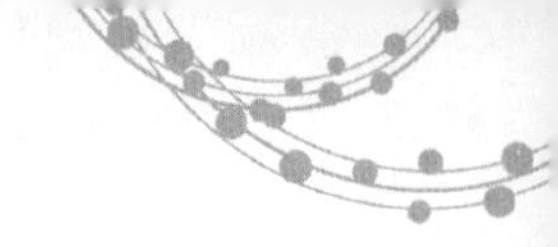

哪……喂！我反對暴力！痛痛痛～～死狗不要咬我屁股～為什麼跟妳求婚還得被咬屁股！星耀～」

她轉頭裝作沒聽見，卻掩不住嘴角漾出來的甜美笑意。

（第一部完）

悸動

悸動 I

我是個術士。

卻是個，聽得到風之低吟的術士。

直到很久以後，我才知道，那是大氣的歌唱。原本只有薩滿才能夠聽到的歌聲，但我卻聽得到。

這不知道是幸還不幸，身爲一個凝視深淵的術士，我同樣也抬頭傾聽燦爛的風。

＊＊＊

我叫做紅葉，然而照我家鄉的話，指的是花楸樹。

就個性而言，我並不適合當個術士。但怎麼說呢？有個一直渴慕黑暗卻毫無才能的父

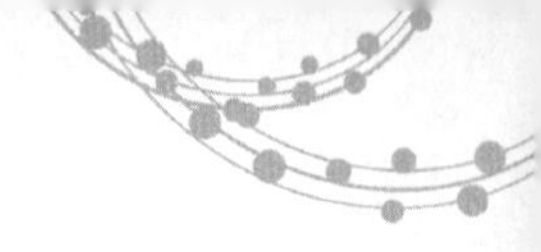

親，當我年幼時意外顯現魔法天賦時，就全無選擇的進入了「已宰的羔羊」。師傅們拿我沒有辦法。個性上，我太無謂，才能上，我卻勉強及格。和渴求力量的同學不同，我對力量抱持著無所謂的態度，所以在同儕中，我是個怪胎。

同樣被當作怪胎的，是我另一個同學星耀。不過她和我不同。她是因為天分太高，被同學排擠，她躲避人群，而我，對群體認同無所謂。

不過這也有好處，有時候必須分組學習時，最少我們可以湊成一組，反正大家都覺得物以類聚，讓怪物去自成一群。

我無所謂，她沒有意見。和她同組有好處，她會搞定一切，我只要別妨礙她就成了。裝熟這種事情是令人害羞的。即使我們算是互動最多的同學，但我不會去死纏著不放，雖然能抄到她的筆記鐵定可以過關。

後來我們都通過畢業考，畢業了。她甚至比我還晚一點通過最高級考試。我大約知道為什麼……徒有野心卻缺乏才能的人總是喜歡打壓卓越者。想要免傷最好的辦法就是大智若愚。

我還是抱持著無所謂、無所求的態度，而她就比較謹慎一些。

我比她幸運的是，父親對我最大的要求就是當個術士，有沒有公會無所謂。而她，因為某些緣故，還是中級術士就被網羅到一個極大的公會。當然有人非常豔羨，我倒有幾分可憐她從此失去自由。

不過畢業以後，我們的聯繫就等於斷了。畢竟畢業後就沒有分組問題，她冷淡，我也不見得是個熱情的人。

本來我對這種生活很滿意。到處遊走，接接冒險者公會的任務，參加臨時組成的冒險小隊，過著一種清貧卻自由的生活，我的心也一直都是散漫的、無拘束的。很多人對術士非常感冒，當然也就不會想要多了解我是漫不經心還是傲慢無禮……這對我當然比較好，真的。

但你知道，身爲人類，就有許多不方便的地方。最讓我煩惱的，反而是成年之後跟隨而來的荷爾蒙旺盛。

直到現在，我還認爲戀愛是種荷爾蒙不正常增生的倒楣狀況，結果我這樣喜愛聆聽風歌、熱愛自由勝於一切的術士，也免除不了這種困擾。

我第一次愛上的，是個可憐的夜精靈戰士。他是個沉默的、非常可靠而老練的戰鬥者。我們出了幾次團，有回因爲我殺敵殺得太忘情，他衝過來阻擾納迦宰了我。

雖然因爲他那猛力一撞讓我鼻血長流，整場戰鬥都在鼻孔塞著衛生紙才有辦法繼續扔暗影箭，但我也不知道哪根筋不對，對他砰然心動。

這很糟糕。我甚至懷疑自己是不是被虐狂。

我也不知道我做了什麼，總之，他很信賴我，出團會設法把我帶上。不過我也很清楚，不至於自做多情。

或許我只是二尖瓣脫垂或其他心臟疾病？但我發現只有他出現在我眼前，我才會心悸臉紅心跳的發病。

也可能，非常可能，我得了某種精神上的疾病。

花了很多時間反省，自我檢查，我不得不承認，我犯了許多女人都會犯的錯。我沒等人追，就愛上一個人，這簡直比世界樹整棵死光光還糟糕。

但我不是個扭捏的女人。這就是最不好的一點。男人要低頭四十五度才發現我是女人，一抬頭就忘個精光。夜精戰自然沒發現過我是女人，更不會知道我愛上他。

這很慘，非常慘。

困擾了幾天，我跟他告白了。他張大了嘴，頭髮全體站立。「但、但是……但是我已經有女朋友了。」

「這樣啊。」我點點頭，「對不起，打擾了。」

後來的發展讓我嚴重思考自己的莽撞。他不但再也不敢跟我說話，看到我像是看到大麻煩，跑得跟飛一樣。這麼一來，我更尷尬了，只好把爐石點改到艾蘭里，盡量避開和他碰頭的機會。

但每過一小段時間，他就會寄很長很長很長的信給我。對他的近況鉅細靡遺，還問我過得怎麼樣。我搔搔頭，不知道怎麼回答他。只好這樣寫：

「尚存於世，一切安好，謝謝關心。」

後來他的朋友跟我說，拒絕了我，他傷心很久。因為我對他非常冷淡。

……什麼跟什麼啊？

第二個倒楣的對象，是個德萊尼法師。

你知道的，沒有公會的流浪者來來去去就是那群人，組久了，當然也就熟了。雖然我很小心謹慎，不再讓荷爾蒙出來誤事，但某天，我們巧遇同隊伍，去一個非常險惡的地下城，在艱困戰鬥的短暫休息，別人忙著吃麵包喝水，但他卻瀟灑脫的拿出葡萄酒，非常享受的瞇細了眼睛。

那種泰然自若的模樣，又讓我心律不整了。

這下真的事情大條了。

不過，因為前車之鑑，我很聰明的不去告白。這時候我領悟到，女人不是彆扭，是不得不彆扭。彆扭一點，可以省去很多尷尬，何樂不為？我相信要藏得好是很簡單的，戀愛本來就是荷爾蒙不正常增生，時間久了就會過去，在那之前，連看到他的章魚鬚都會心悸，就當作促進血液循環好了。

但我實在不知道是我有什麼異常，還是他在我身上放了魔法偵測……總之，他突然問我：「妳愛上我喔？」

毫無心理準備，我脫口而出，「對啊，你怎麼知道？」

所謂禍從口出，莫過於此。

我這廂自懊自悔，他倒是滿意的笑了。「我這樣聰明智慧、英俊瀟灑，是女人都會愛上我。只是妳得領號碼牌。血精未滅，何以家為？」

……怎一個囧字了得。

後來我真的深切的反省過了，甚至懷疑我是不是花痴。正常的女人不是都等人來追……可是這又很奇怪了，同樣都是人，為什麼男人可以喜歡女人，女人不可以喜歡男人？

我想了很久，放棄了。因為真的好麻煩。我想馴服荷爾蒙，但成效極微。我當初該去當牧師，而不要當什麼術士。乾脆的出家或許不會有荷爾蒙的困擾……

或許我該學著當個正常的女人？所以我接受了一個盜賊的追求……這更是災難中的災難。

在我努力想辦法愛上他的時候，無意中發現，說要去偷箱學開鎖的他，居然是去「偷香」，開什麼樣的鎖我就不清楚了。

他以為我吃醋，其實並沒有。但後續發展實在很混亂，我真的很懶得說。只是我被他的女友們勸說，弄得頭昏腦脹。大人的世界真複雜，我還是盡量控制荷爾蒙比較理想。

這個慘痛的教訓讓我安分了很久，最少內分泌一點都沒有作怪。想起星耀，覺得她真是睿智到不行。遠離人群就可以將這種奇怪的念頭壓抑到最低點，盡量不跟人混熟就可以減少這種討厭的尷尬，果然是好辦法。

所以我當了很長一段時間的三重苦人士，很多人以爲我有聾啞問題，非常憐憫。

但偶爾，聆聽風的歌聲，我會愴然落淚。

當個女人真麻煩，或者說，當個人就很麻煩，總會有寂寞的時候、總會懷念戀慕的感覺。

這太蠢了，真的。

後來我想開了。總有一天我會衰老到沒這種需求，在那之前，我喜歡誰，只要對方不知道，他不困擾，我也高興，有什麼關係？

之所以會想開，是因爲有個奇怪的聖騎士會在艾蘭里的旅館發呆。而我也常常在那兒聆聽風歌。有回，他抬頭，和著風歌的旋律，吹著口哨。

慘了。

但這次，我很快就鎮靜下來。畢竟我不是小女生了，也比較會處理狀況。只要我不認識他，不要跟他說話，這種愚蠢的悸動很快就會過去。在那之前，我可以默默喜歡一個人，寂寞的時候可以想想他亞麻色的馬尾，似乎也沒什麼不好。

這成了我一個小小的祕密，小小的心願。

如果會覺得很想跟他說話的時候，我會背著釣竿馬上走出大門，就可以阻止自己做蠢事。

這天，意外的發現他和另一個聖騎在旅館，兩個人的容顏意外的相似。我猜想是兄弟

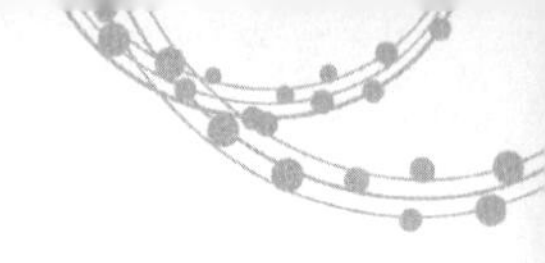

吧……但即使這樣相似，我還是一眼就認出他來。

這種認知沒什麼好高興的。我默默的扛起釣竿，走出大門。

「那個馬尾女孩就是你暗戀的對象啊？」另一個聖騎聲音很大的打趣。

「老哥，你胡說什麼？」他大窘。

綁馬尾的女孩滿街都是，當然不會是我。我加快腳步，臉孔發麻的想快快逃遠。到了隱蔽的釣點，我大大喘口氣……

瞠目和老同學星耀面面相覷。

「……來釣魚？」星耀勉強擠出一句話。

……背著釣竿不釣魚，難道我來獵殺凱爾薩斯?但仔細一想，又有些悲從中來。

「表面上是來釣魚。」我悶悶的投竿，「事實上，是逃難。」

星耀仔細看了我幾眼，也跟著默默投竿。「我也是。」

我瞪著她，啊呀……真是太糟糕了，我看到相同的苦惱。該死的荷爾蒙啊！

「……唉！」不約而同的，我們同時嘆了口氣。

悸動Ⅱ

（一）

事情的發展往往出乎意料之外。那次意外讓我很久不敢踏入艾蘭里。

我想了很久，決定不要自作多情。雖說歷史乃是人類慘痛教訓的記錄，而歷史告訴我們的也不過是人類永遠會重複同樣的慘痛，但又不是每個人類都如此。

最少我不要這樣。

長馬尾的姑娘滿街走，又不是我一個。連星耀都留著長馬尾，搞不好那個聖騎喜歡的正是星耀。

這真的太麻煩了。但更麻煩的是，我控制不住荷爾蒙。這個可怕的事實令人黯然神傷，我做了一件很不應該的事情……

悄悄的，我對聖騎放了「追蹤偵測」。這樣，不管他在哪裡，我都可以知道。

這實在是很像變態才會作的事情。更可怕的是，我打聽到他的名字，他叫恩利斯。

每天，我都會看一下他在哪。如果他在52區，我猜想他可能要去風暴要塞；若在劍刃山脈，說不定是戈魯爾之巢。若在時光洞穴，應該是要去海加爾山。

若是在泰洛卡森林，很可能是回到艾蘭里休息。

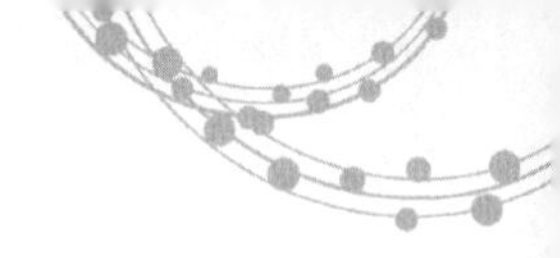

這很變態，我完全知道。我常看看他在哪，然後飛去那張地圖釣魚。我釣魚的技巧突飛猛進，但沮喪也是與日俱增。

這樣下去是不行的。

我回到「已宰的羔羊」，非常誠懇的跟師傅求助。「師傅，聽說切除腦下垂體就可以避免感情上的困擾。」

我這麼誠心誠意，師傅卻額冒青筋的將我踢出大門：「你當我是爛殭尸那群亂搞的煉金師嗎？這種侮辱從來沒有聽說過……給我滾！」

拍拍身上的灰，我很悲傷。連凝視黑暗的師傅都不幫我。難道要我闖去幽暗城找不死族的煉金師幫忙？

極度無助下，我真的跑去幽暗城。這次更糟糕，幽暗城的守衛喊打喊殺，那就算了，我還從那個年久失修的電梯上摔下來，幸好有綁靈魂石。

逃得性命，此路也不通。

我陷入深重的傷春悲秋，夏愁冬恨。

但即使被荷爾蒙這樣玩弄，我還是堅持不去重蹈覆轍。好，讓我們正視事實。我幾乎不認識他，連名字都是偷偷打聽來的。我喜歡他什麼？我不知道他的個性嗜好，甚至他是個好人還是壞人都不曉得。

這是盲目，懂嗎？完全盲目。

時間久了，我就會淡忘了，就跟過去那幾次的悸動相同。

但我錯了。我去打聽他的名字就是第一個錯誤。

撒塔斯的居民都很八卦。八卦到我知道星耀炸掉世界盡頭小酒館，也知道她和聖騎日影的愛恨情仇（？）。正因爲他們倆正是最當道的八卦主角，東扯西扯攏龍門陣就會去扯到日影同樣在當聖騎士的弟弟。

他的弟弟，叫做恩利斯。等我遠遠的看到日影長什麼樣子，我就更頹喪了。因爲別人提到「恩利斯」三個字，我沒辦法不豎尖耳朵去聽。

結果我聽到的都是正面、陽光而向上的消息。簡直可以競選艾澤拉斯十大傑出青年。對我來說，是壞到不能再壞的情報。

我很變態的，在恩利斯不可能出現的時刻，回到艾蘭里的旅館。我明明知道他要到很晚才會回來休息。

但我可能在清晨或中午，跑去坐在旅館裡面，抬頭聽著薰風燦爛的歌聲。可惜沒有人類在當薩滿的。不然我應該依循風的道路才對。

恩利斯也聽得到風歌，能夠跟著風歌吹口哨。

我不要再想了，這簡直是白癡到極點。我對恩利斯生氣，對這白癡的一切生氣，特別氣我自己。

不要再想了。

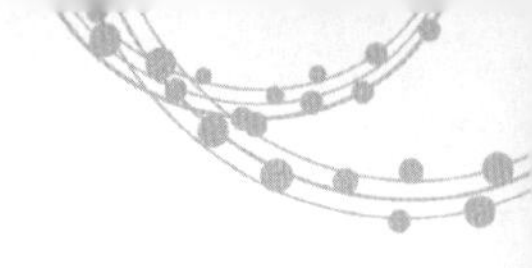

忿忿的拭去眼角的淚，無精打采的站起來。

「我想，妳需要這個。」一條雪白的手帕遞過來。我抬頭，轟的一聲，所有的血液都往臉孔集中。心跳快到幾乎要昏倒了，這已經不是二尖瓣脫垂，而是狹心症了。

我需要送醫院。

恩利斯好看的臉在我眼前，滿臉關懷。他臉上有著整齊的于思鬍子，讓他看起來像是在微笑。亞麻色的頭髮在陽光下閃爍。戴著一個單眼鏡，增添幾許溫文儒雅。

趕緊送我去醫院！

「妳不舒服嗎？」他更靠近一點，我卻後退一步。別、別過來。你會誘發我氣喘發作。

勉強按耐住幾乎要跳出口腔的心臟，「沒、沒什麼。」我倉促的搶走手帕，「只、只是老毛病。」

「很嚴重嗎？妳臉色很不好看。」看著他紫羅蘭色的眼睛，我擔心會不會痙攣。

「呃，啊……」我將臉轉開，省得自己像個白癡——雖然本來就是。「我……我……」

「我只是心悸。」

「那還是去給醫生看看？如果妳不介意，我幫妳看看？雖然不是很專長，但我也受過一些急救訓練……」

不，不要，千萬不要！你別靠近我！你再靠近一點……我可能真的得直接送太平間了！我可憐的心臟……

「……我沒事。」

他笑了，額上幾絡頭髮垂下來。「之前我常看到妳呢，怎麼失蹤了好久？對了，妳叫什麼名字？」

就算會因爲心臟病猝死，今天也是最値得紀念的日子。

「我，我叫紅葉。」

（二）

我和恩利斯認識了。

這完全不是我願意的，但你知道，上帝不跟你玩撲克牌……不對，打麻將？好像怪怪的……還是下西洋棋……？

總之，命運就是開了我一個極大的玩笑，讓我不知道該怨恨還是該感恩。

他制約了我。我居然很蠢的讓他制約，我是不是智商上面有什麼缺陷啊？

他每天大約晚間十點多回到艾蘭里，看到我會非常高興，雖然他的眼下籠罩著深重

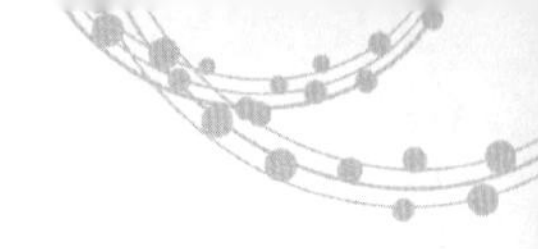

的疲倦，還是會打起精神跟我聊幾句。我想是因爲他人太好的關係。他總是很關心我的身體……

但若沒有遇到，第二天，我打開信箱，就會有他的問候信。

就我對他的了解，他是個溫柔體貼的人，對朋友極好。這樣一個好人當然會關心心臟有毛病的朋友。

但這天殺的，無差別攻擊的溫柔！這絕對會讓我誤會的！

冷靜，冷靜。我是個理智、堅強的術士。我當然不會誤會啦，對不對？哈哈哈……

所以我乖乖的十點就回到艾蘭里，因爲我不想再收到讓我胡思亂想的信。然後就很蠢的被制約了。

哪裡可以找到醫生割除腦下垂體啊～

抱著膝蓋，我坐在旅館裡，聆聽著響亮的風歌，深深感到身爲人的悲哀。輕輕的，他在我身邊坐下來，盔甲摩擦發出悉唆聲。他沒有說話，跟我一起抬起頭，然後和著旋律，開始吹著口哨。

很單純，很美的聲音。我閉上眼睛。這一刻，多麼令人想流淚。

薰風遠去，口哨停止。

「妳一直聽得到對不對？」他對我笑笑。

相處這麼久了，我又從狹心症恢復到二尖瓣脫垂，沒那麼致命了。我點點頭，輕輕哼著熟悉的風歌。

「真沒想到……」他的聲音寧定，「我一直以爲只我有聽得到。身爲人類卻聽得到元素的歌唱，這是種……」

「溫柔的惆悵。」我們異口同聲的說出來。

我說不出這是什麼滋味。從來沒辦法分享的感動，現在終於有一個人，可以彼此了解。

但我不會過度解釋的。好朋友，就這樣。我也不是小女生了，出來闖蕩這幾年，讓我這樣無所謂的人也學到什麼。我不是星耀那種絕世美女，也沒有驚人才華。我很平凡，不起眼。

我不會去強求什麼，我懶。不管面對恩利斯心跳得多劇烈，想到他就會有些愁苦的微笑，我也不想重複以前的輕率。

真的相信，人與人的相處是有配額的。我若不去跨越那道界線，說不定可以跟恩利斯相聚的久一點。

我是這麼的喜歡他，不希望因爲我的愚蠢失去他。

「妳說過，紅葉在東谷是花楸樹的意思。」他望著星光，「那妳知道『恩利斯』是什麼意思嗎？」

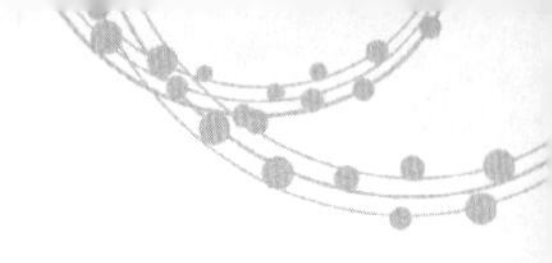

「這是羅德隆北方的方言。」我想也沒想的回答，「意思是『晨光之子』。」

恩利斯驚訝的張大眼睛，瞅著我，「……妳怎麼知道？」

……我幹嘛不知道？「術士師傅說，我當術士實在不適合，當個圖書館員還好些。我很愛泡圖書館的……」

當然，我不會告訴他，我還特別跑去圖書館翻過資料。這太蠢了。

望著我，他眼神柔軟的讓我想揍他。別用那種令人誤解的眼神看我！

但他沒說什麼，只是站起來，道了晚安。

等他走了，我垮下肩膀。等明天能再見面，已經是二十個小時後的事情。天殺的等待哪……

【三】

每天早上，我會飛去撒塔斯，然後買塊煎餅，坐在鳥點附近的圍欄上邊吃邊等。跟我一樣無聊的人滿多的，不是撒塔斯的居民，就是無公會的流浪冒險者。其實只是大隱士不承認，我發現他也滿愛看的，一大早就藉著巡視的名義跑來這邊等著。

我們在等什麼呢？

沒多久，主角們就出現了。

不知道是什麼緣故，UB和TD這兩個公會明裡暗裡都槓上了。也不曉得從什麼時候開始，當他們要出raid的時候，會先在撒塔斯鳥點集合。

UB一定在左邊，而TD一定在右邊。這兩個聯盟最大的公會有著強烈的競爭意識和特色。你若在路上看到有人旁若無人的大聲談笑，和刻意在最顯眼的地方展示一身亮眼裝備，老用鼻孔看人的，那大概是TD的人；若你看到一群人像是守喪，一言不發，像是欠他們幾百萬，老愛拉低兜帽裝低調的，那大約是UB的人。

等人數確定集結完成，他們會互相注視，氣氛緊張得一觸即發。通常TD會先出發，一整個中隊的鳥起飛，真的滿震撼的。接著是UB，他們飛行隊伍更整齊劃一，刻意會排成人字形起飛，不知道排練多久。

好看好看。

「好看歸好看，但有什麼意義？」鳥點管理員搖搖頭，「我建議他們買團體票比較省錢，兩個公會都不甩我。」

我也不懂這有什麼意思，不過頗富觀賞價值。

不過，恩利斯雖是UB公會的防騎，他卻不參與這樣的儀式。有回我跟他提起，他大笑。

「我脫離童年很遙遠了。」他都直接從艾蘭里出發，不去參與這種無聊的抗爭。

不過人類會排斥不合群的雜質。我爲恩利斯有些隱憂。我聽說刻意裝低調的UB內部鬥爭很激烈——他們的會長又是個戰士，還是有些仇視聖騎的戰士。

但恩利斯就是恩利斯。即使這樣激烈鬥爭的公會，他依舊是防騎的第一把交椅，備受倚重。另一方面來說，他的行程排得滿滿的，每天都征戰不休。

難得的假日，應該會累得只想好好休息才對。但他說，「啊，終於有時間陪妳了。」

……喂！不要說這麼令人誤會的話！

「我、我也是有事情要做的。」狼狽的將頭一轉，「我今天可是要去暗影迷宮的……」

「那還缺坦克嗎？」他不由分說的跟我組隊，「好。我問問還有誰要去好了。」我瞠目，意外的發現他的溫文底下隱隱藏著的霸氣。

跟他去一趟暗影迷宮，我好想死。

不是他坦得不好，而是他坦得太好。戰鬥節奏明快，頭腦清晰，應變能力極佳。他脾氣好，但堅定，彬彬有禮，但不容質疑。

他是個天生的、完美的隊長。

打完這場暗影迷宮，陌生的兩個女法師一個女牧師圍上去跟他要連絡方式。他只是溫柔的笑，輕輕攬著我的肩膀，「不太好吧？紅葉會不高興。」

！！！！

……喂！不要說這麼令人誤會的話！雖然我的確不是那麼的……還有，你幹嘛靠我這麼近？別亂來！慘了，我又心律不整了。

快送我去醫院！

但我卻像是同時中了恐懼術和懺悔，僵硬的由著他攬我的肩膀，將我帶出地下城。

等他終於鬆開我，我才大口的喘氣。原來我憋氣憋了一路。

「要、要拿我當擋箭牌，你也早點說……」我臉孔整個漲紅了。

他盯著我的臉好一會兒，差點誘發我的氣喘。「如果我說不是呢？」

欸？一定是我誤會了哈哈哈，一路AoE讓我有點昏頭了哈哈哈，我開始出現幻聽了。

蒼白著臉孔，我轉身要走。

他突然抓住我，將我拉回去，還死盯著我的臉看。我真的有種強烈恐慌發作的預感。

「這、這一點都不好笑。我我我……我很討厭這種玩笑……」

「我不喜歡開玩笑。」他嚴肅得接近猙獰，「我喜歡妳，紅葉。」

我想，我的表情很愚蠢吧？我張大了嘴，瞪著他。

勉強形容一下好了。我腦海好像在放燦爛的煙火，當中還有聖誕老公公駕著馴鹿飛過，小鬼在跳踢踏舞，魅魔在唱歌劇，虛空行者在叫賣爆米花和可樂。

「紅葉？」他向來安穩的臉孔出現了一絲動搖，「紅葉，妳還好吧？」

一言不發的，我對他發出挑釁的旗幟。

他困惑了。「呃……要先打贏妳嗎？」他接受了。

深深吸口氣，我對他「恐懼嚎叫」，然後他用每秒一百米的速度狂奔而去。等他開了聖盾解除又衝回來，我的恐懼術也施法完成，讓他不由自主的跑個老遠。

我轉身，用這輩子最快的速度逃跑。一直跑出奧齊頓，趕緊爐石，衝向鳥點。「快！快送我到世界的盡頭！」

鳥點管理員看了我一眼，「風暴之尖就風暴之尖，什麼世界的盡頭……」

管他什麼地方！趕緊讓我逃走吧！

（四）

我是神經病。我根本是神經病啊～

我幹嘛跑？我跑什麼跑啊！

坐在鳥背上，我不斷的問自己。我明明愛他愛得要死……但我沒有心理準備啊！我又想大哭，又想狂笑，整個呈現交感神經嚴重打架的情形。

他喜歡我。恩利斯說，他喜歡我。

即使這麼長途的飛行，我還是陷入一種極度渾渾噩噩的狀態，腦海裡繼續放煙火、小鬼繼續跳踢踏舞、魅魔繼續唱歌劇、虛空行者還在叫賣爆米花和可樂。

我抱住腦袋，坐在地上。

我想起幾次愚蠢的悸動，想到那段亂七八糟的初戀。我整個是個懶洋洋的人，我不確定我能不能處理這種混亂。

微風吹拂過樹梢，像是在吹口哨。我抬頭，看著無憂無慮的風靈旋轉著，飛翔著，梳理過翠綠的樹林。

能夠看到風靈，可以聽到風的歌聲，我一直覺得是個奇妙的奇蹟。

難道互相喜歡不是嗎？

總是我喜歡別人，或是別人喜歡我，總是單向。第一次，我真的是第一次遇到，他喜歡我，而我也喜歡他。這難道不算是、不算是一種稀有的奇蹟嗎？

風靈在笑，而我在哭。一直都這麼無所謂，活得那麼自由的我，大聲的，毫不害羞的哭了又哭。

我很害怕，真的很害怕。我的自由就要消失了……或許我會悸動的那一刻，我的自由

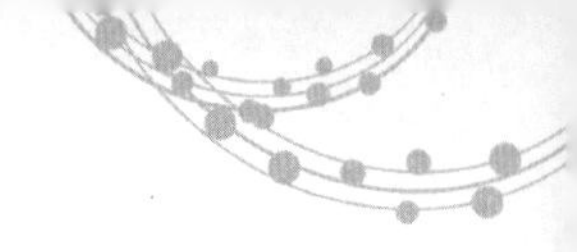

就消失了。但戀情，就一定會腐壞。我不知道恩利斯可以喜歡我多久，但我卻在起點恐懼不已。

等他不喜歡我的時候……等我失去他的時候……該怎麼辦？

哭到眼睛幾乎睜不開，我沮喪的趴在膝蓋上。我聽到鎧甲的悉唆聲，熟悉的腳步聲，在我眼前站定。

我抬頭，眼底還都是眼淚。淚眼模糊中，恩利斯還是這麼好看。

真的沒救了。

「我在等妳的答案喔。」他單膝跪下，直視我的眼睛，「但我發誓終身效忠於妳。My lady。」

真的完蛋了，一切都完蛋了。

我猶豫的、遲疑的靠在他胸前，輕輕的點了點頭。

＊＊＊

恩利斯告訴我，當我跑得無影無蹤時，他找了很多地方，卻都找不到我。

第一次，他呼喚沉默的風靈，而一直沉默的風靈，也破例給了他答案。

後來？

哈哈哈，哪有什麼後來。（默）

我們過著和以往差不多的日子。他是公會的台柱，忙碌不堪，我又是那樣散漫的人，不太需要人陪。我們還是只有晚上才見面說幾句話，偶爾有假才一起去地下城冒險。

自從那次以後，他也沒再說過類似「我喜歡妳」這種話，我也沒有。

這太羞了，拜託。即使都在交往了，一點點刺激還是會誘發我的心臟病。

所以，當星耀爲了日影氣勢萬鈞炸了卡拉贊頂樓，我們的進度只到牽手。北域的大門即將開啓，我們才頭一次接吻……而且失敗的撞到對方的鼻子。

我真不懂，接吻有什麼甜蜜的。摀著流鼻血的鼻子，我很氣悶。

不過，這樣也不錯。我相信，即使是情人，相處也是有配額的。省一點用，說不定我們可以在一起……一起看著頭髮漸漸蒼白，佈滿皺紋的手，還可以牽著去散步。

我對他一直很放心。因爲他是這樣冷靜的戰鬥者。

但他們公會要去挑戰伊利丹的時候，我還是心悸了一下。

「……要小心。」

「妳知道我的。」他笑，如陽光般燦爛。輕輕的，在我額頭上一吻。

目送他飛離艾蘭里。這天，和其他的日子，並沒有什麼不同。

（五）

但那天晚上，恩利斯沒有回來。我等了一整夜，越等越訝異。我知道伊利丹非常不好對付，但他們可是UB啊。

遲疑的，我詢問了UB的幹部，他們冰冷卻不失有禮的告訴我，他們遇到一點麻煩，但詳情無可奉告。

試圖施展密語法術，卻被團體防禦法術擋掉了。

到處打聽，我只打聽到戰事陷入膠著，情形不太樂觀。

我哪裡都不肯去了，天天都在撒塔斯等待。傳來的消息卻讓人心情低盪到極點。每天都有UB的戰鬥者回來——在屍袋裡。

黑暗神廟到底出了什麼事情？這不可能啊，他們有隨軍牧師薩滿聖騎，都可以設法復活，再不濟也還受死亡天使的祝福，不至於真的死掉的。

但撒塔斯被寡婦和母親的眼淚淹沒了。

UB不肯撤軍，每天都有小隊開進黑暗神廟。這我不關心，我的男人呢？我的恩利斯呢？但UB關閉了所有對外的窗口。

猛然想起很久以前，我對恩利斯施展過「追蹤偵測」，趕緊把符文石取出來……居然還有效。看到他顯示著在黑暗神廟的小點，我稍微寧定了點。

將符文石塞進懷裡，我沉重的回到艾蘭里，開始等。

只要那個小點還在閃亮，就表示他還活著。我絕對不要哭，最少不要現在哭。幾乎整天整天都在釣魚，我靠這個維生，因爲我已經完全不去冒險者公會了。

我在等，等到那個小點熄滅，消失。

說服自己，這只是剛好法術失效，或被驅散。恩利斯沒事的，不管多麼艱困危險的戰鬥，他都會笑笑的，冷靜的去面對。他不可能會有事的。

但星耀卻遲疑的找到我。她穿著表示哀悼的黑法袍，後面跟著哭得雙眼紅腫的日影。看著相似的面孔，我真正的恐慌了。

她的男人還在，那我的男人呢？

「紅葉，」星耀下定決心似的抬頭，「恩利斯在黑暗神廟陣亡了。」

瞪著她，我失去了聲音。騙人的，不可能的。

據說，他們深入黑暗神廟，遇到突襲。恩利斯毅然斷後，被敵軍捕獲。他被虐殺的影像傳送到神廟外，在眾人面前被凌遲，連魂魄都被拖出來，扔進歡呼的惡魔群中。

所以，連可以送回來的屍袋都沒有。

我站起來想反駁，這太荒謬了。但茫然走了幾步，我聽到風在啜泣。我想，我暈倒了。

（末章）

我大病一場。

還滿慘的，整天都滾著高燒，模模糊糊的聽到自己在尖叫，爭辯，在往日的甜蜜和無盡惡夢裡翻攪跋涉。

奇怪的是，我一直沒有哭。

哭出來說不定就會好，但我知道我好不了了。

愛情真的會改變一個人，而且改變得非常徹底。那個零下四十度的星耀，居然會盡心盡力的照料重病的我，怕我難過，還不讓日影來找她。

我很感激，真的。

但一能起床，我留下一封信，就掙扎的回去西部荒野。

日子還是要過下去。就算心整個破裂，空空的連碎片都沒有，日子還是得過下去的。

我不能自殺。恩利斯知道一定會生氣的。更何況自殺又去不了他那裡。沒有他，什麼地方都一樣的。

突然很想念，非常想念西部荒野的海風。我想念懸崖上的蘋果園。有個小小的祕密，我一直想說卻沒說。

其實，我最大的希望不是錦衣玉食，有個顯赫威名遠播的丈夫。而是能跟恩利斯手牽手回去西部荒野的蘋果園，一起種蘋果。

平平凡凡，簡簡單單。

將來我們退休了，說不定就可以回家種蘋果。到那時就可以安定下來結婚，生寶寶，和蘋果一起生生不息。

第一個女兒就要叫做小蘋果。這我都想好了。

我回到西部荒野。

在死亡礦坑附近，有片坡地，很適合種果樹。媽媽的蘋果園就在那兒，附近只有一個鄰居，同樣也是果農。

我老爸是個窮困潦倒的學者，都靠老媽種蘋果養活一家人。老媽過世後，老爸接手，但他實在連我都不如。

不過，爲了老爸不切實際的幻想，他還是把我送出去當術士。他一個人守不住，也離開了，跟著矮人去挖什麼古蹟，媽媽苦心經營的蘋果園，就這麼荒廢了。

挽起頭髮，換下漂亮的法袍，我開始辛勤工作。拚命工作有個好處，妳什麼都不會多想。當妳累到手臂都不像是自己的，除了吃飯睡覺，妳什麼也不會去想。

終於把布滿灰塵的家打掃乾淨，破爛的屋頂修好，除光一人高的雜草，疏通淤塞的井……每天要做的事情很多很多。

在忙碌中，時間過得很快，轉瞬一年過去了。

我以爲，終究時光會解決一切，看起來我真的太天真。

人的一生中，總會遇到一次真正的悸動，去愛上一個最值得的人。配額用完就沒有了。我終於獲得真正的平靜，荷爾蒙不再作怪，灰燼般的平靜。

但誰可以告訴我，心都沒有了，爲什麼還會這麼痛？我學習那麼多闇法，到底爲了什麼？

我不能用腐蝕術種蘋果，也不能用召喚儀式喚回恩利斯，生命虹吸更不能減輕每日輾轉反側的痛苦。

力量的本質，難道只有虛無？

＊＊＊

不過，在這遍布盜賊的西部荒野，身為術士還是有那麼一點好處。當那群土匪來掠奪的時候，我可以著實的給他們好看，鄰居的農婦也會拿出獵槍邊罵邊追。

我們倒不是好惹的。

但我很懶得跟人動手。之前我是痛苦系的術士，想殺人，都得自己動手。但我很懶，真的很厭倦鬥爭。

「妳叫妳的守衛出來砍啊。」農婦對我很好奇，雖然我實在提不起勁跟人交談，「妳不是術士？」

……我可以瞬發痛苦嚎叫，嚇得那幫土匪掉下懸崖，怎麼可能會有守衛？

但我心底一動。我已經徹底放棄冒險者的身分了……那堅持當個痛苦系的術士有什麼意義？當初是希望在團隊裡不拖累別人，現在只有我自己而已。

運送蘋果去暴風城的時候，我順便去遺忘痛苦系的天賦。既然惡魔守衛威名遠播，那我試試看好了。

術士師傅搶劫了我一大筆學費，把裝著惡魔守衛真名的信封拿給我。打開來，我困惑了一下。

維里斯？什麼怪名字。

我命令他，他也出現了。召喚惡魔守衛的副作用真強，我瞬間眼眶刺痛。穿著鮮紅盔甲，手上拿著不祥的巨斧，膚色蒼青，大半的臉都被遮住了，嘴唇像是死人一樣發黑。

我挑剔的看著他。整體來說，體格還不錯。不過惡魔就是惡魔，猙獰的很。但我靠近他一些……

我強烈的心律不整。

惡魔系術士付出的代價還真大。

熱淚湧進我的眼眶，讓我強烈的，強烈的想回艾蘭里。困惑的翻著手冊，怎麼沒有人提及惡魔術士會有這種副作用。

但是，又怎麼樣？去看看吧？又不是很遠。穿過黑暗之門，就有鳥點可以一路飛回艾蘭里。去看看吧。

最少去聽聽懷念的風歌。

我去了。坐在旅館裡，身後是我一言不發的惡魔守衛。抬頭凝視，亙古的風，燦爛的歌唱。

但吹口哨的人，永遠不會回來了。眼底乾涸，宛如火焚般痛苦。

就在這個時候，我聽到了熟悉的旋律。一開始遲疑，口哨吹得破破碎碎。漸漸的，熟悉而完美，像是吹過幾千幾萬次一樣。

然而，旅館裡除了我，沒有其他人。我的身後，只有剛喚出不久的惡魔守衛。

一滴淚滑過我的臉頰，如此滾燙。我終於，終於可以哭出來。我不敢回頭，我不敢。

緊緊抓著前襟，我不敢回頭。我哭到幾乎要斷氣，哭到幾乎淚盡而繼之以血。

終究我還是回了頭，淚眼模糊的看著變得猙獰恐怖的他。

茫然的，露出追憶的神情。他望著我，困惑的。「My...my lady?」

我哭，拚命的哭，抱著他不斷的哭。世間的一切，都有跡可循。我這樣的人會成爲術士，說不定就是爲了這一天。

爲了可以將他召喚回來，回到我身邊。

我們回去西部荒野，繼續種蘋果。我當然知道不會有小蘋果出生了……但我很滿足。雖然他什麼都不記得了，但我很滿足。

身爲一個惡魔術士，我感謝上蒼。這是個屬於黑暗卻看見光明的奇蹟。

悸動Ⅲ「特異魔法禁止條例」

（一）

這是非常晴朗的暮春早晨。

夏天即將來臨，空氣中帶著微酸的蘋果花味道，有些早生種蘋果已經可以採收了。雖然果實嬌小，味道帶點澀味，但因爲是最早一批的蘋果，被稱爲「戀愛之蜜」。

也因爲這個好聽的名字，這些蘋果通常可以賣極好的價錢，並且供不應求。

但我不會告訴別人，這蘋果的名字就是我取的。連水果小販的那個漂亮看板都是我畫的。坦白說，當個術士真的糟蹋我的才華，要不我就去當個圖書館員，要不就該當個奸商。

結果花了一大堆時間學了一些沒用的闇法知識……唯一的用途，居然是將我親愛的男人召喚回來。

至於我親愛的男人，正滿臉鐵青的往馬車上堆蘋果。

他不喜歡吃蘋果，我知道。但也不用這樣猙獰的面對我辛苦種出來的蘋果……我真的有點傷心。

抬頭看到我瞅著他，他的臉色更鐵青。「……我是惡魔守衛！」

「我知道呀，」我有點悲傷，「別一直提醒我這殘酷的事實。」

「我是惡魔！管殺戮的惡魔！」自從「歸來」以後，他的脾氣一直不太好，我了解……他一定吃了很多苦頭。

「我不是長工！我根本不用管妳這些爛蘋果爛馬車，你們人類這些低等動物……」他破口大罵，但是看到我盈盈欲淚的臉孔，聲音越來越小。「……妳像個術士行不行？」

「我……」我掩面，「我本來就不適合當個術士……」

「不要動不動就哭！」他非常煩躁，「別哭了！我做就是了，不要哭了！」

「你弄爛我兩個蘋果……」我將頭垂得更低。

「夠了！」他暴怒，但手下的工作卻沒有停，對蘋果也溫柔多了，「算我拜託妳，別掉眼淚行不行！」

我從指縫看他，卻被他發現。他的表情好像吃下一打青蛙，如果不是血契的關係，他可能舉起那把恐怖的雙手斧想把我劈成兩截。

「……妳又裝哭。」他的聲音低沉下來，像是雷電量豐富的暴風雨。

搔了搔頭，「……你又不是第一天認識我。被我唬這麼久，還次次上當……」

「紅葉．達魯克！」他爆發的怒氣讓我身邊的油燈應聲

而碎，幸好沒有波及我寶貴的蘋果。

我將眼睛轉到旁邊。反正他很快就會不氣了，因爲他很怕我哭。

如果說，恩利斯讓我召回以後，還有什麼沒有忘記的，就只有風的歌聲，和我頰上的淚。

你問我難不難過？其實呢，難過也是有配額的。你不能想像一個人窒息似的生活一整年，還得欺騙自己不需要空氣。等恩利斯回來的時候，我才明白，沒有他我根本不行。外貌變了、性格陰沉、忘記一切，連種族都不同。那又怎麼樣？他還是回來了。他會生氣會暴怒，有時候被我氣到最後暴跳完，又會躲到馬房去大笑怕我知道……

其實我都知道。

我對他最大的要求就是：活著，在我身邊。

雖然我很明白，他是活著，但活在異世界裡頭，只是應我召喚在人世出現。若我不小心讓他陣亡，他就會回返異世界……

但我很害怕，非常害怕。若我不慎讓他回去，下次我喊「維里斯」時，他能不能回來。

雖然他對我奮不顧身的行爲感到錯愕和憤怒，有次他抓著我猛搖，把我搖得頭昏眼花，「妳知不知道妳會死？吭！妳知不知道妳會死啊～妳若死了我就、我就……我就換個主人！」

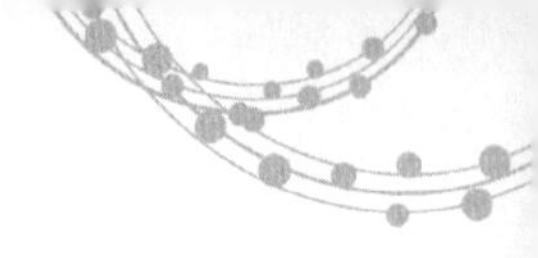

「你別想劈腿！」被搖得快吐出來的我大叫，「我有綁靈魂石啦！老天，別謀殺我！我要腦震盪了～」

他抓著我瞪了半天，又一把把我抱在懷裡，幾乎把我的肋骨擠斷。這個神氣的惡魔守衛，拚命在發抖。

他忘得不夠徹底，對他來說，應該很痛苦。

有時候，我在夢中驚醒，可以看到他坐在我床頭，用一種讓人掉淚的表情看我。我只能半張著眼睛裝睡。因爲他會很糗，很生氣。

如果我裝睡，他可以肆無忌憚的看著我的臉，一遍又一遍的念著，「My lady.」

有時候，他會輕輕摸著我的臉，粗糙的手會磨痛皮膚，但我反而會閉上眼睛，裝得更像。

他很困惑吧？我想。他成爲惡魔，卻沒把往事忘乾淨。我若爲他

好，應該施法洗掉他的記憶殘片。

我辦不到。他還記得一點點片段，就算只有一點點也好。雖然他趁我睡熟的時候會偷偷抱住我，發出沒有眼淚的嗚咽，天亮又對我非常冷淡和兇惡……

但我知道，他只是爲了不完整的記憶和眷念暴怒而已。

只是，我也不希望他想起來。身爲一個有尊嚴的聖騎士，淪落到成爲惡魔，我怕他受不了。所以我沒告訴他往事，我只是他的「Lady」，他莫名愛慕的對象。

原本可以這樣平淡的過下去，在蘋果微酸的芳香中。偶爾出去打獵，也是爲了他所需的靈魂碎片。原本可以這樣的。

那個暮春的早晨，我們一如往常的去了哨兵嶺，我開啓了信箱。「已宰的羔羊」寄來一封官腔十足的信。

我應該了解師傅的暗示的，我應該不予以理會的。但我覺得好奇，而這好奇，結束了我們安穩的日子。

（二）

趕到已宰的羔羊，師傅的臉整個發青。

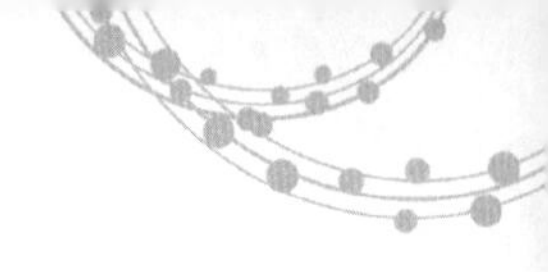

他瞪著恩利斯，然後轉頭瞪我，像是要在我身上瞪出幾個大洞。「……白癡。」他從牙縫擠出話，聲音很低，卻充滿憤怒，「妳回來幹嘛！」

……不是你寫信叫我回來？

「白癡、笨蛋、智障、軟弱無用的窩囊廢！」他的臉孔漲紅到發青，「星耀都知道趕緊去參加那群環保遠征隊調查超抽地下水問題，所以不回來了，妳跑回來？妳居然跑回來！我上輩子是不是殺了妳們全家大小，這輩子妳來討債了？」

「山達爾，當心你的血壓。」另一個師傅安多瑪斯勸著他。

「血壓！我還管得到他媽的血壓勒！」師傅的聲音高了起來，勉強壓低，「我暗示的那麼清楚，妳看不懂？」

「看不懂。」我一向都是很誠實的。

「……安多瑪斯，我先宰了這個笨學生行不行？」臉孔發黑的師傅轉頭問。

「……你想讓她假死躲過去是不行的。」安多瑪斯搖搖頭，「她一定是從暴風城城垛的鳥點飛進來的。『特異魔法查緝小組』應該很快就會到。」

師傅一臉絕望，像是我得了癌症一樣看著我。

到底是怎麼回事啊？

後來還是安多瑪斯師傅跟我說，皇家議會不知道是否太閒，突然決定要保持各個職業的獨特性。除了本科職業以外，嚴禁使用其他職業的法術。這本來沒問題，就算想學也沒得學……但議員們在議堂之上打了一場群架後，突然通過法案，發布了「特異魔法禁止條例」。

起因是，某個術士議員用「冰霜新星」將跟他打架的議員冰腳，然後跑遠放腐蝕種子，大怒的議員認爲這嚴重破壞平衡，所以要禁止所有魔法的不當學習和濫用。

「……那個術士議員是不是搞工程的索圖恩？」我張大嘴，這個學長我還認識哩。他很愛插旗決鬥，我就被他冰在地上過。

不過議員先生們不知道有種東西叫做「冰霜炸彈」嗎？

安多瑪斯聳肩，「妳知道我知道，路邊的阿桑都知道。但被打傷自尊的議員先生們拒絕知道。總之，他們動不了索圖恩——人家可是皇親國戚——就遷怒到我們這些平凡百姓身上……」

「議員不搞點事情出來亂，就不是議員了。」

「但這跟我有什麼關係？」我不懂。

安多瑪斯扶了扶額，「……有人檢舉妳的惡魔守衛不正常……星耀則是因爲以前炸掉卡拉贊頂樓被盯上。」

「我的恩……我是說，我的維里斯哪裡不正常！」我跳了起來。

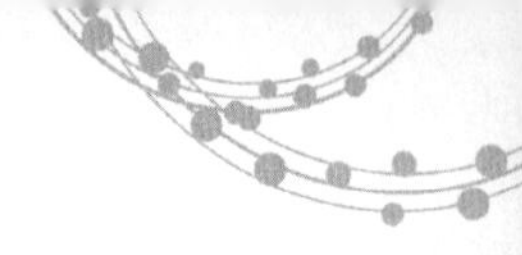

「總之妳控制好他！」山達爾師傅怒吼，「別讓他太過聰明太過厲害了！現在這個他媽的法案就是針對咱們術士的……」

……這倒有點糟糕。恩利斯不會惡魔守衛都會的順劈斬……但他會闇法聖印，還會審判。這不是最糟糕的，更糟糕的是，他的武器可以更換，所以我給他的雙手斧是我自己鍛造的新月斧。

「……師傅，我該怎麼辦？」這下我真的慌張了。

「我能怎麼辦？要不妳就打出暴風城，要不就去監獄吧！」師傅的火氣高漲，「議員都很健忘的，過個三年五載他們只會自肥，根本就會忘了這個法案。妳幹嘛在這熱頭上衝回來啊！」

「師傅，是你寫信叫我回來的。」我很委屈。

「我不寫行嗎？那是公文，公文欸！妳幾時看過我信的開頭沒罵妳的？看到信就該覺得不對啊！星耀都知道要跑，妳怎麼就特別笨……妳這禍頭子，惹禍精！天才和白癡爲什麼只有一線之隔，還常常跨越界限？爲什麼！」

就在他又跳又罵的時候，暴風城的查緝小組到了。

我知道，術士師傅都是明哲保身的人，不然玩弄闇法的「已宰的羔羊」才不會存在這麼久。他們不可能私放我走，我也不想給他們帶來麻煩。

師傅的確暗示了我，還破例跟我說明這麼多，其實算是疼我了。

說不定乖乖束手就擒，去監獄蹲兩天，師傅還會想辦法來保我出去。我又沒做什麼，議員先生們也只是五分鐘熱度，應該沒問題。

但我少考慮了一件事。那就是貴族出身的查緝小組通常嚴重缺乏禮貌。

當我帶著恩利斯讓他們挾持著前往暴風城監獄時，有個組員笑嘻嘻的摸了把我的臉，「雖說不怎麼漂亮，皮膚倒是水嫩嫩的。聽說女巫那方面很行，是不是真的呀……」

我還來不及反應，鐵青著臉孔的恩利斯已經用斧背賞他一記暈鎚，聖印、審判，地上還冒起黑暗的火焰。

我在那輕薄的笨蛋被砍死之前，喚出恐懼戰馬，將恩利斯拖上馬背，轉身飛逃。

這下事情真的大條了。

（三）

騎馬狂奔，我的心跳得非常快。

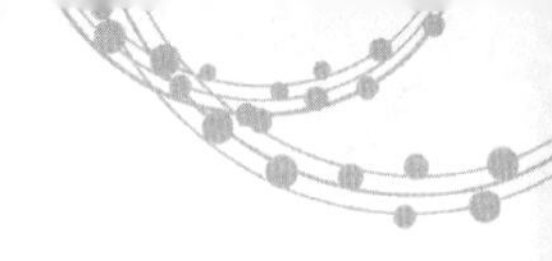

完蛋了，真的完蛋了！誰不好動，動到那群貴族子弟！逃跑前那個輕薄的笨蛋已經倒在血泊中，不知道是生是死。若是重傷還可以問個徒刑……

若是死了呢？若是死了，絞刑架或柴火堆等著我們呢！

「你……！我明明命令你，沒有我的指令不准妄動，你爲什麼違抗血契……」我狂怒的轉頭，瞪目看著恩利斯嘴角流著暗紅的血。

……違背血契的命令，不可能會沒事的。他受了內傷？傷得怎麼樣？

「你怎麼可以……」我哽住了。

「他侮辱我的Lady。」他猛力抓著我的肩，我痛澈心扉，卻沒有叫出來。「放鬆我的血契，不要限制我，不要控制我！女人！」

「……你抓痛我了。」我淡淡的，儘管額頭都是汗。

他馬上鬆開我。遲疑了一會兒，我將血契改到守護法術。

這一定會惹禍，一定的。但我不要看他冒著違抗血契受到法術反彈的危險，強行護衛在我身前。

我的心會痛。比我瘀青的肩膀還痛好幾百倍。

「……不要哭。」身後的恩利斯煩躁的說。

「我沒哭。」盡力壓抑住嗚咽，「風大，眼睛酸。」

沿著大街小巷狂奔，後面的追兵越來越多。可能受到某種指示，暴風城守衛也都衝了

過來。在這種鬼時刻，我居然淚眼模糊。

「……妳還是哭好了。」他抱著我的腰，將臉埋在我頸窩，「妳哭吧！」

按著他粗糙的手，我看到了對岸的碼頭。這是運河最窄的地方。

要不就殺出暴風城，要不就下監獄。但惹出這樣的禍，不可能平安出監獄的。我到哪都可以無所謂的活下去，但我不要劫後餘生的恩利斯受一點傷害。

我受不了這個。

在眾追兵之前，夾緊馬腹，「寶貝，加油……」

我縱馬，跳過遼闊的暴風城運河。我的愛馬沒有讓我失望，就算有些踉蹌，還是在碼頭上站穩了，繼續狂奔而去。

他們得繞路過橋。在那之前，我們說不定可以逃遠一點。

但可以逃多遠呢……

沿著運河跑向舊城區，道路非常狹窄。一個轉彎，差點撞到一對戀人。那是一個男人和一個夜精靈少女。

我勒馬，恐懼戰馬人立而嘶，雙方都受到相當的驚嚇。在我身後的恩利斯突然全身僵直，怔怔的瞪著男人的臉孔，「……弗德？」

那個男人嚇了一大跳，像是要在恩利斯身上瞪出幾個洞。他用一種見鬼的表情望望我，又望望恩利斯。

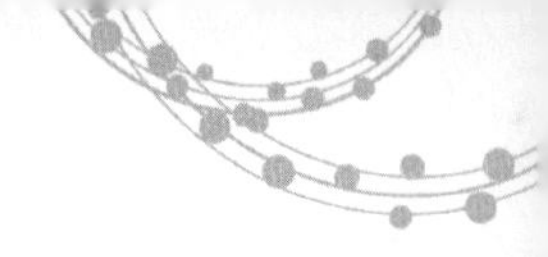

「對不起，借過。」我快哭出來了。

「矮人區。」聽到奔騰的馬蹄聲越來越近，「矮人區的地鐵沒有守衛，快去！」

我愣了一下，他拉過夜精靈少女，「珍珠，我們掩護他們一下……」

那個叫做弗德的男人擁吻著少女。這讓我狼狽的將目光挪開，趕緊策馬跑向矮人區。

他是恩利斯的朋友？拉著恩利斯狂奔上地鐵時，我一直在想著。

或許是偶然，或許只是觸動，恩利斯認出弗德之後，一直目光呆滯，陷入苦苦追憶又徒勞無功的沮喪中。

我的心好痛。

「恩……維里斯。」壓抑著微顫的聲音，「我有點冷。」

他從追憶中驚醒，下意識的環著我的肩膀，讓我靠在他的胸膛。

地鐵在甬道飛快奔馳，我們不知道前方有什麼命運在等待著。

（四）

我們抵達鐵爐堡。

運氣很好，地精區剛出了一起實驗意外，炸得一塌糊塗，許多地精和矮人跑來跑去，還有裡外三層看熱鬧的各種族遊客。

心下稍寬，一回頭，發現恩利斯不見了。

難道……被抓走了？明明就在我身邊，爲什麼我一點聲音也沒聽到？我瘋狂的鑽在人群裡翻找。當然我知道，暴風城可能也通知了鐵爐堡，只有這種雞毛蒜皮大的事情動作特別迅速。

他媽無能到底的國家機器！

最後我終於找到恩利斯，幾乎快暈厥過去。

他一臉著迷的聽地精技師討論爆炸原因和炸彈原理。

我知道他是工程師啦，他戴著的單眼鏡就是工程產品……當然對炸彈啦、將人炸上天啦，這類的話題非常有興趣……

但不要是這個時候啊！

鐵青著臉，我拖著他就跑，驚醒的恩利斯，滿臉羞愧，一個字也不敢跟我爭，默默跟

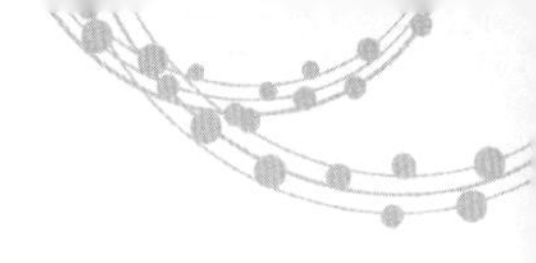

著我跑。

看他這樣，我反而難過起來。「……我不是不給你聽，只是這個時候……」

「我明白，對不起。」

……別跟我說對不起。這樣我很難過，非常難過。

「等我們……等我們脫離這團混亂，」我下定決心，「我去遺忘專業技能，重新學採礦、學工程。我學的話，你就會了。我陪你去採礦，我們一起作炸彈。」我的眼淚真的快流下來了。

混在擁擠的人群裡，我們遮遮掩掩的行走。我看到了穿著暴風城軍服的貴族軍官，正在跟矮人警衛大小聲，激動的揚著手裡的追緝令。

幸好鐵爐堡一直是個熱鬧的都市，我們可以雜在人群裡。但這混不久的。

原本我打算從鐵爐堡搭鳥到米奈希爾港，然後搭船到塞拉摩。塞拉摩和暴風城的關係有些微妙的對立，申請庇護應該可以過關。只要能和恩利斯在一起，什麼窮山惡水都去了，何況是塞拉摩？

現在鳥點被那些暴風城軍官佔滿了，該怎麼辦呢？我正焦慮的絞盡腦汁，恩利斯開口了。

「……妳爲什麼要爲我作這麼多？我不過是妳的惡魔僕從。」

「不是！」我很快的否定，我不知道他還在煩惱這個。他吃了那麼多苦了，我不要他

煩惱這個，「不只是。恩……維里斯，我會保護你的。」

「妳說反了。」他茫然的神情轉為冷漠，「一片葉子要藏在森林裡。」他指了指拍賣場的廣告單。

……看起來是個好主意。我帶著他，轉到拍賣場。撿個僻靜的角落站著。拍賣員講得天花亂墜，拍賣錘震天響，底下的客人如癡如狂。

在這樣的囂鬧中，我反而鎮靜下來。

暴風城軍官等不到人，就會開始在鐵爐堡大翻特翻起來，不過那也得過段時間。我們躲在這兒，暫時可以無恙，但只是暫時。

這個時候，拍賣員開始拍賣「美味風蛇」。

底下的人群似乎興趣缺缺，只有拍賣員口沫橫飛。

「有多少？」我拉低兜帽，「我全買了。」

靠著美味風蛇的變身效果，我們平安的搭鳥離開，抵達米奈希爾港。

等這場災難過去，我非去哀嚎洞穴釣他個幾百條變異魚不可，可惡，被人大大發了一筆災難財……

之後我的確去釣了幾百條變異魚。不過那是很久以後的事情了。

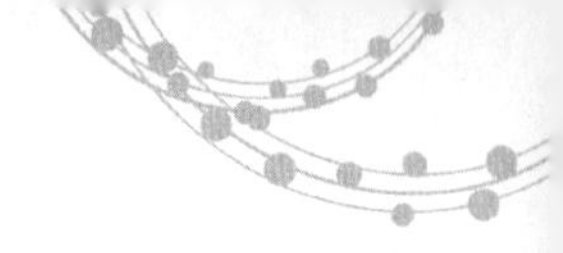

（五）

靠著美味風蛇的威能，我們居然平安上了船，直往塞拉摩去了。

但連船上都張貼著我們的緝捕令，我的心情，不由得沉重起來。來往兩大陸的商人和冒險者津津有味的談著，拼拼湊湊，我的憂心越來越深。

那個輕薄的倒楣鬼沒死，但還躺在醫院裡動彈不得。因爲他受的傷非常奇怪，大教堂和聖騎士團發誓，他們從來沒有見過這種附帶神聖傷害的暗影之傷。這讓治療特別困難，也讓大教堂和聖騎士團分外有興趣，連皇家法師協會都想參一腳，希望可以參與研究。

恩利斯可不是你們的研究對象。

我的心情越來越低落。我當然知道轉生成惡魔的恩利斯和別的惡魔很不一樣。他身兼兩者之長，他會惡魔狂怒，雖然不會順劈斬……但他狂怒疊十的時候簡直像個絞肉機，哪還需要什麼順劈斬。他雖然不會衝鋒，但他會各式各樣聖印的變形，他還會審判，更糟糕的是，他還會奉獻——雖然是黑暗的火焰。

若說別人的惡魔守衛是武戰，我的恩利斯就是懲戒騎，還是特別猛的那種。

但我一點也高興不起來。我不知道他的轉生出了什麼狀況，爲什麼讓我喚回的他會有諸般異能。我倒寧可他平凡點，最少別人不會煩我們。

在我心憂如焚的時候，我們正在船尾，凝視著波濤洶湧的大海。海風吹拂，恩利斯抬起頭，輕聲吹著口哨，和著風歌。

我也不知道爲什麼，他可以吃美味風蛇。現在他的外表是個海盜……擁有人類的外表。

幾乎潸然淚下，但我忍住了。輕輕的靠在他身上，他下意識的攬住我的肩膀。我覺得，就算被追捕、憂心、煩惱，只要還在他身邊，一切都是值得的。

＊＊＊

到了塞拉摩，美味風蛇快吃完了。帶著恩利斯，抱著姑且一試的心情，我們求見了珍娜·普勞德摩爾小姐。

其實這很冒險，因爲追緝令早我們一步，已經張貼在塞拉摩了。但我願意賭賭看，畢竟珍娜小姐是個致力和平的人，我相信她會庇護我們。

珍娜小姐在法師塔接見了我們，我簡單告訴她事情的大概，除了我的惡魔守衛是已經亡故的愛人。

她張大眼睛，看了看緊繃著臉孔的恩利斯，又看了看我。表情有些爲難。

大法師特沃許低聲說著，「珍娜小姐，我們近來和暴風城關係有些緊張……」

珍娜小姐舉手阻止他說下去，她深思了一會兒，「我認爲這是正當防禦。這法案原本

就不夠適當，若照這種定義，特沃許，你和我都該下暴風城監獄了。」

特沃許有些尷尬，「但我們這個時候不應該……」

「任何無辜的人，都可以在塞拉摩受到庇護。」珍娜小姐平靜的說，「紅葉小姐，妳和妳的守衛可以安心在塞拉摩居住下來，直到議員先生們……」她露出一個極淡的寬容笑容，「忘記他們的法案。歡迎來到塞拉摩。」

我大大鬆了口氣，幾乎癱軟下來。熱淚盈眶的，我親吻的珍娜小姐的手，喃喃的感激，這才虛浮的走下法師塔。

但這時候的我，還不知道塞拉摩和暴風城正是關係最緊張的時候。和平了這些年，暴風城的貴族軍官開始渴望戰爭，但他們沒膽子去面對天譴軍團，卻想對同是血肉之軀的部落動手。

這些年，除了地方性的小規模戰場與衝突，大抵上都還在高層的

同意下，保持聯盟與部落的和平。這些貴族軍官要的就是打破這種和平的均勢。

但珍娜小姐堅決反對，暴風城的攝政伯瓦爾・弗塔根公爵是珍娜小姐的支持者，更讓這些貴族們視爲眼中釘肉中刺，無所不用其極的要將塞拉摩打入反叛者的行列。

這個時候，我並不知道這些暗濤洶湧的政治算計。如果知道，我應該會帶著恩利斯流亡天涯……避免給人帶來麻煩。

但我不知情，一點點都不知情。

我一無所知的，帶著恩利斯投宿了旅店，疲憊的安心入睡。

但半夜，突然有人急遽的敲門，將我驚醒。恩利斯緊繃起來，我安撫的按按他的肩膀，開口問，「是誰？」

「紅葉・達魯克小姐，珍娜・普勞德摩爾女士令我來。」一個渾厚的聲音在門後響起。

我在塞拉摩用的是化名，只有珍娜小姐知道我叫紅葉。不疑有他，我開門了，是個聖騎士。

「我叫羅伯特。是塞拉摩的聖騎士隊長。」他滿臉風霜，看起來似乎身經百戰，「暴風城已經遣人來追捕你們了，塞拉摩不安全。爲了不跟暴風城當局正面起衝突，珍娜小姐請您先移駕到安全的地方。」

……爲什麼會追得這麼緊？

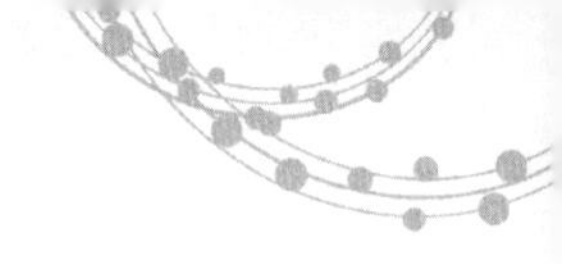

「那位傷者……」他遲疑了一下，「已經不治死亡了。」

我的臉孔慘白了。

怎麼會？暴風城有最好的醫生、最高明的牧師和聖騎士。在船上的時候，我聽旅客說他是臥病沒錯，但也漸漸好轉了。爲什麼會突然不治？

「紅葉小姐，時間很緊急。」羅伯特看我獃住，催促著我，「請跟我來。」

我匆匆的穿上外套拿起行李，帶著恩利斯，隨著羅伯特走入塵泥沼澤。

（六）

我不知道庇護所會這麼深入沼澤。但在我起疑心之前，羅伯特站定了。

我沒看到任何建築物，此刻我們應該在沼澤的中心，已經偏離道路很遠了。但他下馬，我也召回地獄戰馬，有些莫名其妙的看著他。

「對不起，」他聲音緊繃，「這都是爲了珍娜小姐。」

在我意識到之前，已經被暈錘打暈過去。在前往沼澤的路上，他希望避免引起不必要的麻煩，要我將恩利斯的血契調整到被動狀態，現在我知道爲什麼了。

他想殺我。

我最不希望發生的事情發生了，恩利斯狂怒的掙脫了被動的血契，我眼睜睜看著恩利斯疊到十、二十、三十……他的攻勢快到我幾乎看不見，嘴角的血點點滴滴的落在地上。

等暈眩過去，我趕緊放鬆血契，但他應該受到非常沉重的法術反彈。即使如此，他的狂怒不斷高漲，羅伯特幾乎招架不住，但他畢竟是身經百戰的聖騎士，又是惡魔系的剋星，我就看著重傷的恩利斯不斷受到強烈的神聖傷害。

我試圖恐懼羅伯特，但對身經百戰的聖騎似乎無用，最後他將恩利斯打暈，對我施放懺悔，趁我短暫動彈不得的狀態下，開始連段，幾乎要喪命的時候……

清醒過來的恩利斯在我身上放了保護祝福。

有一點點哭笑不得的感覺，這下子，我真的很難凹了。我再也沒辦法跟人家凹說恩利斯是個普通的惡魔守衛，你看看我身上這個長了黑色翅膀的護盾……誰會相信？

我趕緊給自己綳帶止血，羅伯特則是滿臉不敢置信，就這一瞬間的疏神，恩利斯將他打暈，什麼亂七八糟的聖印和審判都上了，我發誓當中一定有復仇審判。

當羅伯特快沒命的時候，我趕緊制止恩利斯，但陷入狂怒狀態的他不甩我。

「維里斯，維里斯！」我急了起來，得罪暴風城已經很慘了，再得罪塞拉摩，真的叫做別活了，「恩利斯，住手！」

他這才茫然的住手。

「夠了，這樣夠了。」失血過度，我有點暈。「我們走吧，別殺他……」反正他只剩

一口氣，動彈不得了。

殺人很簡單，但殺人後的善後，非常困難。

喚出地獄戰馬，我爬上馬背，恩利斯溫順的坐在我後面。

然後，恩利斯墜馬了。

驚愕的回頭，看到已經倒地的羅伯特發了一招憤怒之錘，又追加了驅邪術。

我錯了。對他們來說，殺人從來都很簡單，也完全沒有善後問題。

我沒說過，我是主惡魔副毀滅的術士吧？所以我會暗影灼燒。當我看到恩利斯一動也不動的時候，我開了飾品，發了暗影灼燒，而且下滿我會的dot，瘋狂的攻擊已經無力反抗的羅伯特。

我要殺他，讓我殺他。我一念之仁害死了恩利斯，我非殺他血祭不可。

就在我幾乎殺掉他的時候，我被法術反制了。一回頭，我看到珍娜小姐趕到，她臉孔罩著深重的嚴霜。

這個時候，我不知道可以相信誰，或相信什麼。我不知道是不是珍娜派羅伯特來抹殺我們，我不知道。

我只知道，就算恩利斯只剩下屍體，我也不容任何人侮辱。就算死，也不准。

火速召出我的愛馬，我將斷氣的恩利斯拖上馬背，狂奔而去。

珍娜小姐在我後面大聲喚我的名字，我也不敢回頭。

我已經不知道我該相信什麼了。

＊＊＊

最後我在沼澤迷了路，疲倦、傷心到接近痲木。直到恩利斯動了動，才讓我清醒過來。

極目遠望，在不遠處有個廢棄哨塔，我驅策疲憊的愛馬，騎到那兒去。

雖然有一半的屋頂垮了，但還可以擋風。初夏的星空很宜人，但我沒有心情欣賞。

我試著撿拾一些比較乾燥的柴火，用火系法術點燃。黑暗中，我看不到恩利斯的傷勢，現在看到了……

我只想痛哭一場。

他身上布滿了燙傷似的灼痕，那是聖光侵蝕惡魔的痕跡，而且不斷的腐蝕潰爛。我想餵他吃靈魂碎片，但他已經無法吞嚥了。

試著使用生命通道，拿我的血讓他好起來，但就像是在有破洞的水袋裡頭灌水，一點用處也沒有。

現在不是哭的時候。我抱著頭想了一會兒，先得阻止傷口繼續潰爛才行。嘗試著讓靈魂碎片在掌心融化，當作藥膏塗抹在潰爛的傷口，果然起了作用，塗抹過的地方結起黑色

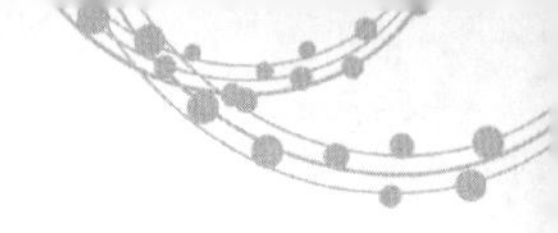

的痂。

心下稍寬，但他的盔甲阻止我的治療。盔甲底下也受了聖光的傷，但我治療不到那裡。不管他吧……但盔甲下的傷口慢慢腐蝕，延伸到已經結痂的地方。

一定要拿下來治療才行。但我從來沒聽說過術士可以拿下惡魔僕從的防具……我真的可以嗎？

但情況不容我遲疑了。聖光對惡魔來說是劇毒，而且會慢慢腐蝕的咬進去。我試著脫下他的頭盔，卻意外的緊，還發出古怪的咖咖聲。

終究我還是脫了下來，所以我看到他的臉，也看到頭盔何以會發出那種古怪的聲音。無力的任頭盔從我手中滾落，我將額抵在他胸口，很久很久都動彈不得。

（七）

其實，恩利斯大致上保留了他生前的輪廓。大致上。

雖然他臉頰受了聖光的傷，有些腐蝕，但他的眼睛、鼻子、眉毛，幾乎都還保持著原本的模樣，之前我就覺得奇怪，爲什麼恩利斯和其他惡魔守衛長得有些差異，他的唇雖然發黑、雖然也有獠牙，但基本上是人類的輪廓。

現在我知道為什麼了。

他模樣沒有大改，只是滿佈殘忍的細小傷疤。而且，他亞麻色類似陽光的頭髮，跟憂心過度的星耀相同，已經成了白色。但星耀的銀白閃閃發光，恩利斯像是把痛楚寫進髮間，發著死氣的黯淡。

聽說，臨終前受到的巨大痛苦，都會忠實的刻畫在魂魄裡，看起來恩利斯不但銘刻進魂魄，而且完整的複製到轉生成惡魔的身體裡。

他們說，恩利斯在黑暗神廟被虐殺，但「虐殺」只是兩個字。等具體化的呈現在我眼前時……我連眼淚都流不出來。

他臉孔布滿了細小的傷疤。這不是慈悲不毀他的容，而是因為臉孔敏感，可以讓痛苦延長許多許多倍。所以他眼睛周圍有數不清細小的針狀傷痕，額頭還有賤民的烙印。

雪白的長髮冒著黝黑的血，抖著手摸索，是兩個深深的血洞。他的頭盔附帶著寸許長的尖刺，只要他帶著頭盔，尖刺就刺入他的腦袋裡頭，就這樣固定。

我的心應該碎了，碎片還透體而出，流著看不見的血。我很痛苦，非常痛苦。比我自己身受還痛苦許多。

顫顫的幫他治療，我一件件脫下他的胸甲、肩甲和其他。漸漸的窒息，我呼吸不到空氣。

他的手臂有斷過又粗魯縫合的痕跡，腿也是。他的盔甲並不完全是拿來護體的，幾乎

都是拿來掩飾補強深入魂魄的強烈傷害，並且無一例外的都有著插進身體裡的尖刺，用途大約是固定防具。

幫他塗抹靈魂碎片的手越來越虛軟，積壓在心裡的淚越來越多，成泉、成湖、成海。

但我哭不出來。

當悲傷到了極致，反而沒有眼淚。

我受不了這個。我受不了這個。當治療完畢，我趴在他的胸膛上動彈不得。我受不了……我受不了。

我不敢去想他死前受過多少痛苦，我不敢去想他臨終還有什麼記憶。我不敢。

只能無力的痛楚，無力的。

我發誓，除非死亡，我絕對不再離開他半步。我絕對不要讓他死第二次，哪怕是拿我的命去換。

「……My lady？」他清醒

了，低低的開口。

「我在這裡。」這個時候，我才哭得出來。

他勉強伸出手，摸了摸我的臉龐，鬆了口氣，「還會哭……應該沒事。」

我落淚如泉湧。「你……痛不痛？會不會很痛？」

他出現不解的神情，看到滾在一旁的頭盔，大約明白我的意思，「其實，惡魔沒有痛感。我知道受損傷，但並沒有不適的感覺。」

瞥見我的表情，他眼神渙散的轉過頭，「……不要露出那種痛苦的表情。惡魔沒有痛楚感，特別喜歡人類的痛苦，那會讓他們很興奮。」

「……你也是嗎？」我啜泣。

「……我不要看到妳露出那種表情。」他不肯看我，「惡魔本來沒有痛感才對……但，妳的淚……我會痛，很痛很痛。痛到會發怒，不知道怎麼辦才好。」

我差點哭瞎。

他吃力的爬起來，想把防具穿回去，我用力抱住他的後腰，「不要！求求你！不要穿上這個！」他沒有痛感，我有，我不要。「我不要任何東西傷害你，求求你……」

「……我需要盔甲，不然不能保護妳。」

「我保護你，我保護你！」我又哭又叫，這輩子還沒這麼孩子氣過，「拜託你不要穿上這個，我想辦法買盔甲給你，在那之前你可以先穿別的……我連夜趕針黹給你！不要再

讓那東西刺進你身體裡拜託，求求你……」

向來無所謂又冷靜的我，只有遇到恩利斯才會全面崩潰。這完全不理性，我雖然鍛造裁縫雙生產專業，但急切間我只能趕出裁縫的法袍。而穿法袍跟穿報紙真的差不多，他又是個近戰的惡魔守衛。

這完全不理性，對吧？

但我不要理性。再讓他穿上那鬼玩意兒，我會發瘋，痛到發瘋。

他露出困惑而追憶的神情，「……紅葉，妳是誰，我又是誰？」

怔了一會兒，我不知道怎麼回答他。我渴望他想起我，但我寧可他忘記一切。

「……你是維里斯，我是你的lady。」閉上眼，又是一串淚。

他沒繼續追問，溫順的拋棄那套血跡斑斑的盔甲，穿上我趕製的法袍。

最後我累到昏睡在他的腿上，睡夢中，他一遍遍的撫摸我的頭髮，或許還帶著困惑。

（八）

睡醒之後，吃了一點乾糧，雖然有點頭昏腦脹，但我已經可以冷靜下來思考了。

恩利斯吃過的苦我沒辦法彌補，但未來是我能夠掌握的。現在看他好好的坐在我旁邊

吃靈魂碎片，我覺得什麼都沒關係。

只要他別再穿上那套該死的盔甲就行了。

既然他能換穿法袍，那人類的盔甲他應該也沒問題。穿過塵泥沼澤可以到貧瘠之地，雖說是部落領地，卻有個中立的棘齒城在那兒。哥布林只有金錢是真理，暴風城鞭長莫及。再說哥布林爲了保障永續經營，再高價也不出賣自己客人，這點是很令人肅然起敬的。

如果我們去棘齒城落腳，可以躲避追緝，還可以買到恩利斯需要的防具。

主意打定，我跟恩利斯說明。有點晃神的恩利斯只是點點頭，默默上了馬。

「……你氣我逼你扔掉盔甲？」

「不是。」他回答的很簡潔，也不像是在生氣。

張了張嘴，我還是決定閉上。他若問什麼，我也沒辦法回答。應該說，我不知道怎麼回答。

這是他的人生，死後轉生也是他的人生。我再愛他，也只是「別人」。我不要灌注什麼給他，引導（或說誤導）他重生後的方向。

默默的，我們在沼澤困難的跋涉。這個危機四伏的沼澤有許多猛惡的迅猛龍，水裡潛伏著肥大的鱷魚。

在避開危險之餘，我們只能照著日出，小心的調整方向。

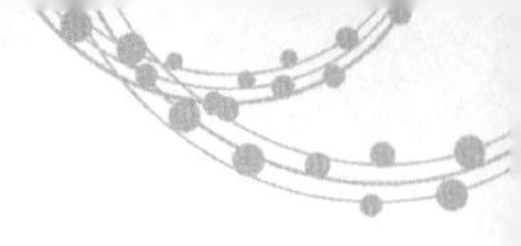

直到路過一棟小小的、孤零零待在沼澤中心的農莊。

我知道方向正確了。這個農園在法師和術士之間赫赫有名。有位高明的巫師師傅住在這兒，誰知道她幾百歲……總之，她很漂亮，但不能說是心胸寬大。每個法師和術士都要來讓她折磨一下才能升級，我被她考過一次試就淚流滿面，後來還是星耀也要考，我們才一起過關的。

星耀和日影不知道怎麼樣了？

但我不敢連絡他們。星耀是個天才術士，她一眼就能看穿恩利斯的本質。而日影……是恩利斯的哥哥。

萬一他們發現怎麼辦？日影會傷心欲絕。他們家世代都是高傲的聖騎士，怎能接受恩利斯「墮落」成惡魔的事實？

我不在乎，其他人未必。

術士師傅常氣急敗壞的跳叫，「妳這什麼鬼個性？大事迷糊，小事精細？妳是可以幹嘛啊妳！」

我也是千百個不願意啊。

一面亂七八糟的想著，一面路過農莊。

「考過試一了百了，連招呼都不用打麼？」冷冽清亮的聲音響起，「現在的學生啊……嘖嘖……」

我狼狽的回頭，「……塔貝薩師傅，日安。」

她用一聲冷哼回答我的問安，讓我更尷尬了。

「進來喝杯茶吧！」她轉身進屋。

我乖乖的下馬，領著恩利斯進去。先不提我是個尊師重道的人，之前聽說有個法師學生違抗她，被她變成一隻雞。後來雖然恢復了，那也是五、六年後的事情。之後還有喜歡母雞甚於女人的毛病。

前事不忘，後事之師。慎之慎之。就算她的茶總讓人拉肚子，那也非硬著頭皮喝一喝。

等我們坐定，她親自泡了茶（我寧可她別親自泡），閒閒的望著我們。

被她看得全身不自在，我勉強笑著，「師傅，久不見面，您倒是越來越年輕了。」

她不答腔，眼睛在我和恩利斯之間溜來溜去，讓我越來越發毛。

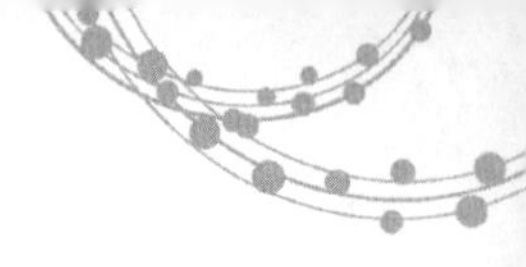

好不容易，她終於開了口，「來考過試的學生千千萬萬，就教出兩個怪胎。一個呢，直接炸了卡拉贊的頂樓——雖然我早就知道她會幹出一番大事業；另一個呢……」

她笑，帶著幾分譏誚和興味，「親愛的紅葉，妳告訴我，妳是怎麼用召喚惡魔守衛的方法，召喚出死亡騎士的？」

什麼？

我驚呆了。

（末章）

我不知道師傅在想些什麼，她突然在我身上下了個腐蝕術。

我嚇呆了，沒反應到那只是一級腐蝕術，但恩利斯已經衝出去了。塔貝薩師傅將恩利斯恐出去，他開了黑漆漆的聖盾又衝回來，塔貝薩師傅滿意的點點頭，好整以暇的將他放逐了。

我大怒，根本管不到她有多可怕，衝過去就是一記暗影灼燒，卻跳出免疫，反而被她的暗影之怒弄昏。

等我醒了，她含笑的蹲在我旁邊，「現在可冷靜點了沒有？」

「……師傅，求求妳放過我們。」我忍不住哭了起來，「我們只想安靜過日子。」

「很難。」她回答，「照你們惹的禍和現在的政治局勢，很難。」

「我根本不知道爲什麼會這樣，我只是召喚普通的惡魔守衛，暴風城的術士師傅可以爲我作證……」

「維里斯是『金星』的意思，」師傅慢慢的說，「而妳死去的愛人叫恩利斯，在羅德隆方言裡，是『晨光之子』，也是『金星』的俗稱。」

她笑起來，「這是有趣的巧合。我問過妳師傅，他說他也不知道爲什麼會有這個真名。」

我惶恐起來。我知道塔貝薩師傅很厲害，但我不知道她爲什麼刻意調查我。我什麼也沒做。

她似乎發了鮮有的慈悲，「好吧，是珍娜告訴我的。她說，部下自作主張，差點殺害妳，她很內疚。她是個了不起的大法師……但闇法不是她的領域。我不是大法師或大術士，但我是個跨越兩領域的巫師。沒人比我更了解元素和惡魔。」

她頗感興趣的看著我，「孩子，妳以爲暴風城就是妳最大的敵人麼？那可是大錯特錯。阿薩斯精心挑選了一批死掉的聖騎士轉爲死騎，妳卻從他嚴密的軍隊中拐走一個，妳覺得他們會善罷甘休嗎？」

我的臉孔刷的慘白。

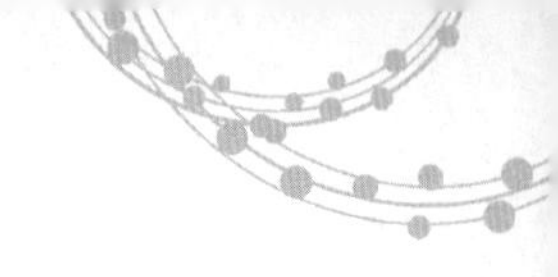

「現在還來得及。」她溫柔的拍拍我的頭，「將這個死亡騎士還給巫妖王吧。」

「絕不！」我怒吼了。「除非我死！」

「……這可是很嚴重的自我詛咒喔。」她挑起一邊秀氣的眉。

「我詛咒自己！對，我詛咒自己！我決不讓人奪走他！」我都快不認識自己的聲音了。嘶啞而高亢，像是受傷的野獸。

塔貝薩師傅微偏著頭，笑了起來。「似乎很有趣的樣子。有什麼不可以呢？這種事情從來沒有發生過，我可以歸在卷宗裡……」

她喃喃自語了一會兒，似乎陷入非常快樂的幻想。

「……好吧，我幫妳。妳……可知道他是惡魔？他應該也什麼都不記得，巫妖王的洗腦通常都很徹底。」

「我不在乎他是什麼。」

「那也不在乎他成爲真正的、

人世的死亡闇騎士囉？」

那是什麼？

「這可是比死一百次還痛苦的旅程喔。」她瞇起一隻眼睛，嬌俏的將食指豎在唇間。

「我什麼都不在乎。」我下定了決心，「只要他能好好活下去。」

「陷入戀情中的傻瓜哪……」她笑，「或許他會有新的記憶，新的戀情，對象不是妳。」

「我不在意。」我落下眼淚。

我知道會有這種可能性，但不要緊。我要他活著就好了，我不要再看到他銘刻在靈魂裡的嚴重傷勢。

我只要知道他幸福的和我活在同一片天空下，什麼都無所謂。

「……那，去北域吧。」她偏偏頭，「我知道最近有班船要開去北域。我可以安排你們啓程。」

我不知道塔貝薩師傅爲什麼發慈悲，總之，她不但送我們去北域，還給我們指引，甚至送了套盔甲給恩利斯，她說起碼是T4等級，但我不知道什麼是T4。

她還施了個小法術，瞞過其他人的眼睛。別人看到的恩利斯只是個普通的惡魔守衛，只有我看得到他真實的模樣。

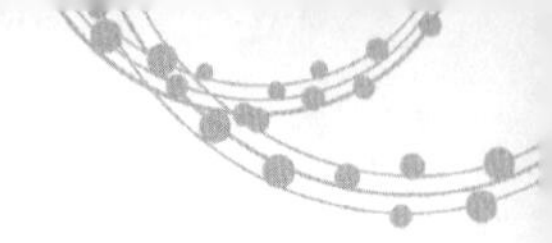

我們踏上未知的旅程。

雖然北風肅殺，但我的心很溫暖。因爲恩利斯滿是傷痕的臉孔，開始有了柔軟的笑意，即使淡得幾乎看不見。

但爲了這個笑容，我甘願奉獻一切，包括我的生命。

聽著他愉快的口哨聲，我就覺得，春天的風，並不太遠。

光與闇的邂逅

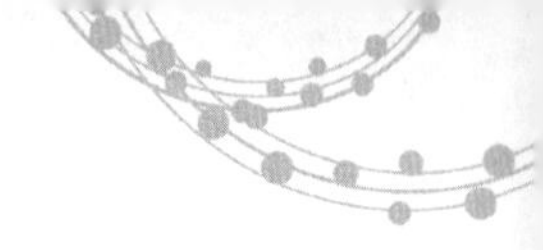

悸動番外篇　弗德

「……爲什麼……爲什麼第一次吻人家是在這種狀況？掩護！」珍珠終於從震驚狀態清醒過來，她淚流滿面，「我的初吻啊～～」

呃……這也是我的初吻啊。

但是美麗的女朋友哭成淚人兒，你又不能跟她爭辯「男人女人的初吻都同樣珍貴」這種議題。

「這……對不起。」他硬著頭皮道歉。

珍珠哭得更大聲。

「我讓妳吻回來？」他試圖提出解決方案。

珍珠掄起拳頭捶他的胸口，即使隔著盔甲，還是讓他瘀青了。德魯伊爲了捍衛自然，通常都相當孔武有力，他美麗的女朋友也不例外。

束手無策之下，或許轉移注意力有效？

「珍珠，妳不覺得奇怪，一個術士的惡魔守衛，居然會喊我的名字嗎？」

珍珠的眼淚停了，她溫潤的臉孔有著天真的困惑，「這真的很奇怪欸！」

成功了。弗德暗暗鬆了口氣。

「雖然很奇怪，但弗德……你是暴風城警衛欸，幫助他們……這樣好嗎？」

當然不好。雖說他輪休，好不容易才有時間跟珍珠約會，但緝捕令也交到他手底。他對什麼「特異魔法禁止條例」這種蠢法案非常反感，身爲暴風城的守衛，他特別知道這些禁忌之法根本是貴族們（包含議員）的興趣與愛好。有那種時間去管人家的惡魔守衛異不異常，不如多關心一下西部荒野和夜色鎮的困境。

但差點鬧出人命，他的確不好置之不裡。

不過，那個闖出禍來的惡魔守衛，卻喊他的名字。

這還不是最令他吃驚的。而是……那個惡魔，帶著輕微的羅德隆方言的口音。會這樣叫他的只有一個人，而那個人，據說已經死了。

還是少年時，弗德就投身對抗亡靈天災的部隊。並不如後人以爲的，亡靈天災瞬間就統治了東西瘟疫之地，當中有好幾年的戰爭。

當時，他年紀還很輕，不過十七八歲，但已經統領一個小隊了。他們原本奉命前往瑪瑞斯農場接應從壁爐谷撤退出來的難民車隊，卻遭逢亡靈大軍，他的小隊和軍團失散，撤退到考林路口附近。

途中，在一輛被摧毀的車輛前，他們遇到一個孤身對抗亡靈的小男孩。弗德和他的小隊救了那個重傷依舊倔強挺立的孩子。

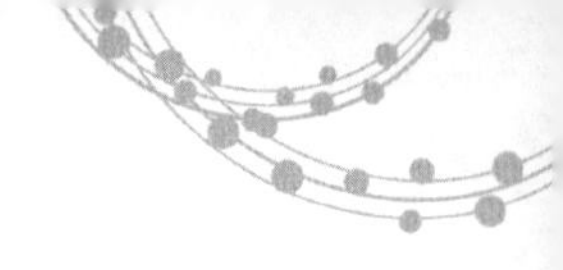

「他叫做恩利斯，帖斯特府的子弟。我之前就聽說過帖斯特府的男兒都是聖騎士，非常英勇善戰。但他們家謹守聖騎士守則，沒有出來仕官的。看了這個堅強的孩子……我完全相信那些充滿讚美的傳聞。

「他跟家人因爲戰禍失散，照顧他的管家死了，他堅強的拿起大人的劍，戰到最後一刻。後來他就跟著我們小隊，直到一個半月後才跟軍團會合。途中多少零星戰鬥，他也像其他士兵一樣作戰，一點也不像是個剛滿十歲的孩子。

「我們感情很好，畢竟他是個孩子。只有喊我的時候才會露出一絲脆弱。後來他家人來軍團接他，他頭回像個孩子似的哭個不停。我答應他，不管天涯海角，只要有機會，就會寫信給他。」

那個孩子哭著，說，「弗德，將來我要當個了不起的聖騎士！讓你覺得驕傲的聖騎士！就跟你一樣的聖騎士！」

從那時候起，弗德多了個不同姓氏、血緣的弟弟。而這個異父異母的弟弟，一直和他保持連絡，即使弗德從第一線退下來，成了微不足道的守衛，已經長大成人的恩利斯依舊會跑來探望他，崇慕的眼神也從來沒有改變過。

「那孩子……聽說跟公會去討伐伊利丹，被虐殺在黑暗神廟。」弗德安靜了片刻，眼中透露出勉強壓抑的強烈傷痛。「珍珠，我認識他幾十年了……看著他從孩子到少年、青年。他是個表面冷靜內心熱情的人，那麼生氣蓬勃……他還害羞的告訴我，他的女朋友是個溫柔可愛的術士……他打算討伐伊利丹後就跟她求婚。」

或許就這麼退休了。我想跟她安靜的過日子，或許接一些小的軍事任務，或許改行當工程師……我想陪在她身邊。她很喜歡吃蘋果喔，或許我們第一個女兒就叫做小蘋果……

那個溫文儒雅的聖騎，臉上有著紅暈，這樣訴說著。

但隨著他的死亡，這些都成了幻夢。一個平凡卻遙不可及、永遠不會實現的幻夢。

「所以，珍珠……當我聽到那個惡魔守衛這樣喊我，當我看到那個女術士臉上的焦灼痛苦……我知道很荒謬，但我真的沒辦法不湧起不該有的希望。」

他窒息了一下，壓抑著幾乎奪眶的淚。「我會救他們，我要救他們。好吧，這是安

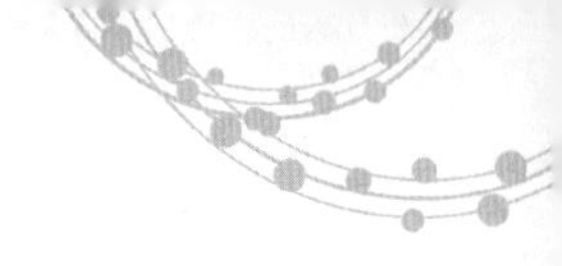

想……但我希望恩利斯回到她的身邊，我希望他們殘破的夢還可以重圓。」

珍珠已經哭得喘不過氣來了。「弗德……弗德……」她覺得上蒼如此厚待她，他們依舊幸福的在一起，沒有生離死別。

珍珠好想化爲風、化爲水，包圍著弗德，想告訴他，別傷心，一定是這樣的。最後她本能的變身，想給他一個大貓咪的擁抱……

只是後來成了巨熊的擁抱，還忘情的砸破了他的胸甲、折了兩根肋骨。

你知道的，大自然的兒女，通常都相當孔武有力。

從某個角度來說，她的確成功的停止了弗德的悲傷。當一個人被巨熊輾壓的時候，只會想到來不及寫遺書，倒不會太悲傷。

「……弗德？弗德！醒醒呀～哇～」

他暈過去之前，模模糊糊的

想，珍珠的愛，的確份量十足。

大約可以量化成半噸重吧……

「弗德！你怎麼口吐白沫了？弗德！」

番外篇之二　很久很久以後

塔貝薩抬頭，望著眼前這個有著亞麻色馬尾，鼻側還有幾點雀斑，滿臉不在乎的小女孩，身上的鎧甲發出細碎的聲音，背著雙手劍。

一個年輕的少女戰士。

「塔貝薩師傅，」少女很禮貌的行禮，遞上一個包裹，「我爸媽要我經過塵泥沼澤時，送這個給妳，並且向妳致意。」

塔貝薩嬌媚的瞇細了眼睛，這是個小小的木箱，泛著一種甜蜜的香氣。打開來，四個小小的蘋果排得整整齊齊。

這是一種早生的蘋果，聞起來比吃起來好。但因為有個好聽的名字，所以價值不菲。

這種蘋果叫做戀愛之蜜。

她愣了一會兒，笑了起來。他們按照約定，將「檔案」送來了。

「妳叫什麼名字？」她含笑看著這個精神奕奕的少女。

「我叫亞蘋．帖斯特。」她爽朗的說，還有些稚氣。

「哦？」塔貝薩眨了眨眼，「我以爲會叫做小蘋果的。」

少女張著嘴，好一會兒才憤慨的喊出來。「爲什麼大家都知道我叫小蘋果？珍珠阿姨知道、弗德伯伯也知道，連霾阿姨，奎爾薩斯叔叔都知道！爲什麼每個人都知道我叫小蘋果？我早就不小了啦，我十五歲了欸！」

塔貝薩忍俊不住，請她坐下，開始沏茶。「小蘋果小姐……」

「請叫我亞蘋就好，塔貝薩師傅。」她稚氣的臉孔滿是憤慨的嚴肅。

「亞蘋，」她笑出聲音，「妳爸媽好嗎？」

「我爸媽？」她嘆了一口長氣，「好，當然好。從來沒見過那麼幼稚又噁心的夫妻。從我出生以來，就看他們兩個像是愛情鳥還是接吻魚那樣黏著不放。拜託，都中年人了，能不能有點爸媽的樣子？我同學的爸媽連話都不說的，客氣得要命，不然就在鬧離婚或吵架打架，他們那樣子我跟同學都沒有話題欸！」

「……看起來他們很幸福。」

「幸福得超蠢的。」亞蘋又嘆氣，「我聽說我老爸是什麼英雄，還可以solo屠龍……屠龍英雄欸！結果我老媽一哭，他馬上成了狗熊了啦！明明我老媽就愛裝哭，天天受騙、次次上當！我看他們兩個玩得很樂嘛……我將來絕對不要戀愛，看他們這樣智商低落我好害怕……」

小女孩很健談，所以塔貝薩知道她英雄老爸當了工程師，所以他們家的屋頂常常被炸飛；她老媽管著蘋果園，請了幾個工人，但還是喜歡自己下園種蘋果。

「那他們還聽得到風歌嗎？」塔貝薩含笑的問。

「……妳怎麼知道我們都聽得到？」她瞪大眼睛。

哦？女兒也聽得到嗎？

「妳願意唱一段給我聽嗎？」這一定要記錄下來，太妙了。

她搔了搔臉頰，「唱我是不會唱啦，但我會吹口哨。」她撅著粉嫩的唇，清亮的流洩出悠揚的風歌。

透明而清亮，風靈因此嘩笑歡唱。

塔貝薩和少女談了一會兒，門外傳出不太耐煩的聲音，「小蘋果……妳好了沒有啊？」

「煩死了……」她轉頭對著門吼，「亞蘋啦！再叫小蘋果我就揍你！」

「門外的先生也請進來吧！」塔貝薩招呼著，「一起喝杯茶？」

一個雪白長髮，容貌俊逸的少年氣呼呼的進來，塔貝薩張大了眼睛。

他皮膚雪白、卻矯健纖細。有著精靈的耳朵，卻沒有精靈天生的紋身，眼睛宛如薄冰

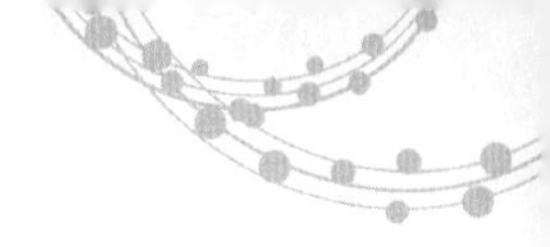

湛藍。一個半精靈少年。

但他的長相，曾經家喻戶曉。

「……你叫什麼名字呢？」塔貝薩凝視著他。

「晨曦．風翔。」他彬彬有禮的行禮。他同樣穿著鎧甲，卻是個聖騎，不是戰士。

「你幹嘛跟你老媽姓啊，小光？」亞蘋皺眉，「真怪。」

「我才覺得你跟老爸姓很怪呢！你媽媽的姓比較好聽……誰是小光啊？不要叫我的乳名好不好！」晨曦漲紅臉，「我叫晨曦！死小蘋果！」

「誰又是小蘋果啊！」

這對少年少女激烈的吵起嘴來，互相揮拳。

原來，原來他們的故事都有新的生命和新的延續了。她支著頤，微微的笑了起來。

＊＊＊

月光下，一個少年背著少女，慢慢的走，後面跟著他們的馬。

「一定是那杯茶有問題……」亞蘋呻吟著，「小光，我肚子好痛……」

「晨曦啦！要說幾百遍？」晨曦將她背高一點，「塔貝薩師傅漂亮又和氣，怎麼可能在茶裡下毒？我喝了就沒事。」

亞蘋將臉貼在他的肩膀，不再作聲，只是滿頭大汗。

她不出聲反而讓晨曦有點不安，「小蘋果，妳沒事吧？」

「亞蘋啦……別叫我小蘋果……」她呻吟著糾正。

「……還會計較這個應該不會死。」

「好痛喔，小光！」她要哭了。

「撐著點！我們快到塞拉摩了，醫生會治好妳。」痛到連馬都騎不住，應該很痛吧？

「……我不想打針，嗚嗚……」

「妳是戰士欸！戰士怕打針還像話嗎？」

「你是聖騎欸……」她哭起來，「你還治不好我，這不是更不像話？」

「聖光不管肚子痛好不好！」晨曦叫起來，「哭哭啼啼當什麼戰士啦！」

「誰規定的啦……」

晨曦嘆了口很長的氣，將快要滑下去的亞蘋背高一點，繼續往塞拉摩的方向走去。

月光將他們的影子拉得很長很長，靜靜的相隨著。

（悸動　第一部完）

緋．帖斯特

楔子

她叫做緋。

這個字同「飛」音，據說是來自一個遙遠國度的先人名字。他們帖斯特府並不是艾澤拉斯的原住民，但來源已不可考。只留下這個據說是流亡皇儲的姓氏，和若干片段的傳奇。

帖斯特府是聖騎世家，開枝散葉，人口繁多，當中男兒多是聖騎，或有少數的戰士，女孩兒通常都是牧師。

他們這一系原住羅德隆北方姓帖斯特的，現在遷居到東谷了。堂兄弟姊妹眾多，赫赫有名的聖騎日影和恩利斯，都是她的堂哥。除了這兩位以外，她還有五六個堂哥表哥住在同個村落裡，有的表哥還是法師或獵人。

她算是年紀極小的堂妹，今年剛滿十六歲。原本是個牧師，她天資聰穎，師傅誇獎她

是個天生的治療者。

但她十六歲生日那天，突然決定拋棄已有小成的牧師職業，穿上笨重的鎧甲，認真的從頭學起，準備當個聖騎士。

「……妳連劍都拿不穩，殺條魚都會發抖，妳怎麼當聖騎士啊？」她的哥哥們茫然，「妳若不想站在後面補血，可以轉暗影牧師啊……哥哥們罩妳！」

「我不想當攻擊手，我也一直熱愛當個治療者。」她回答。

「……如果妳想補血，那就繼續練牧師啊！」他們更摸不著頭緒了。

「必要的時候，我會挺身出來治療。」她清秀的臉龐透出堅毅，「但可能的話，我想當個防護系的聖騎士。」

……爲什麼啊？她的哥哥們心裡冒出同樣的問號。

但她不回答。這位有著芳香

名字的小姑娘，並沒有去求疼愛她的哥哥們幫忙，沉默而堅強的通過一次又一次的聖騎考試，雖然成績一直不出色。而且，照著她原訂的目標，一步步、緩慢的往防騎的路上走去。

別人可能一兩年就可以出師，她花了整整三年。

三年後，她終於畢業了。疼愛她的哥哥們不放心，跟她去地下城出任務。他們雖然很想肯定她的努力，但她這樣一個嬌弱容易慌張的小姑娘，實在不太適合當坦克。

「……妳真的不太合適。」和她最好的堂哥殷薩說，「妳太容易慌張，想救所有人結果就是誰也救不到。妳是坦克欸，妳該吸引敵人的注意力，而不是幫瀕死的隊友補血。」

緋只是低下頭，「……我會改進。」她雖然個性溫和，但是那只是表面。

掩蓋在溫柔表面下的，是顆固執的心。

她默默的出團，常常被野團的隊友指責、譏笑。但她就是不肯改變她的志願。

雖然她的坦克能力真的很糟，但她的治療反應和能力卻讓隊友們驚艷。她漸漸成了一個穿著治療裝的防護系聖騎士，而且邀約不斷。

這雖然不是她想要的結果，但她還是默默的去當個其實不是那麼稱職的治療者。然後一面注視著坦克的背影，一面默默的筆記。這的確大大的改善她的坦克技巧，但她依舊是個平庸的防騎。

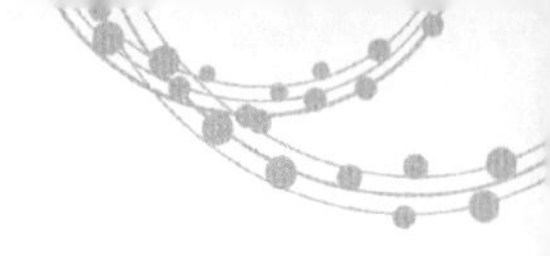

＊＊＊

這天，她接受了護國者方面的請求，前去伊斯利恩軍事要塞執行任務。這原本是很平常的事情。

在執行任務的途中，她剛好碰到伊斯利恩的角鬥士正準備處決一個護國者的俘虜。她皺緊秀氣的眉，上前解救了那位俘虜。

那個俘虜是護國者哨站的先鋒，是個伊斯利人。當然也有人叫他們「綳帶人」，因爲他們全身纏滿了布條，像是一身綳帶。這些伊斯利是外星人，在外域也建立起他們的關係企業。有的人認爲他們除了外貌不同，其實跟哥布林也差不到哪去。

不過緋倒沒這樣下過定論。畢竟她一個伊斯利也不認識。

這倒是一個認識伊斯利的機會。

「你還能走嗎？」緋親切的問，「這裡很危險，我們還是趕緊離開的好。」

那個伊斯利抬頭望了她一下，試著走了幾步，又坐了下來。

他受了傷。緋遲疑了一下，舉手詠唱了聖光術。伊斯利大大的喘了口氣，「……謝謝。」雖然依舊帶著痛苦，但已經舒緩許多。

能夠接受我的治療呢。緋驚訝了一下。這麼說來，外星人也跟我們沒什麼兩樣啊……頓時感到很親切。

「這裡離護國者哨站並不遠。」她溫柔的說，「但天色已晚，我們找個安全點的地方讓你休息一下好嗎？」她伸出手。

那個伊斯利遲疑了一下，握住她帶著鎧甲手套的手，站了起來。

「我是緋・帖斯特。」緋自我介紹，領頭往陡峭的山路走上去。她來的時候，留意到山腰有個不大的山洞，可以躲開伊斯利恩的巡邏。若是來不及趕回去，她是打算在那邊過一夜再走的。

她一直不喜歡夜間飛行。

等進了山洞，那個伊斯利環顧四周，這才開口。「我叫凱沃爾・奈薩斯。」

「凱沃爾先生。」緋笑咪咪的打招呼。

後來凱沃爾平安回到護國者哨站。就這樣，緋認識了第一個外星來的朋友。

那陣子，緋接到的任務單幾乎都在虛空風暴，常常會經過護國者哨站。

有時候她只是飛行經過，不知道爲什麼，凱沃爾都會準確的抬起頭，對她揮揮手。

或許他們有內建雷達之類的。

這時候，緋會飛下來跟凱沃爾聊聊天。發現他是個非常優秀的工程師，倒讓緋大大的驚喜起來。

他們帖斯特府有個幾乎是共通的愛好：通通是工程學的信徒。幾乎還沒學會走路，把

玩的通常是板手或螺絲起子。長大起來，長輩的愛好順理成章成了孩子們的愛好，她也是個工程聖騎。

凱沃爾對緋的直升機很不滿意，動手替她調校幾次。就著工程學，他們可以對站著大半天聊，直到緋腿酸到真的忍不住，「……我們找個地方坐下來好不好？」

「爲什麼？」凱沃爾沒有表情，但他的聲音卻很茫然。

後來凱沃爾對於站久腿會酸這件事情大大驚訝。

「你們不會腿酸嗎？」緋也跟著大驚。

「那是什麼感覺？」

這種差異性並沒有造成他們的隔閡，反而顯得非常新鮮有趣。後來即使沒有任務，緋也會刻意繞來看看凱沃爾在不在，好跟他說幾句話兒。

「我聽說伊斯利都忙著賺錢。」緋打趣他。

「我若只想賺錢，就該待在城裡，而不是加入護國者。」凱沃爾回答，「我也以爲人類都自私自利，貪生怕死。但認識了妳……才發現不是伊斯利才有各式各樣的，人類也是。」

緋笑得很粲然，凱沃爾雖然沒有臉孔，但整個柔和下來。「……我喜歡妳的笑。讓我有一種……能量澎湃的感覺。」

能量澎湃？這是什麼形容詞？緋噗哧起來。

他們有很多很多的相異。但只要有時間，他們都盡量讓對方了解自己的種族。所以，緋邀請凱沃爾去祕境野餐，跟他解釋「野餐」的意思，他也一本正經的帶了食用能源跟她一起去。凱沃爾也用投影器解釋了伊斯利的歷史，和他們之所以流亡的原因。

所以緋也明白了，伊斯利本身是沒有性別的。但是當她好奇的問如何繁衍時，凱沃爾嚴肅的說，「這是商業機密。」她也不再去問。

他們越來越要好，就算沒有空碰頭，也會互相寫信。不過都是緋飛去護國者哨站找他，倒是第一次，凱沃爾來了撒塔斯城找緋。

和堂哥一起吃午餐的緋驚喜的跳了起來，但她堂哥的啤酒都倒在桌子上了，張大了嘴。

「怎麼突然來了？」緋握著他的手，又笑又叫，「也不寫信跟我說！你怎麼知道我在這裡？」

凱沃爾有點尷尬。「……剛好有假，我又來撒塔斯辦點事情。」他不大自在的拿了個小盒子給她，「聽說人類的女性都喜歡養小寵物。」

他有點緊張。人類會花大錢買這玩意兒，聽說很珍稀。但他實在看不出來這有什麼好……不過別的人類會喜歡，或、或許緋也會喜歡吧？

其實，凱沃爾的假是威脅利誘硬跟別人換的，他來撒塔斯也沒其他事情。也說不上來爲什麼要來，他只覺得能量核心已經快沸騰燒熔了。

如果再見不到緋，他會砰的一聲，炸得只剩下一點餘燼。

這不知道是不是一種疾病。

「禮物？你送我嗎？」緋有點驚愕，「但、但是……不好吧？我沒什麼東西可以回禮……」

「有啊，我收到了。」見到她，能量就穩定下來了。「妳的笑容。」

緋的臉孔一下子緋紅起來，她低了低頭，打開那個小盒子……

然後全身冒出綠油油的煙，地上爬著一隻「噁心的軟泥怪」。

過了一會兒，她大笑起來。這個呆呆的伊斯利啊……

「妳不喜歡？」他緊張起來。

「我喜歡，我好喜歡！」緋擦著笑出來的眼淚，「我太喜歡了！」她抱著凱沃爾的手臂，將臉貼在上面。

這本來是她對堂哥表哥們親暱的表現，但對凱沃爾的刺激似乎有點大。

「凱沃爾？你怎麼了？你怎麼冒煙了？凱沃爾！」

凱沃爾沒出什麼毛病，只是有點燒焦。他跟緋解釋是受俘後的創傷症候群，天知道這完全是唬爛。

他們伊斯利是非常集體意識的種族，和人類世界的螞蟻或蜜蜂有著相類似的社會結構。他也懷疑自己是不是出了什麼毛病。

關鍵一定在緋・帖斯特身上，一定是的。但他實在分析不出來是什麼關鍵。只是，當他了解到人類終究會和異性結婚生子，重心完全轉移到家人身上，他的核心不知道怎麼搞得，突然運作不暢起來。

他悶悶的研究人類的各種書籍，越來越異樣。他開始胸悶，提不起勁，什麼事情都不想做。

「……緋，妳什麼時候會結婚？」終於忍不住，他問了。

緋將口裡的茶都噴在他身上。

慌著幫他擦半天，緋紅著臉，「……什、什麼結婚，我連對象都沒有呢！我才幾歲呀，結什麼婚？」

「總有一天會結婚啊……」

「不一定啦……我也沒有戀愛對象啊。」

「戀愛?那是什麼?」

翡一時語塞。她不知道怎麼跟外星好友解釋。「你問我我也……我也沒戀愛過啊。」她有點窘,「我是聽說,戀愛就是很喜歡很喜歡那個人,喜歡到一直想跟他在一起,看不到就會若有所失……」

「什麼是若有所失?」

「就是好像少了什麼,非常難過呀。」翡笑咪咪的。

凱沃爾凝視了她好一會兒,「喔,就像我看不到翡核心都不太動了,所以我戀愛了翡,對吧?」

翡的心臟突然少跳了好幾拍。啊?

她瞪著凱沃爾,所有血液都衝到臉孔上了。

不會吧?怎麼可能?一定是搞錯了……我喜歡上一個全身纏滿繃帶的外星人?不對,我沒戀愛過,所以這一定是錯覺,一定是的……

「……坦白說,」她應該否認,「我不知道,因爲我也沒有這種經驗。」

凱沃爾偏頭想了一會兒,「沒關係,我也分析不出來。翡,妳不要結婚好不好?結婚妳就屬於家人了,再也不屬於我了。」

「呃……結不結婚，你都不會失去我。」緋試著讓臉紅褪去，「我們會一直是好朋友。」

後來他們一直保持著這種好朋友的關係。只要有時間就會想辦法碰個面，似乎和以前沒什麼兩樣。

但緋有什麼心事，只會對凱沃爾說。凱沃爾不管懂不懂，都會耐著性子聽。

「堂哥又問我要不要轉神聖系聖騎了。」她愁眉苦臉的抱怨，「我坦得不算好但也不算壞呀，幹嘛一直希望我去後面補血……」

「但妳不也很喜歡當個治療者嗎？」

緋眼神飄遠，安靜了好一會兒。凱沃爾耐性的等她說話。

「……因爲我的堂哥表哥都很優秀。」她慢慢的開口，「他們真的很優秀，很快就會成爲頂尖的聖騎士或戰士，很快的就會離開村落去發展。但我們村子，許多人都不是那麼優秀的，他們很普通，甚至很笨。不過，他們都是我一起長大的玩伴。

「他們……也許呆呆的，但也很認真的想要符合『冒險者』的身分。但你知道的，很多任務單的目標都在地下城，非常需要坦克。治療者太多職業可以當了，但優秀的坦克不斷畢業離開……

「或許這樣很傻吧？但我想當那個永遠不會畢業的坦克，永遠的保護這些呆呆的人。

會花很多時間吧，我猜。但，我想這麼做，所以這麼做。凱沃爾，你懂嗎？」

她不奢望他會懂，其實很多人也只會大笑。但就因爲她拋不下，所以才會去當個平庸的防騎。

大多數的人都會離開，但她想留下來。站在隊伍之前，儘管握著劍的掌心沁滿了汗。

「我懂。」凱沃爾點點頭，「我叔父就不懂我爲何離開聯合團安逸的生活，跑來加入護國者。但有些事情，總要有人去做。」

學著人類的模樣，凱沃爾攬了攬緋的肩膀。

這個時候，緋突然意識到一件非常嚴重的事情。

她這輩子可能永遠沒辦法跟任何人結婚了。

緋．帖斯特II

心跳

（一）

當她從高空墜落時，真的以為自己會死。

只是一時疏神，她沒閃過惡魔火炮，正中直升機的機身。雖然勉強拉高，歪歪斜斜飛逃開來，終究還是筆直的墜落。

她絕望的在半空中開了聖盾術，不知道幸還是不幸，當直升機炸成一堆廢鐵時，她沒有被炸死或摔死，但聖盾術只能維持十二秒，當聖光的庇佑褪去時，她結結實實的摔斷了腿，包包裡的東西幾乎都滾了出去，掉進幽暗的虛空裂縫。

當中還包括她的爐石。

她危險的卡在懸崖下方的一小塊空地，連翻身的位置都沒有。她試著治療自己的斷腿，卻只能止血，依舊不能動彈。

這個瞬間，她很想哭，但忍了下來。

她提醒自己，身為一個崇敬聖光的聖騎士，絕對不能夠忘記尊嚴，再怎麼艱困也不可

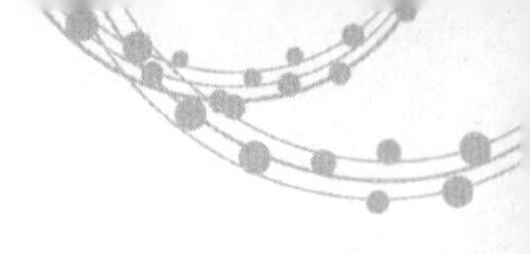

以哭。

眨了眨滿是淚水的眼睛，她試圖評估現況。她離懸崖頂端起碼有兩百碼，下面則是深不見底的虛空裂縫。她的直升機已毀，別想說可以飛上去。而爐石在剛剛的災難中失去了。

她想呼救，但扭曲太空異常的能量卻隔絕了她的密語法術。

試著安撫自己，她低頭禱告了一會兒，吃了一點東西，然後精疲力盡的睡去。

就這樣，她困在這個地方兩天整。每隔一分一秒就知道獲救的希望微弱一些。

聽說人將死之前，往事都會如跑馬燈般流轉，但她倒沒有這種體驗。她只想到父母早逝，幸好不會爲她流淚，也算是盡孝。哥哥們說不定會很悲傷，不過她死在這樣詭異的地方，一年半載也不會發現屍體，說不定還以爲她去了什麼地方探險而已。

但是……凱沃爾呢？

這個時候，她才真的哭起來。以前不敢面對、不想面對的青澀情愫，這時候一股腦的湧上來。

是呀，凱沃爾是個伊斯利，是個外星人。他連臉孔都沒有，甚至沒有肌肉和皮膚，只是一團發光的生命體。直到最近她才知道，凱沃爾的叔父是聯合團奈薩斯王子。

廣義來說，凱沃爾也是聯合團的皇儲之一。

不管是種族或者是身分，他們都天差地遠，八竿子打不著。

這些她知道，她都知道。

但她還是、還是最喜歡凱沃爾，最想待在他身邊一起修理機器，做些什麼都好。

「凱沃爾……」她喃喃自語，終於痛哭起來。

幾乎力盡的她聽到飛行器的聲音，看到焦躁到幾乎冒煙的凱沃爾，她以爲是幻覺。

飽受驚嚇苦楚，有些神智不清的她拖著斷腿衝進他懷裡，「凱沃爾，凱沃爾！我喜歡你！我最喜歡你，我永遠都最喜歡你！」

凱沃爾抱著暈厥過去的她，覺得整個能源核心都快沸騰焚燒了。

這是什麼感覺？沒人拿刀子割他，他卻覺得好痛好痛。自從緋失蹤以後，他發瘋似的到處尋找，甚至試圖穿越黑暗之門，險些把叔父氣死。

若不是緋呼喚了他的名字，他根本掃描不到她的方位。他將雙臂縮緊，感受緋的體溫。

和穩定、如鼓樂般的心跳。

他們兩個是這麼不同。但這時候，他卻因爲緋的心跳，感受到相同的頻率。這是不是……名爲喜歡的感覺？

「我也喜歡妳，我最喜歡妳。」他緊緊的抱住緋，第一次流下眼淚。

千百萬年來，極度進化的伊斯利早已遺忘眼淚，他是第一個想起來的人。

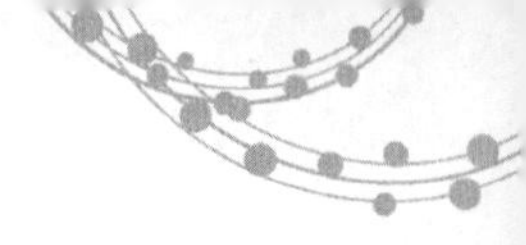

等翡醒來時，發現她在風暴之尖的宮殿裡。這可是王族才能居住的地方，奈薩斯王子只以影像示人，從來沒讓他祕密的宮殿曝光。

她坐起來發呆，聽到王子和凱沃爾大聲爭吵。

「基於政治和經濟的考量，迎娶異星公主並非史無前例。」王子暴怒的說，「但異星的平民？凱沃爾，你是否忘記……」

「我放棄皇儲的身分。」他倔強的咆哮，「加入護國者那天，我就打算放棄了！」

「凱沃爾！」

「我心意已決。」

……不是幻覺？天哪，真的不是幻覺？她跟凱沃爾說了啥啊？她是涉入了怎樣的皇室糾紛……？

「……我還是昏過去好了。」

【二】

捲入外星皇室糾紛，對一個腿上還上著夾板的女聖騎來說真是個嚴重的刺激。

在她考慮昏過去或者假裝昏過去的時候，這對叔侄已經叫罵著來到她的臥室。

尬。

「叔父，可否請你聲音放小一點？緋傷勢很嚴重，請你不要刺激病人！」

「我在我的宮殿還得放低聲量？等你繼承王位再來對我頤指氣使！」

「你知道不會有這一天的！」

「早知道你這麼頑冥不靈，把你從人工子宮裡抱出來的時候就該將你淹死！」

他們越吵越激烈，完全沒有注意到緋不但已經清醒，而且非常尷尬，還會越來越尷尬。

因爲他們開始吵能不能娶異星平民的利弊了。

傷口的疼痛，和滿心的委屈，讓緋開口了，「對不起，我才十九歲，我還沒打算嫁人……」她強忍著淚水，「而且也沒有人跟我求婚。」

兩個人立刻安靜下來，瞪著泫如欲泣的緋。

「……這不就完了？」王子不甚自在，「她不要嫁。聖騎小姐，妳可以在我的宮殿養傷，直到痊癒。雖然凱沃爾將妳帶上來實在是大錯特錯……但絕對不是妳的錯。基於那魯的仁慈，我們是相同利益的夥伴和同盟，請妳安心養傷。」

他用人類的禮儀對應，僵硬的走了出去，留下緋和凱沃爾獨處。

凱沃爾靜默了一會兒，單膝跪在她床前，試探的問，「……現在求婚來不來得及？」

她咬著下唇，堅決的搖搖頭。

「妳不是喜歡我嗎？」沒有表情的凱沃爾，聲音卻極度失望。

她的臉孔立刻玫瑰般嫣紅。那個生死關頭，她真以爲那是將死前的幻覺。「……嗯。」

「但我不要妳嫁別人。」他的聲音很哀傷，「翡，我喜歡妳。比我想像的多很多很多。」

「我不會嫁給任何人。」她的聲音細得幾不可辨，「現在這樣就好了。」

他緊張的打開掌上型資訊器。人類的女性不是都希望有個形式嗎？爲什麼翡不一樣？聽說女人類都指望可以嫁給皇儲，最少資料是這麼顯示的。

「是不是我要成爲真正的皇儲妳才要嫁給我？」

翡猛然抬頭，看著這個少根筋的外星人。「我不要介入任何皇室糾紛，我就是不要！笨蛋凱沃爾……」她終於哭了起來。

心很痛很痛才會哭吧？剛找到失蹤的翡時，他也哭了。這個他懂。看她哭成這樣，覺得她好小好嬌弱，很想抱住她，確定她還在。但她似乎生氣了，這樣……可以抱她嗎？

遲疑了一會兒，他小心翼翼的坐在床頭，抱住行動不便的翡。原本以爲她會推開或大怒，卻只是偎在他懷裡啜泣。

一面抱著她，一面試圖在掌上型資訊器裡找到答案。最後他挫折的嘆口氣。因爲這麼細微的情感反應，他找不到相關資料。

＊＊＊

奈薩斯王子氣悶的待在他的王座上。

凱沃爾簡直要將他氣死，這渾球，說什麼鬼話，娶一個異星平民？這對政治有什麼幫助？對經濟有什麼幫助？若是那魯有女兒要聯姻，他還可以考慮一下，或者是52區大工程師的哥布林女兒，他也可以欣然接受……

一個人類的平民？不要開玩笑了！

他和他的哥哥總共有五個皇儲，但死了兩個，一個跑去投效伊斯利恩，一個下落不明，只有凱沃爾還在他身邊。當初凱沃爾拋棄安逸的生活跑去護國者，他只是發兩句牢騷，年輕人出去建立一點戰功，就算危險點也划算，就不去計較。

娶一個人類平民！還口口聲聲要脫離皇家！這該死的渾球！

護國者的指揮官阿密爾頗感興趣的聽他破口大罵，「其實你很中意凱沃爾嘛。」

「廢話！不然我費這麼多心思做什麼？」雖然只有影像，奈薩斯王子依舊暴跳如雷。

「但他不太想繼承皇儲的位置。」阿密爾縝密的指出這點。

「混帳東西！也不想想他肩負的重責大任……」

「你幹嘛不讓他利益交換呢？」阿密爾建議，「你讓他娶那個平民女孩，但他得乖乖回來繼承王位。我是很捨不得這個忠心又能幹的部屬，但聯合團的穩定才是護國者的堅強

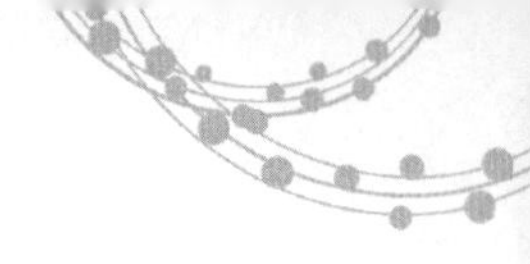

後盾。娶個平民女孩又不花多少錢，這星球看起來也沒有非政治聯姻或經濟聯姻的貴族豪門。」

他實際的建議讓奈薩斯王子深思起來。

〔三〕

奈薩斯王子考慮到最後，嘆了口氣。

雖說他還當壯年，但不能不爲未來著想。凱沃爾這孩子的確優秀，最重要的是，他少有的擁有無私公正的心。身爲一個領袖，這才是最珍貴的部分。

好吧。要娶就由得他娶吧。這個星球真的有壞影響，無聊的情感居然可以宰制他們冷靜理智的伊斯利。

他發悶的派人去找凱沃爾來，結果侍衛回報，因爲虛空裂縫似乎有規模不小的異變，凱沃爾已經匆匆趕赴護國者哨站。

奈薩斯王子更發悶了，「……他可說什麼沒有？」

侍衛有幾分尷尬，「……凱沃爾留話，請王子不要忘記伊利斯王室的禮貌，善待受傷的客人。」

「這混蛋！還需要他交代嗎？」王子發完火，悶悶不樂的往王座一靠。「也罷。等他回來再告訴他好了。通知儀官，以異星公主的待遇款待緋小姐。她將是皇儲妃了。」

侍衛呆了幾秒，趕緊退下去通知儀官。

哇塞……這可是近百年來伊斯利最大的八卦。

＊＊＊

緋目瞪口呆的看著眼前這群活色生香的俏女僕。她們不但漂亮俏皮，而且十足人類的模樣。

但但但是……凱沃爾告訴她，因為事態緊急，他的飛行器也沒辦法承載他們兩個，所以他只能開了通往宮殿的傳送門，將她帶上來。

凱沃爾說，她是第一個進入宮殿的人類。

那那那那這些俏女僕是……？

「緋小姐，我們奉奈薩斯王子的命令前來服侍您，有什麼事情，請儘管吩咐。」容貌不一，但同樣俏麗的女僕們異口同聲。

她呆了好一會兒，發現這些俐落的女僕有些異樣。

她們漂亮到太完美，連一點瑕疵都沒有，不要說雀斑了，臉孔平滑的像剛剝好的雞

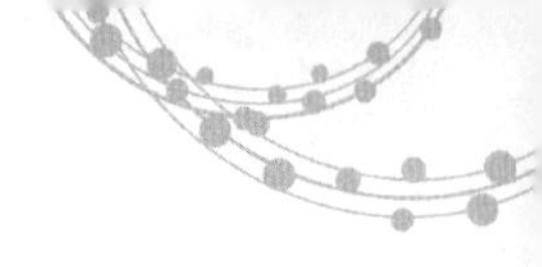

蛋。這還可以說是天生麗質或者是嚴格品質控制的結果，但她們跑步的時候彎著腰，那副衝刺的模樣是怎麼回事？

緋差點倒栽蔥跌到地板上。

「討厭，被看穿了。」女僕們笑嘻嘻的，「我們都是伊斯利儀官。」

後來她才知道，高度進化與社會化的伊斯利有嚴格的性向測驗，凱沃爾的專長是機械，即使是皇儲也不可能讓他去經商；而這群儀官，則是在外交和人際關係上特別突出，除了擔任與各星際交涉的外交官，部分也擔任大使或招待異國貴族巨商的工作。

更讓她頭昏眼花的是，伊斯利的高度文明和極度包容性，讓他們在適當的資料「輸入」後，可以變身成各種模樣。只是不到必要的時候，他們也不特別喜歡如此。

「那……那為什麼……現在有什麼必要？」她顫巍巍的問。

「因爲，」女僕長豎起纖白的手指，「妳將嫁給凱沃爾，成爲我們可愛的皇儲妃呀。」

碰的一聲，緋從床上跌了下去。

（四）

行動不便的緋讓這群俏女僕簇擁著，換到一間大得像是運動場的寢室。她打賭，她不但可以在這個寢室騎馬，還可以舉辦東谷運動大會。

她一個人住這麼大要做什麼?那張床起碼可以睡十個人啊!

「您的衣服我們也洗晾好了，還打造了幾套讓您備用……」她們笑咪咪的打開極大的衣櫥，緋差點倒地不起。

滿滿一衣櫥整整齊齊的鎧甲。

她望望穿著襯衣的自己和斷腿，有種欲哭無淚的感覺。「……我只有要戰鬥才會穿鎧甲。」

這群俏女僕大受打擊。「啊……我們研究人類歷史的時間還很短，真是抱歉。」一陣慌亂後，她們抱進了大堆華服，緋只覺得一陣陣暈眩。

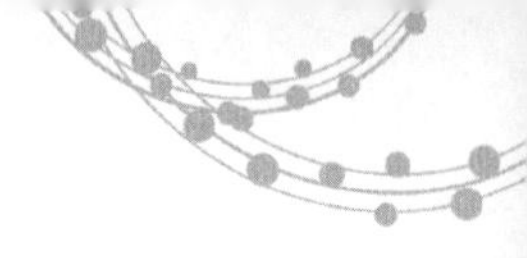

漂亮當然是很漂亮啦，什麼樣的晚禮服都有，遮蔽率都是令人臉紅的……不高。但她這樣一個斷了腿、來自樸實鄉間，嚴守聖騎守則清貧的保守女孩，不說穿上時可能被拖地的裙擺再摔斷幾次腿，習慣粗布素服的她也真的不敢穿上身。

但她們的熱心卻讓緋不好意思拒絕，她只好挑了一件看起來最樸素的白洋裝……穿上以後，她發現她不敢彎腰。

……皇家的生活真不適合我。

這時候她才從驚駭中清醒過來。不對，什麼皇儲妃？我幾時答應了？

「我、不對，我沒有要嫁給凱沃爾啊！」她叫了起來。

「欸？妳不是喜歡他嗎？」女僕長睜大眼睛。

「是互相喜歡吧？」「真好呢，這就是德拉諾人說的『浪漫』吧？」「好幾百年沒發生這麼浪漫的皇室愛情故事呢～」

啊？

後來儀官跟她解釋，順便說明伊斯利的歷史。

伊斯利一直是星際間的巨賈種族。他們擅長經商，與許多星球都有外交關係。在被虛無領主毀滅之前，他們雖然有嚴格的社會結構，但也有著寬闊的包容性。

雖然說伊斯利人沒有所謂的婚姻關係——他們到了成年會依性向測驗的結果，決定交配期的性別，但僅止於期間內提供生殖細胞給人工子宮，交配期外是沒有性別的——但大部分的星球都有婚姻和姻親關係。

天生就是商賈的伊斯利人，擁有商人絕佳的包容性。他們很快就利用這個對他們來說可有可無的婚姻關係，達到外交的目的。

但他們也擁有一種見多識廣的豁達，極度尊重這些遠嫁的異國公主，只是異星公主若生下孩子，成年後通常都會送回母系家族，也和異星公主的族人無異。

「為什麼？」緋微張著嘴聽半天，完全忘記她沒答應這樁皇室婚事。

「呃……」儀官們第一次被反問，呆了一呆。這倒是從來沒有的事情。根據資料，異星公主通常都有輕微智力不足的現象（和伊斯利比起來），但這個異星平民卻知道有詭異之處。

她們交頭接耳，用伊斯利話輕聲交談。

「可以跟她說嗎？」

「不太好吧？知道這種親密的生殖活動只是形式，事實上小孩是她的複製人，據說異星女人的心靈都比較脆弱……」

「這跟脆弱有什麼關係啊？」

「叫妳用功點妳就不要，妳好好的去讀一讀人類心理學好不好？笨捏……」

好一會兒，緋開口了，「……我懂伊斯利話。」凱沃爾曾經教過她，還稱讚她是個很優秀的學生。

尷尬的沉默降臨。緋的臉孔一陣陣的燒紅。

「……我會被扣薪水。」女僕長憂傷的將臉別到一邊。

（五）

雖然緋一再強調她沒有答應婚事，但儀官們待她還是非常好。這讓她養傷的期間，和儀官們建立起一種友誼。

雖說是任務，但這個怯生生又溫和的人類女孩，倒讓儀官們很喜愛。拚著可能被扣薪水的危險，她們跟她講述伊斯利的歷史，還拿歷任異星公主的畫像給她看。

當她看到各種奇模怪樣的異星皇妃，當中有個特別酷似瑪拉頓公主時……她有點頭暈。

伊斯利人果然擁有超凡入聖的包容性。據說那個瑪拉頓皇妃還跟王子非常恩愛。

「雖然非常稀有，但發生過王子追求公主的美妙事蹟喔。」儀官笑得眼睛彎彎，「這可是很浪漫的事情。」

大約一千多年前，一個伊斯利王子出使某個星球，愛上了那個星球的某族公主。經過了許多難關和阻礙，終於結婚了。但公主早逝，哀痛欲絕的王子沒多久也跟著過世了。

緋看著公主的畫像……她的確莊嚴而美麗……和艾薩拉藍龍還有幾分相似。

「伊斯利漫長的歷史中，妳是第二個呢。」她們交握雙手，很人類的冒著小心小花。

啞口無言的低頭看看龍公主的畫像，被這樣相提並論……緋不知道該覺得驕傲，還是應該覺得傷心。

＊＊＊

等凱沃爾回來的時候，風塵僕僕的他在原本的寢室撲了個空，整個人都冷掉了。要不是侍衛告訴他緋換了房間，說不定會再次冒煙。

他急急的跑去寢宮，有些奇怪叔父怎會將她安排在此。這可是宮殿裡僅次於王寢的房間。

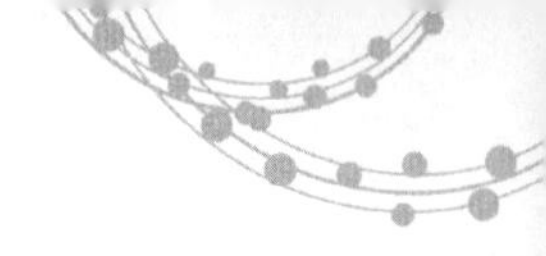

看到臉色紅潤的緋，他大大的鬆口氣。衝刺到她面前，很自然而然的俯身緊緊抱住她。

緋僵住了一會兒，畢竟房間裡人實在太多。但長久的別離，讓她眼睛慢慢蒙上一層薄霧，她也緊緊的抱住凱沃爾的腰。

儀官們輕聲咳嗽，互打眼色，卻拖拖拉拉的離開寢宮，一關上大門，發現寢宮外圍了大票守衛。

互相瞪視，然後都貼在門板上聽動靜。

「他們說話可不可以大聲點？」有人抱怨了。

那個人很快被眾人噓個不停，緊張又期待的聽著這起粉紅色的八卦。

凱沃爾鬆了手，卻在床上坐下來，輕鬆的像是拿起一件衣服，將緋抱到他腿上，「我很想妳。」現在他知道這就是「思念」了。

這讓緋嚇了一跳，不知道該掙扎還是怎樣，但她柔軟下來，聲音有些嗚咽，「……我也很想你。」

「原來戀愛是這麼舒服的事情。」他歡欣的吸口氣，「在妳身邊，連呼吸都覺得舒暢。」

緋真的哭笑不得。這個呆呆的伊斯利。

「……凱沃爾……若我長得像條龍，你也、也喜歡我？」多日的疑慮，她終於問出口。

「妳變成什麼樣子也還是妳呀，為什麼不喜歡？」他的聲音充滿好奇。

「……就算我不肯嫁給你？」

「沒關係呀，只要妳願意陪著我，婚姻關係本來就不是非要不可的。」他很實際的說。

這下子，緋真的有些想哭了。

「我也喜歡你，不管你是什麼樣子，我永遠喜歡你。」她的聲音帶著一點點的嗚咽。

他們默然的擁抱好一段時間，沉浸在兩人世界中。

好一會兒，緋才開口。雖然說，她已經能夠接受和面對了，不過她還是想知道真相。

「……那，凱沃爾，你性向測驗的結果，到底是男是女？」

「啊？」

（六）

雞同鴨講了半天，凱沃爾才懂緋的意思。沒辦法，伊斯利人一直不太重視性別問題。

「讓我叔父知道，這些儀官都得等著減薪。」凱沃爾笑起來，「這是我們的祕密，隨便就讓妳知道了……」

恐怕比你以爲的還多。緋一想到「親密的生殖活動」連耳朵都燒起來了。

「我在測驗中是雄性。」凱沃爾平靜的說，「不好嗎？」他的聲音充滿好奇。

「……男性。」緋不由自主的糾正他。雖說早有心理準備，但知道他是「男性」，她的心情也很複雜。

之所以爲什麼複雜，大約跟之前儀官們提到的「親密活動」有關。若凱沃爾是「女性」，說不定不用去想這層尷尬。

「男性跟雄性有什麼差別？」

緋一時語塞，「……人類的辭彙上比較慣用於『男性』。」

這樣理智的答案倒是很容易被凱沃爾接受。

這算不算是種文化隔閡？

當緋思索這些問題時，並不知道門外有許多熱心的聽眾，她當然不知道王子派人來找凱沃爾時，那個可憐的祕書被這些聽眾們怒目而視。

不過有人敲門時，她倒是驚慌的從凱沃爾的膝蓋上滾下來，凱沃爾不解的將她抓回來，非常具有王族氣勢的說，「進來。」

緋又羞又氣的捶了他兩下，卻掙脫不開。

「這樣抱妳不舒服嗎？」凱沃爾奇道，然後調整了一下姿勢。

不是這個！笨蛋外星人！你也看看有沒有外人在！

她低下羞紅的臉，不敢看祕書的表情……雖然伊斯利連臉孔都沒有，實在說不到表情。

但祕書的聲音雖然專業，還是有絲忍俊不住，「凱沃爾，王子請你過去。」

凱沃爾沉默了片刻，收緊雙臂，擁緊緋好幾秒，才嘆口氣，依依不捨的放下她，「我馬上過去。緋，等我一下，等等我就回來。」

「……不用太趕。」她的聲音很細很細。

「也沒辦法跟他說太久的話。」凱沃爾聳聳肩，「今天是禮拜三。」

禮拜三又怎樣？緋狐疑的看著他。

「今天那個德萊尼牧師會來風暴之尖。」凱沃爾說，「她若來了，叔父會整天待在顯像器那兒，十頭大象也拖不走。」

放下滿臉問號的緋，他走出寢宮，這時候儀官才放聲大笑。

「有、有什麼好笑的？」緋有些薄怒。

「不是笑你們啦，」雖然也夠好笑的，女僕長低聲，「是王子很好笑。之前他不是反對你們交往嗎？他自己還不是差不多……」

緋更摸不著頭緒了。

毫無例外的，凱沃爾又跟奈薩斯王子大吵起來。

他不但頑固的拒絕接下皇儲的位置，連王子允許他迎娶緋的「仁慈」都不爲所動。

「用不著。緋說她不用婚姻關係，這樣也挺好的。」他近來和緋耳濡目染，學了不少人類的成語，「迪曼修斯未滅，何以家爲。」

你在說什麼鬼話？王子氣得幾乎中風……是說，他有腦血管可以爆炸的話。

正要怒吼，他的祕書恭恭敬敬的上來報告，「王子殿下，您說莉莉絲牧師謁見的話，需要跟您報告。」

「知道了！」王子大吼一聲，匆匆起身，「你最好想清楚，凱沃爾！我不是常常這麼仁慈的！你就不要以後求我讓你迎娶緋小姐！」

凱沃爾不正面回答，「叔父，莉莉絲小姐正在等您。」

他尷尬起來，模模糊糊的咒罵，快步的走向顯像器。這不知好歹的德萊尼女人，讓他成了所有人的笑柄。

等他看到顯像器那頭正在耐性等待的莉莉絲，火氣像是澆了冰水，嘩啦一聲只剩下一股煙。

王子沒好氣的虛張聲勢，「……如果妳是來殺我的，請妳去領號碼牌排隊！」

「殺你要掛號，」那個纖細窈窕的牧師笑著，「追求你要不要掛號？」

「輕浮！」奈薩斯王子吼著。這不知道是他第幾次這麼回答了。

她也跟過去一樣倔強的將頭一扭，不言不語的坐在顯像器之前，微微將頭偏回來，拚命盯著他看。

……這個該死的星球真的有嚴重的壞影響。

（七）

沉默降臨在他們之間。

每次都這樣。奈薩斯王子無聲的嘆氣。他的煩惱還不夠多嗎？為什麼還有這麼個擾人的牧師？

「……最近的軍事活動都還順利吧？」他勉強開口。

「還可以。」莉莉絲淡淡的回答，可見還有些生氣。

他悶了起來，「……裝備夠用嗎？我讓軍需官……」

「不用，我夠用。」

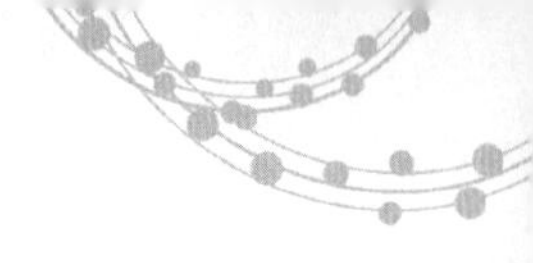

然後又是沉默。

他原本就不是很有耐性的人，這種沉默真的激怒了他。「如果妳很不想跟我交談，千里迢迢跑來做什麼?待在撒塔斯不是很好嗎?又舒服又溫暖!」

「你這不是廢話?」莉莉絲也火大了，「就是來看你啊!反正你不要管我，該做什麼去做什麼。我只要看著顯像器就滿足了，又沒有要你回答我!」

「我怎麼可能這麼做!」衝口而出，奈薩斯王子立刻後悔了，「缺乏禮貌是王室的污點!」

莉莉絲罵了一句，雖是德萊尼話，也讓奈薩斯王子的臉孔沉了下來。「身為一個神聖的職業，妳該說這種粗口嗎?好好反省一下!」

噙著淚，她低下頭，「……對不起。」

「……我不是有心的。」奈薩斯的口氣緩和下來，卻帶著一點點沮喪。「我聽說某個那魯的勇士跟妳求婚。」

「你知道我不會答應的。不要談這個。」莉莉絲擦了擦眼淚。

「好吧!」奈薩斯有些無奈，「妳想談什麼?」

莉莉絲吸了吸鼻子，跟他說最近發生的一些瑣瑣碎碎的小事，有些還蠻好笑的。

每次都這樣。每次每次。莉莉絲想著。每次都這樣互相激怒，互相讓步，有時候她火大的哭著回去，發誓下次絕對不要再來了，但一到禮拜三，她可以放假的時候，又會乖乖的來到這裡。

她愛上一個驕傲的伊斯利。

其實一開始，她對奈薩斯沒有半點好感。若不是任務單發到這邊來，她應該永遠不認識這個自大驕傲又可惡的傢伙。

似乎滿心只有力量、金錢和權勢。爲了一個充滿能量的水晶，翻了個天翻地覆。等她找到的時候，卻看到奈薩斯的另一面，這讓她訝異。

因爲她的無私，居然可以影響奈薩斯王子。當血精靈的軍隊傲慢的要奈薩斯交出水晶時，這個巨商頭目斷然拒絕，並且準備將水晶歸還給那魯。

憤怒的血精靈衝向她，想從她手底奪走水晶。她嚇壞了。

就在這時候，王子從傳送門傳進來，帶領他的軍隊消滅了全體敵人。原本她以爲，奈薩斯是個躲在宮殿裡發抖的無能皇族，卻沒想到他擁有這樣強大的力量。

「……你明明很厲害，爲什麼要躲在宮殿裡呢？」她不由自主的問。

雖然知道伊斯利沒有臉孔這種東西，但她覺得奈薩斯尖銳的「注視」著她。

「要我命的人太多了。」他冷酷的笑了一下，「其實我可以殲滅他們所有人，但我現在是聯合團唯一的王子，我要顧及整個伊斯利的未來。任何意外，我都不能夠發生，」王子傲慢的伸手給她，將跌在地上的莉莉絲拉起來，「女孩，妳懂嗎？」

或許在那一刻，她就把自己的心給丟掉了。

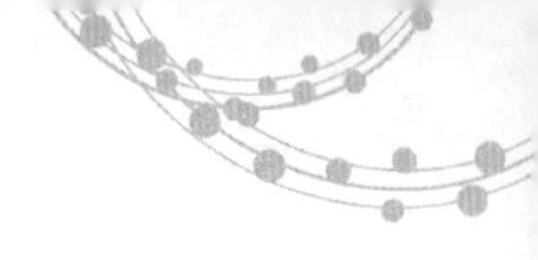

她身在一個大公會裡，行程被排得滿滿的，只有禮拜三才是她放假的時候。她也說不上來為什麼，假日哪裡也不去，就是坐在風暴之尖的顯像器之前發呆。

一開始，奈薩斯對她很客氣，日子久了，也有點不耐。

「妳到底來作什麼？或者，妳要什麼？」奈薩斯不懂，該給予的獎賞已經給予，這個德萊尼的小女孩為何一再謁見？

「……我喜歡你。」莉莉絲有些失魂落魄的說。

「輕薄！」奈薩斯覺得被冒犯了。

後來就開始這種互相激怒的戲碼。原本奈薩斯視她為一個麻煩，但他開始會期待禮拜三。直到有回把她氣哭大怒而去，下週的禮拜三，就沒看到她了。

或許這樣最好。奈薩斯想著，卻有點發悶。

下下週的禮拜三，她也沒有來。

最好不要來。奈薩斯忿忿的想，卻說不出哪裡不痛快。

到了第三週，他終於沉不住氣。雖然知道這根本是找死，但他悄悄的易容打扮成一個人類法師，在誰也不知道的情形下，離開了宮殿。

原本以為，莉莉絲會在奧多爾的聖殿，但他卻在醫院裡找到她。

還在發燒的她看見這個陌生法師，怔了一會兒，「……奈薩斯？」

……她怎麼會認出來！「不、我不是。」他匆促的回答。

莉莉絲用力看了他幾眼，「嗯，是啊……你這樣子還真難看。」

奈薩斯整個悶掉。「我不懂你們的審美觀。」

「也不會比纏滿布條難看。」

「喂！」他真的生氣了。

「你……回去吧。」莉莉絲將臉轉開，「外面……很危險。不要、不要樹敵太多……」

「怎麼可能不樹敵。」奈薩斯咕噥著。

莉莉絲好一會兒不說話，「……等我病好了，就會去看你。」

「不要再來了！」奈薩斯不知道自己在氣什麼，「尤其不要生著病來！」

這該死的女人笑了又哭了。

從那時候起，他悶悶的吩咐祕書，若莉莉絲來謁見，要通知他。也從那時候變成所有伊斯利的笑柄。

「知道了。」看著纖細的莉莉絲，風暴之尖又冷，談話間她咳了好幾次。「我吩咐過旅館老闆，好好休息吧。」

「你去忙你的。」

「我沒有什麼好忙！」奈薩斯又火起來，「好好吃頓飯，休息一下！若睡過午覺妳還

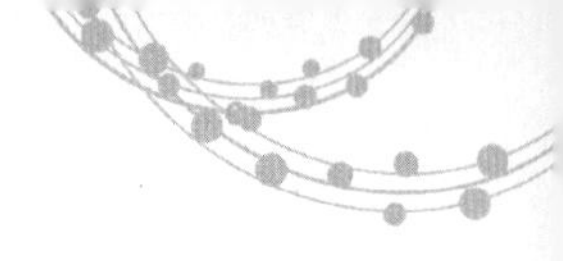

想謁見……」他聲音緊繃起來，「我有空。」

她偏了偏頭，像是想笑又忍住。「……好。」

看著她離去，奈薩斯扶著額，發悶得非常厲害。

（八）

緋在宮殿待了兩個月，直到腿傷完全痊癒。

她提心弔膽的害怕王子會逼婚什麼的，卻沒想到奈薩斯王子禮貌而尊重的對待她，並沒有說什麼。她慶幸伊斯利是個理智的種族。

唔，雖然她看到幾次奈薩斯王子對著顯像器鬼吼鬼叫有點降低信心，但也夠理智了。

最後他莊重的和緋道別，讓凱沃爾送她出宮殿。反而是凱沃爾顯得很憂鬱。

「但我喜歡妳留在那邊，每天都可以看到妳。」

她望著凱沃爾，心裡有種甜蜜蜜的感傷。比起來，奈薩斯王子比凱沃爾成熟理智許多。住這麼久，她也聽聞了不少王子的緋聞，但很奇怪，她了解王子的緊繃和顧慮。

王子一定非常非常喜歡那個德萊尼牧師。太喜歡了，所以才讓她自由，不將她拘禁在宮殿裡。她想，德萊尼牧師也知道，所以沒有任何要求。

女孩子本來就比較早熟懂事，凱沃爾……心智上還太年輕。但她自己也還是少女，所以雖然能夠體悟，卻沒辦法具體的說出來。

「我會盡量抽空來的。」她抱了抱凱沃爾，回撒塔斯去了。

＊＊＊

之後，緋的確如她所說的，常常到虛空風暴執行任務，順便來探望凱沃爾。然而凱沃爾也開始忙起來，護國者哨站開始了一種狂烈的氣氛，連凱沃爾都凝重起來。

「薩哈達爾過世了。」凱沃爾低低的跟緋說，讓緋張大眼睛。

就血緣上來說，薩哈達爾才是真正的奈薩斯王，是奈薩斯王子哈拉瑪德的父親，凱沃爾的祖父。但這個因爲家鄉被毀滅而瘋狂的王，心裡除了復仇別無他計。任何違背他的人都會被殘酷的處死。

他殘暴的統治導致了伊斯利帝國的分裂，哈拉瑪德統領聯合團試圖在異鄉存活下去，護國者則起身對抗薩哈達爾的殘暴，並且以消滅毀滅家鄉的迪曼修斯爲職志。

「……我雖然知道他罪無可恕，但還是感到悲傷。」凱沃爾沉默了一會兒，「我理解他的仇恨和憤怒，但沒辦法認同他的暴虐。原本我們是這樣一個高度文明的種族，卻因爲他的瘋狂導致分裂，許多高尚的伊斯利人因此墮落成竊賊和強盜，完全忘記商人的道德和

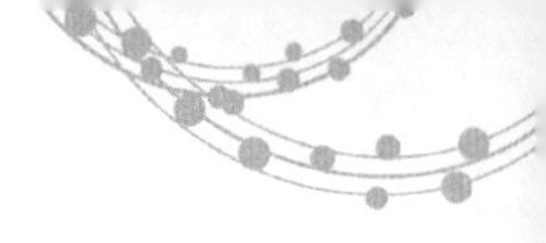

尊嚴，這真的令人非常難受。」

緋握了握他的手表示安慰。他也反握著。

「伊斯利恩瓦解了。我們的一個心腹大患終於解除……只剩下另一個。」

「迪曼修斯和他的虛無部下。」緋點點頭。

「我們和冒險者合作，收集了許多碎片樣本，已經研究出結果了。緋，我們即將終結迪曼修斯。」

這代表戰爭。緋默然。「……我懂你的意思。」她堅強的笑了笑，「你要上前線，對吧？」

「我不能置身事外。並不只是毀滅家鄉的仇恨和憤怒，我不能讓他繼續毀滅任何人的家鄉。」凱沃爾嚴肅的說，「雖然我不知道能不能生還。」

緋望著他一會兒，笑了笑，「你知道的，我一直都跟你在一起。不管什麼時候。」

凱沃爾疑惑的看著她，或許是人類說的「精神與你同在」之類的？

「是啊。」

「嗯。」緋笑得更粲然。但凱沃爾不知道她下了一個重大的決定。

＊＊＊

討伐迪曼修斯是個大規模的軍事行動，除了護國軍，他們也招募傭兵。他們招募到的傭兵群中，有兩個通過考試的女性。

一個是防護系聖騎士，另一個是神聖系牧師。

在大群男人當中，她們顯得特別嬌弱，也特別引人注目。雖然伊斯利對性別的認同很淡薄，卻依照人類的通例，讓這兩位女士住在一起。

是的，你猜對了。那位防騎就是緋．帖斯特，牧師就是莉莉絲。

交談之後，驚訝的發現她們的目的這樣的相似，同樣的愛上一個伊斯利的時候，緊緊的握住對方的手。

「我想代哈拉瑪德去做這件他渴望去做的事情。」莉莉絲的臉孔有股倔強的堅毅。

緋點點頭，「而我，希望可以跟凱沃爾並肩作戰。」

（九）

她們隨著大軍前進。

這是伊斯利有史以來最大規模的出軍，護國者幾乎派出所有的將兵，聯合團也贊助了整個軍事行動的經費和大批人力物力。

他們遙遠的家鄉毀在迪曼修斯的手底，說不定還會摧毀他們現在的他鄉。再退一步，就是萬丈深淵了。

但伊斯利人是優秀的法師、術士、狂戰或刺客，卻很缺乏坦克和治療者。所以他們招募了一群傭兵，好補強這個弱點。這也是爲什麼緋和莉莉絲會入選的緣故之一。

但軍隊非常龐大，傭兵們又有自己的指揮官和所屬軍團，所以行軍好幾天，凱沃爾還不知道緋在軍隊之中，奈薩斯王子也不知道莉莉絲加入了討伐軍。

但遠在宮殿的奈薩斯王子哈拉瑪德卻緊張而專注的傾聽阿密爾的報告，並且極度的鬱鬱寡歡。

若是可以，他想衝到前線，御駕親征。他對迪曼修斯的忿恨恐怕在所有人之上，說不定還超過他的父親。但他勉強自己壓下這股焦灼的憤怒。

我的人民需要我。我可是奈薩斯王族中唯一清醒的人。他不斷的提醒自己。當初王兄被瘋狂的父親以叛亂罪處死時，他答應過王兄，要代之保護伊斯利的存續。

他煩躁的在顯像器前走來走去，戰鬥的慾望和理智不斷交戰。

「……阿密爾，真的沒有問題吧？」他不知道第幾百次問了。

這個和他童年就認識的護國者指揮官耐性的安撫，「沒問題的，你知道瑟翼德不是泛泛之輩。」

「瑟翼德很不錯，」他勉強承認，「但迪曼修斯不是『很不錯』就夠了。」

「那你試著相信我，」阿密爾微笑，「我做了萬全的準備了。哈拉瑪德……你的脾氣真的要改改，雖然你已經改很多。我真不敢相信以前那個衝動惹禍的哈拉瑪德現在是成熟穩重的王子殿下。但你真的樹敵太多，想殺你的人滿坑滿谷。」

他有點不放心的警告，「哈拉瑪德，我會處理好這一切，你千萬不要衝動。你要知道，現在你是聯合團的領袖，護國者的後援，所有伊斯利的王子。不要將自己置身於危險之中。」

「知道了。」他不耐煩的結束通話，繼續走來走去。

眺望著旋轉著奇異極光的天空，他煩躁的嘆了口長氣。

就在王子在宮殿長吁短嘆時，軍隊已經來到法力熔爐奧崔斯之前。

這一路上，戰鬥非常激烈。迪曼修斯的手下讓他們吃足了苦頭。這些虛無生物，擁有非常強悍的實力。抵達法力熔爐奧崔斯時，他們已經折損了將近兩成的兵力。

緋和莉莉絲都負了傷，但並不嚴重。糟糕的是，莉莉絲過去曾經生過一場重病，留下一個氣喘的後遺症。寒冷的裂風高原和傷勢讓她的氣喘復發，每天都慘白著臉孔。

「……妳先回去好嗎？」聽她一遍遍的咳嗽，緋很不忍。

莉莉絲搖搖頭，吞了一顆藥。「……這是我唯一可以為哈拉瑪德做的事情。我不勸妳離開，妳也別勸我。別人不了解也就罷了，妳也不懂？」

緋不再說話，一遍遍的擦著她的晶鑄長劍。

說女人缺乏勇氣、軟弱，這可能對也可能不對。最少在那個必要的時刻，就不夠正確。

「……我會保護妳。」緋終於開口，「我會竭盡全力。」

這是場艱困而漫長的戰鬥，不負「吞盡者」的名號，迪曼修斯展現了他無與倫比的力量。若非之前護國者干擾器丟在虛無導線上方大幅度的削減迪曼修斯的實力，他們恐怕連跟他面對面都有困難。

即使如此，討伐軍還是出現了大量的傷亡，死亡融燬的伊斯利和傭兵的屍體，堆在迪曼修斯的腳下。

原本負責清除虛無軍隊的緋回頭，發現對付迪曼修斯的主力部隊幾乎全軍覆沒，只剩下瑟翼德上尉和少數復仇者和更少數的傭兵。坦克群已經全體陣亡了。

苦苦支撐的是，不擅長坦克的凱沃爾。

「……看著我，迪曼修斯！」她拋出手底的盾，這招是防護系聖騎的絕招「復仇之盾」，這畫出完美曲線的飛盾雖然連迪曼修斯的表面都無法損傷，卻引起他的注意。

「面對我！迪曼修斯！」緋怒吼了，雖然聲線有些顫抖，「難道你膽小到不敢面對聖光的審判嗎？」

這碩大無朋的虛無生物笑了，發出低沉而令人戰慄的聲音。「聖光？聖光是什麼東西……那不過是那魯的謊言。」

當他睥睨過來時，緋全身都在發抖。有那麼一瞬間，她幾乎無法動彈。迪曼修斯看穿了她的恐懼，回手打飛了幫緋治療的莉莉絲，並且幾乎捏碎凱沃爾。

因為我的畏怯和懦弱，害死了這個堅定的牧師。難道要因為我的無能，讓凱沃爾和所有人都葬身於此？

這是溫和的緋，第一次陷入狂怒中。像是帖斯特家歷代誓言保護一切的血緣發作起來，她因為狂怒而覺醒，背後湧起一對金色的翅膀，眼睛像是倒映著相同的金光。

她發出的驅邪術和奉獻，讓迪曼修斯大怒起來，拋下手底的凱沃爾，瘋狂的攻擊她。

「妳承受得住這種重擊嗎？懦弱而無用的人類！」

架住他的攻擊，依舊陷入狂怒的緋咬牙切齒。「或許我懦弱無用，但我發誓要終結你！」

發出低沉的冷笑，迪曼修斯的聲音隆隆如雷響，「No man can kill me.」

這是非常偏遠的方言。緋微微訝異了一下。但她的表哥中有個語言專家，曾經研究過這種偏遠方言，雖然沒什麼用處，但她和表哥學過一點點。

她僵硬不流利的回答，「I am no man.」

緋的回答讓迪曼修斯微微一怔，因此出現了縫隙。凱沃爾拼起最後的力量，撲到迪曼修斯的背後，掄起雙刀。不斷咳嗽的莉莉絲搖搖晃晃的站起來，臉孔發青的吟唱高等治療術。

殘軍重整陣容，繼續圍攻迪曼修斯。

翡瞥見凱沃爾的面容，對自己悲慘的一笑。凱沃爾不知道會不會生氣。她這麼不女性化的，站在隊伍之前，用拙劣的技巧挑釁可怕的吞盡者。

她是個軟弱的防騎，不純熟的坦克。堂哥常常搖頭，說她的手這麼小，不適合握劍。

但她可是，帖斯特家的子女，誓言站在第一線的！

「迪曼修斯！看著我！莫非你連女人都怕嗎！」她怒吼著挑釁。

迪曼修斯以黑暗而強大的重創當作回答。

就在憤怒之鎚可以使用的時候，所有神職的法力都已經乾涸，討伐軍能夠站著的人已經非常稀少

了。

但我不要放棄。緋倔強的給自己上了聖療術。我絕對絕對，不要放棄！

（末章）

莉莉絲終於咳出血來。她原本就身體嬌弱，苦於宿疾。迪曼修斯又重創了她，卻沒有時間治療自己。

她將所有的法力都奉獻給緋，給隊伍內的所有人，就是捨不得用在自己身上。

擦了擦嘴角的豔紅，她放了希望符記，繼續吟唱高等治療術。但她也明白，她快撐不住了。

我們說不定都得死在這裡。她心裡很清楚。

但緋沒有放棄，她就不想放棄。和哈拉瑪德之前的情愫，她完全知道不會有結果。但她也沒想要什麼結果。

身爲女人，是件討厭的事情。今天她和哈拉瑪德的性別倒過來，或許他們的前途會比較樂觀……她願意爲哈拉瑪德戰鬥這件事情也顯得比較正常，不招人譏笑非議。

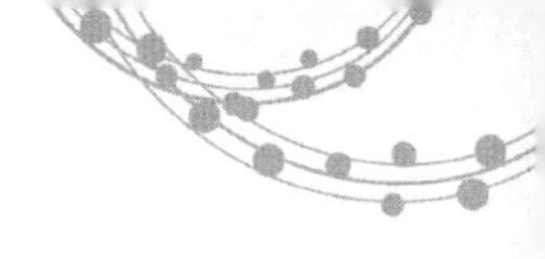

但那不是我。她倔強的昂起下巴，試著榨出更多法力。我就是一點女人味都沒有的女人，我就是，為了心愛的男人拚命，就是想要成就他的遺憾。

我就是，愛上一個人沒辦法悶在心裡，就是這樣不女人的女人。

聖光啊，不要因為我這樣的私心背棄我。請垂憐同樣倔強的女人，不要讓緋死掉。

但她法力耗盡，生命垂危。軟倒於地的時候，她看著依舊奮戰的緋……不過緋也快死了。

看起來可能同歸於盡……還不錯。

可惜，臨死前沒辦法再見奈薩斯一面。奈薩斯那次變成個人類法師，很詫異她為什麼一眼就看出來。

呵呵，除了伊斯利，誰會彎腰衝刺似的跑步？

她微感遺憾。再也沒有機會告訴哈拉瑪德了……

就在這個時候，她昏昏沉沉的看到了奈薩斯王子，本來以為是幻覺。

但這個「幻覺」卻率領著聯合團軍隊，消滅了迪曼修斯。

「……阿密爾還跟我保證沒問題！」他慣有的怒吼聽起來多麼親切，「幸好我發兵御駕親征，不然又是功虧一簣！該死的，我該早點發兵……」他住口，怔怔的注視著奄奄一息的莉莉絲。

「妳怎麼……妳加入討伐軍？」奈薩斯的聲音緊繃到可怕的地步。

「哈拉瑪德。」含著淚，莉莉絲向他伸出雙手。

王子屈膝坐下，將她拉進懷裡……然後將她按在膝蓋上，打她的屁股。

他的舉止讓歡呼的軍隊目瞪口呆，一點聲音也沒有。連重傷的緋都看呆了。

「妳給我做這麼危險的舉動？我非跟那魯投訴不可！」他暴吼，一面打著她的屁股，「不聽話的孩子！不想想自己的身體爛成什麼程度……」

「住手！該死的繃帶人！」莉莉絲尖叫，「你居然敢打少女神聖的屁股！」

「不這樣妳記得住教訓嗎？儀官！」他將莉莉絲扔到儀官手上，「把她帶回去，我要親自教導這個不知天高地厚的笨牧師。傳我的口信給那魯和奧多爾，他們的牧師在我的宮殿『作客』了！」

王子一陣風似的率領軍隊和尖叫的莉莉絲離去，留下後勤部隊診治傷患，設法復活還能夠復活的人。

緋默默的接受治療，在凱沃爾接近時，機警護住自己的屁股。

她可不想在眾人面前丟臉。可憐的莉莉絲……

「妳不該來這麼危險的地方。」凱沃爾注視著她。

她低下頭，思索該如何爭辯。

「但我很高興，妳在這裡。」他的聲音溫暖，「我以妳為榮。因我小小的緋而驕傲。」

他沒有怪我。而且，他肯定我。

肯定我這個拙劣、平庸的防騎。

她伸手，擁抱著凱沃爾，哭得非常慘。凱沃爾一直笑著，緊緊的擁住她。

＊＊＊

故事似乎已經到了尾聲。

迪曼修斯已死，伊斯利們在舊稱爲德拉諾的星球安頓下來。

護國者並沒有解散，畢竟除了迪曼修斯和奈薩斯王以外，這個殘破的星球還有許多危機，需要護國者的守護。

但已經不需要那麼多軍隊了，所以凱沃爾解甲歸田，回去聯合團……

理論上。

事實上，他也沒在聯合團待很久，趁著王子忙著和莉莉絲打架的時候，他悄悄離開宮殿，留書說要外出歷練，跟他某個哥哥一樣。

而緋受的傷太重了，對抗迪曼修斯太超過她的能力範圍，做過緊急治療之後，她被送回撒塔斯的醫院，因爲聯合團雖然科技昌明，但對人類實在不夠了解。

她在醫院裡漸漸恢復了健康，除了越來越強烈的思念，已經沒有大礙。

等她走出醫院時，她正打算搭飛機去護國者哨站探望凱沃爾。這段養病的時間，凱沃爾忙著處理後續，王子又爲別的事情分心，早寫信跟她表達過歉意。

沒關係，我去看他就好。緋想著。

走出大門，她看到一個人類戰士，站在門口，對她笑得很詭異。亞麻色的馬尾，同樣顏色的瞳孔，唇上和下巴都有鬍子，長得有些像他們帖斯特家的堂哥們。

這是誰？我認識他嗎？緋疑惑的看他幾眼，那個戰士彎著腰，用衝刺的姿勢跑到她面前，跑步時還有殘影。

「……凱沃爾？」她有些發暈。

「欸？爲什麼妳一眼就可以認出來？」他大表驚奇，掏出鏡子，「我資料輸入什麼地方有錯嗎？什麼地方不像人類？」

……你跑步的姿勢不改，五百碼外我都可以認出來。

「你爲什麼……？」

「我想跟妳在一起。」他坦率的說，「讓妳自由又能在一起，這是最好的辦法。」

坦白說，緋很感動。但她卻有些無奈。凱沃爾怎麼跟哥哥們一樣……

「我是防騎。」她無奈的看著凱沃爾，「你別叫我去後面補血。我們帖斯特家的人……」

「爲什麼要去後面？」凱沃爾有些迷惑，「緋坦怪的時候非常美啊，我最喜歡了。殺

敵讓我來就好了……」他低頭翻了一下資料，「我想我會是個很棒的狂戰吧。」

「……我當隊長不要緊？」

「有什麼要緊的？緋站在什麼位置，都是我最喜歡的人啊。」

這瞬間，她有點想笑，但也有點想哭。

愛上一個外星人，似乎也很不錯。就像她想成就凱沃爾的希望，凱沃爾也成就她的夢想。

我愛上一個非常值得的人。

「跟我來。」緋伸出她戴著鎧甲手套的手，「我們冒險的路，很長很長。」

凱沃爾緊緊的握住她的手，這次他有臉孔可以笑了。

（緋．帖斯特II　完）

在遙遠的彼岸

（一）

吾名乃印拉希爾。

我族爲德萊尼，在最強盛時擁有極高的靈力科學，航行無垠的各界，直到邊境。在無數世界中，我族強悍勇敢的女戰士遠赴中土冒險，邂逅異界的王子。

雖然結局甚是感傷，但女戰士獨自撫養嬰孩，回歸我族。而這嬰孩成了家族的始祖。代代長子或長女都名爲「印拉希爾」，在苦難流亡的時代，家族屢出勇敢的戰士或聖騎士，聖光是我們的信仰，並且不能辜負遙遠中土稀薄血統中的皇室尊嚴。

一面破舊的大旗隨著我們遷徙飄零，上面有著天鵝般的巨艦航行在藍海之上。我常凝視著這面大旗，思索著、遙想著。我只知道王子在戰亂中戰死，痛苦的女戰士殺出重圍，卻只保留了這面旗子。

當然，還有我們這族血脈。被追殺、逃亡，不斷的遷徙。苦難並沒有打敗我們……或說離滅亡只有一步，說什麼也不能退後。這是最後一次迫降，如困獸般，決心死戰。

＊＊＊

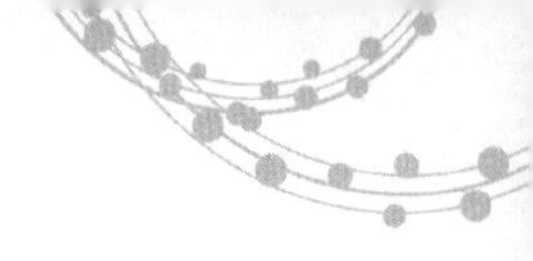

迫降的時候，我受到一點創傷，但比起死去的人，已經太幸運了。雖然據我的叔叔說，當初把我從殘骸拖出來的時候，已經沒有心跳，也停止了呼吸。

牧師為我祈禱冥福，準備將我埋葬。我的叔叔又喊又叫，把我抱在懷裡不肯放手：「她是印拉希爾！我印族最後一點正統血脈！她會從死亡中返回，不可能就這樣放棄一切！」

或許是他的執著，也可能是歷代印拉希爾的守護，我真的醒了過來，除了多處骨折，居然沒有什麼後遺症。

這就是我叔叔，雖然是血緣很遠的叔叔。但我們印族雖然尚有多人存活，但直系血脈的確就剩我一個。他這樣疼愛我、寵溺我，除了他本身沒有子女，另一個原因是因為他原是我父母的護衛。

他的寵溺毫無道理，甚至我違背印族高貴的傳統，放棄戰士或聖騎士的高貴身分，跟隨破碎者的導師，成為一個大道平衡的薩滿，他只沉默了五秒鐘，堅決的和族裡長老抵抗到底。

「剝奪她的名字？誰可以剝奪她的名字？除了上一任的印拉希爾！」他的反抗非常激烈，「她是唯一的。若她死了，印拉希爾這個名字就此斷絕！若要剝奪她的名字，就從我的屍身上踏過去！」

「妳知道她選了怎樣的路？」長老們憤怒又鄙夷，「跟個神智不清的老騙子學習！一個破碎者……呸！」

「那又怎麼樣？」叔叔揚高聲音，「自然平衡也是聖光的一部分，難道你們鄙視聖光？」

在他們的爭辯中，我無聊的玩著單手錘。我並不是想找麻煩……曾經我也想跟叔叔一樣，成為聖光的護衛者，一個聖騎。

但有什麼辦法呢？我聽到風的呼喚。她就這樣來了，我被她召喚，而我並不想違抗。沉重的名字、沉重的責任……這些我都知道。但我不認為成為家督和遵循風的旨意有什麼相違背的地方。

我知道，等我成年，我就會成為家督，跟我的母親一樣。我應該會嫁給一個高貴的戰士或聖騎，生下的第一個孩子會取名為「印拉希爾」。那孩子會成為下任家督，直到某任印拉希爾死亡，卻沒有孩子，印族失去了印拉希爾，完結了這段歷史。

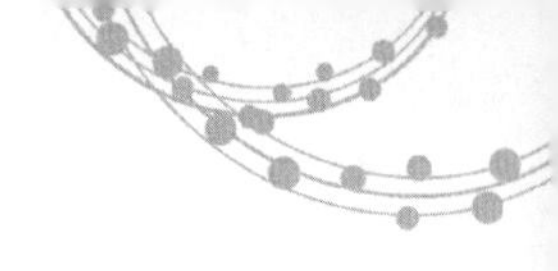

這一切都是自然的、平靜的。但我不懂長老們把這麼簡單的事情弄得這樣複雜。

最後叔叔爭贏了，他氣呼呼的把我抱起來帶走。

「……叔叔，我十五歲了。」坦白說，我覺得這樣的寵溺很溫暖，但少女剛萌芽的羞澀，卻讓我抗拒。「我不是小孩子了。」

「……叔叔還可以抱妳多久呢？」他很感傷，眼眶微微的紅，「讓我們離開這些老頑固。我不要再聽到他們罵妳。」

我靜下來，跟小時候一樣，將臉埋在叔叔的頸窩。

我不想長大。可以的話，我想一直待在叔叔的臂彎裡，當一輩子的小孩。在父母光榮戰死，卻只剩下殘缺不全的屍骸，當時七歲的我，在痛哭到嘶啞的那時，叔叔將我抱在懷裡。我聞到他身上硝煙、血腥的氣味，和他滴落的眼淚、溫暖厚實的懷抱，我就認定要當一輩子的孩子了。

我很野、很散漫。我對長老耳提面命的種種規矩和教誨心不在焉。我知道長老對我這樣的態度很頭痛，叔叔不讓我知道，但我知道長老命令他娶我，好有個適當的身分管束我。

那年我才十三歲。

我曉得他和長老大吵一架，怒氣沖沖的回到家裡來。

跟誰結婚其實沒有什麼差別。但若是叔叔，我覺得比較可以忍受。但叔叔對著長老怒

吼，「我撫養她不是爲了這個骯髒齷齪的理由！她的確是印拉希爾，但她也只是印拉希爾，不是未來家督而已！」

我都聽到了。當他們爭吵的時候，我正在附近的樹上採沙梨。屏住呼吸等他們離開，我偷偷溜下樹，回到家中。叔叔氣紅了眼睛，呼吸很粗重。

「叔叔。」我身上都是樹葉和泥巴，裙子兜著沙梨，「要不要吃沙梨？」

叔叔望著我好久，欲言又止。他拿起沙梨，咬了一口。「……好吃。」

我還沒拿去洗呢。

「妳永遠是我的小印拉希爾。」他沉默了一會兒，「將來妳一定要嫁給妳愛的人，懂嗎？」

愛情是什麼，我不知道。但我的確愛著叔叔。我喜歡他抱我，把我扛在肩膀上，喜歡

他將我裹在斗篷裡，一起騎著伊萊克，一面奔馳、一面跟我講許多古老的故事和詩歌。哪怕他出征都會帶著我，因爲他怕我孤獨。

我知道，我都知道。

我還記得那時沙梨的味道。時候太早了，所以沙梨雖然有著初萌的甜，卻也有著哀傷的酸澀。

有一天，我會長大，長大到叔叔不能抱我。如果那天來臨，我應該不會待在家裡了。我會出去磨練、流浪，直到我長得夠大，夠成熟，可以回到叔叔身邊來爲止。

說不定我什麼都不知道，但我也什麼都知道。

〔二〕

艾克索達迫降在這片陌生大陸，已經兩年有餘。

迫降那年，我快十三歲，現在已經十五足歲了。這兩年中，我跟族裡的孩子和年輕人一樣，聽從復仇者的指示，試圖清理被水晶污染的生態。

迫降的確讓我們死傷無數，但對這片不幸、撕裂的土地，我們是有責任的。除了這片憂傷呻吟的大地外，死敵血精靈不知道靠著怎樣的途徑，也追殺到這裡，試圖將我們滅亡。

我說過，已經退無可退了。既然再退就是滅亡的萬丈深淵，除了起而反抗，別無他法。

潛伏到他們的營地，我屏住呼吸。有幾個血精靈躺在地上，碧綠的眼睛露出如在夢中的神情。我知道他們有吸食水晶的習慣，而艾克索達的碎片對他們來說似乎是某種烈酒、毒品。

叔叔說過，他們身心都有疾病，那種疾病，叫「饑渴」。

我不懂。餓了就吃飯，渴了就喝水，吃水晶，這樣可以止住饑渴？但有時候，我會覺得哀傷。因爲他們的眼神……

綠寶石似的瞳孔往往會透出一種病態的茫然和痛苦，有時候殺死他們的時候，他們會突然大大的鬆口氣，露出一種狂喜的、解脫的神情。

這讓我很難過。

但我們還是死敵，我見過同伴被他們吸走所有法力，受盡折磨而死。若不想死，只好殺死他們。沉默的突襲，用地震術止住他們致命的法術，希望夠多的犧牲能夠嚇阻他們。

看起來，收效極微，而敵人源源不絕。

等我完成了復仇者交代的任務，我受了一點傷，蹣跚的回家。唱起治療波，我覺得好過多了，但還是有著縱橫的傷疤。

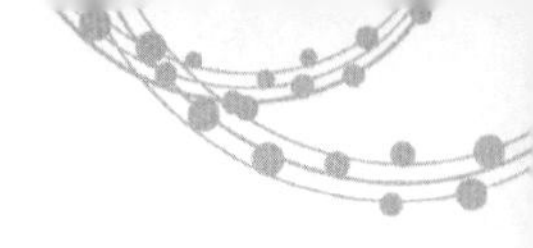

當然，我若有好一點的武器、防具，或許可以免掉這樣的傷害。但叔叔雖然極度寵溺我，但關於戰鬥他是毫不留情的。爲了這個他和長老大吵很多次，長老認爲我該有最好的武器和防具，但叔叔嚴厲的制止。

「她是未來的家督。一個無能的家督有什麼用？她從小就該累積自己的實力，好在長大以後可以保護自己的族人。金嬌玉養的廢物？我呸！我撫養的族女不是這種無能之輩！」

長老氣紅了臉，「她長大不會野蠻的去跟那些血精靈垃圾鬼混廝殺！她會是預言者費倫的隨身侍衛，將在艾克索達安全度日。你居然把貴重的印拉希爾置身於危險之中……」

「你把她當成生育再下一任家督的子宮而已，嗯？」叔叔瞇細了眼，「若是印族要讓無能的家督帶領，那不如滅亡比較乾脆。她父母死前將她託付給我，並不是你，長老！」

叔叔從小就很嚴厲的教我怎麼戰鬥，被打、被摔，都是家常便飯。雖然他也知道，我對戰鬥不是很有天分，看書的時候比拿武器的時候多，但他願意教我，我是沒有任何怨言的。

而且我很喜歡，非常喜歡艱苦的訓練之後，叔叔會默默的幫我上藥，對著我身上的傷痕發呆很久。

我知道他難過，我知道他是嚴格而不是暴虐。我知道，他一直很愛我。

他走進來，呆了呆。我有些歉意的站起來。只是一個小小的任務而已，我弄得這樣狼狽。

「……還很痛嗎？」他雙手閃亮，湧出溫柔的聖光。

「不痛了。」我低下頭，無意識的玩著從血精靈身上取來的水晶碎片。

他看著水晶，「這應該要繳給波羅斯。」

我點點頭，遲疑了一下。「……叔叔，血精靈喜歡吸食這種碎片。這是艾克索達的碎片。」

「嗯，因爲裡頭有蘊含豐富的法力能量，而血精靈爲此上癮。」

我端詳著燦爛的碎片，「……這碎片會引起很多變異，和許多邪惡。叔叔，這不是那魯的飛船，神聖的艾克索達上剝落的？爲什麼這些水晶碎片會讓大地撕裂、使生靈痛苦不已？而且血精靈這麼貪婪的吃著……那魯是什麼？聖光又是什麼？」我的聲音越來越小，質疑這種神聖的存在，讓我顫抖起來。

叔叔攬著我，沉默了一會兒，「力量本身並沒有善惡之別。」

我張大眼睛看著他。

「聖光也可爲惡，惡魔的力量卻也可能爲善。」他笑了笑，「主要是力量怎麼使用。的確水晶不是很穩定……但他的不穩定是因爲他什麼都能接納。神聖的心意、邪惡的心意。現在妳可能不懂我的意思，將來妳長大了，離開這裡，會遇到很多人、很多事情。或

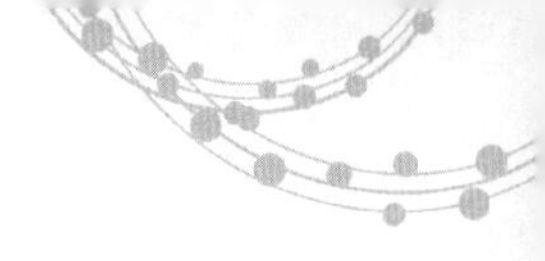

許妳就會明白。別被頑固蒙蔽，用妳的眼睛去看，用妳的腦袋去想。」

的確，當時還幼年的我不明白，但我記了下來。在將來的旅途中，不斷的質疑和印證叔叔的道理。

等我真的明白的時候，我才發現，讓叔叔撫養過，可能是我這輩子最美好的禮物。

（三）

無疑的，在主教眼中，我是個出色的孩子。

主教是個嚴厲卻公正的人，他知道印族是最早跟隨費倫先知的德萊尼古老家族，那代的「印拉希爾」將劍放在先知膝上，向他獻上全族的效忠，並且爲之捨生忘死。

主教知道印族是顯貴而古老的，但他謹慎的不讓門第成爲他的偏見。甚至，還用嚴格許多的標準衡量我。

但我喜歡他這樣。

就像叔叔說過的，「她是印拉希爾，但也只是印拉希爾。」我希望證明我自己的價值，而不是托賴這個繼承來的名字。

比起同齡的孩子，我更孤獨，喜歡戰鬥更勝於喜愛嬉戲。我不是說，戰鬥比較好，而是讓他們這樣無憂無慮的生活在沒有威脅的世界裡，是種小小的、卑微的自豪。

總要有人出來拚命的。即使沒有人知道我的努力，我也覺得我榮耀了撫養我的叔叔。叔叔。對，或許我作的一切都是爲了叔叔。但讓我焦慮的是，我一天天的長大，離孩子越來越遠。叔叔不再像小時候那樣緊緊抱著我，頂多攬一攬我的肩膀。但我初萌的少女情懷，常常會不自然的掙脫。

懷著一種莫名的焦慮，我在害怕、恐懼。我討厭長大，但歲月是留不住的。

直到某天，半睡半醒的，聽到叔叔和同僚低聲的交談。

「……聲音小點，」叔叔似乎起身，我聽到椅子往後拖的聲音，「印拉希爾才剛睡著。」

「……敖索托，你是個軍人，並不是奶媽。」那位戰士叔叔很憤慨的低聲，「你還壯年，雄心壯志尚未褪去，居然在家裡帶孩子！」

叔叔沒有說話。

「你知道嗎？黑暗之門開啓了！」戰士叔叔的聲音充滿了痛苦和期望，「我們被徵召回去撒塔斯……你相信嗎？撒塔斯還有那魯，我們的族人也並未死絕！我們要把這裡的消息帶回去，和我們新的同盟，聯盟軍共同作戰……在第一前線！敖索托，你知道這代表什麼？我們不一直在等這個機會嗎？你的頭銜是復仇者，你忘記我們的誓言？」

叔叔的呼吸很粗重，好一會兒，他輕輕的開口，「除非印拉希爾可以跟我一起去。

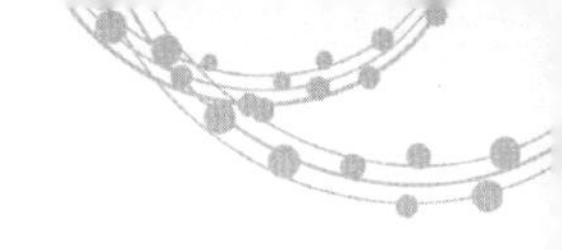

不，老朋友，我並沒有忘記我的誓言。但你也知道，我答應了印拉希爾照看她的女兒，這也是誓言。」

「是因爲上一個印拉希爾呢，還是因爲這一個印拉希爾？」戰士叔叔的聲音帶著嘲笑。

一陣劈哩趴拉的聲音，我跳起來，從門縫偷看，叔叔和戰士叔叔打成一團，兩個人用沉重的拳頭互相招呼，我只聞到隱隱的血腥味。

可能是我不小心發出聲音，或是弄出什麼聲響，叔叔停住了，「印拉希爾，妳醒了嗎？」

我趕緊奔回床上，把自己蓋好被子裝睡。

房門輕輕的打開，叔叔端詳了我一會兒，輕輕撫了撫我的額頭。然後又輕輕關上門。

「你贏了。」叔叔的聲音消沉而疲倦，「隨便你說什麼都對，快滾，別來打擾我們。」

「……五天後，所有復仇者都會在黑暗之門集合。」戰士叔叔說，「我等你來。敖索托，難道你看不出來，你已經是極限了？」

「我聽不懂你說什麼！」叔叔低吼著，「快走吧！別煩我！」

偷偷從門縫裡看到叔叔。他坐在淩亂的餐桌上，抱著自己的頭，一動也不動。

爬回床上躺了很久很久，其實，我也不知道自己想了些什麼。說不定什麼都想了，也可能什麼都沒想。

一轉身，觸到臉頰冰冷的淚，這才知道我哭了。

＊＊＊

第二天，不知道是巧合還是命運的安排，主教祕密差人傳我去。

他悲憫的看了我很久，沉吟片刻。「……論理，不應該由妳來執行。但妳一直很優秀、簡潔的執行每個任務，庫羅斯和艾伊森都推薦妳。」

「請不要看我的名字。」我謙卑的垂下頭，「我只是個希望成爲復仇者的新手。」

「我明白妳。妳的成就已經證明了妳的名字。」主教深深吸口氣，「妳去復仇者之陵尋找破壞者勒荀索，保護他完成任務。讓我們……結束他們的世界。」他輕嘆口氣。

「我很樂意，主教。」我只愣了一秒鐘，旋即恢復正常，「我馬上就去。」

（四）

我知道這是怎樣的任務。

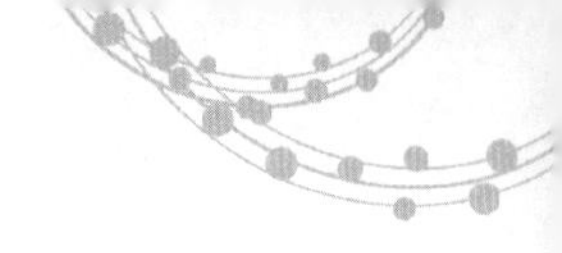

很早之前，我們就知道旋繞導航器的存在，還有主持這一切的賽羅娜斯。花了無數心思，終於破解了如何摧毀旋繞導航器，但派去執行任務的德萊尼往往一去不回。

破壞者勒荀索請纓去復仇者之陵探勘，現在，他希望用最低的犧牲來解決，所以要一個能幹的助手。

當我抵達復仇者之陵時，勒荀索大叔正在吃便當。他愣愣的看著我，接過我的文件，然後離地三尺的跳起來。

我知道他很震驚，而且我也很驚嘆，他跳得這麼高，便當一點都沒撒出來。

「……小印，是妳發燒了，還是主教發燒了？」他好一會兒才找到自己的聲音。

「我想我們兩個都沒生病吧？」我把水遞給他，「大叔，我要跟你去旋繞導航器。」

他開始慷慨激昂的用各種語言怒罵，讓我見識他的才華出眾和語言天分。但這不能改變任何事實，而且也不能讓我退縮。

他是個薩滿，和我同個老師。有時候老師因爲破碎者的後遺症有點顛三倒四，這個老學長會擔下責任指點我。我跟他熟到不能再熟，雖然每次我喊他大叔他都會生氣。

「大叔！」看他顧著發火，我不滿的喊了一聲。

「什麼大叔？我只是稍微過期的哥哥！」他更火大了，「不然叫學長也好啊！」

「你的年紀比我叔叔還大。」

「是大到哪去？」他又跳又叫，「我只大他六個月！六個月哪有大？叫學長！」

「……我叫不出口。」我坦承，「老學長聽起來又很怪。」

他偏離主題的發怒好一會兒，低頭看看文件，洩了氣。「小印，去把這任務推掉，找個大人來。妳連毛都沒長齊……」他馬上住了口，一臉尷尬。

我有點莫名其妙，「我頭髮長到要綁馬尾，為什麼沒長齊？」

他被我追問得受不了，但我就是這脾氣，讓我弄不懂就得追根究底。

「我敗了我敗了，可以嗎？」他哀叫，「小印，妳該知道自己的實力和這任務的危險性，妳大兩歲再來不好嗎？妳乖乖別吵，去推掉這任務……」

「我不要。」垂下眼簾，被突來的哀傷襲擊，「我就是要完成這個任務。然後……」

大叔瞪大眼睛看著我，「……小印，妳神經了喔？你們印族哪會放妳走？他們不是打算妳足齡就送進艾克索達？而且妳沒事作什麼出去流浪……」

深深的吸一口氣，「我要跟主教申請出使聯盟，去為我們的新同盟效力。」

我轉過臉龐，倔強的。「……我非走不可。我不走，叔叔就會捨不得我。但我知道，他想穿越黑暗之門……」

他是個軍人、英雄，不應該在家裡帶孩子。而且……我已經快不是孩子了。

下個月，我就十六歲了。

大叔搔了搔頭，煩躁的很。「……哎呀，我這老命要讓妳買了。好啦好啦……真是，

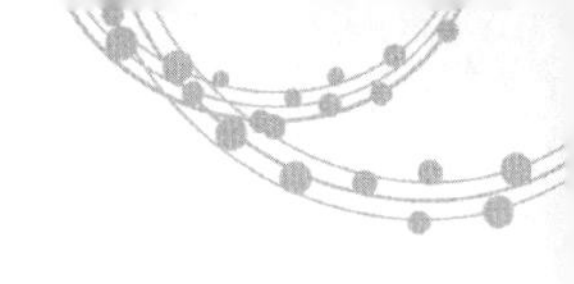

還是女孩的年紀，別露出那種女人的表情好不好？」

「女人的表情？」我愣了一下。

「悽楚、傷痛，被灼燒的表情啊！」大叔大聲說著，「夠了夠了，這可不是家家酒……偏偏我對這種表情沒有抵抗力啊！我真的會把命賣給女人，媽的……」

雖然沒完全聽懂，但我順從的跟著大叔，前往旋繞導航器。

這不是趟輕鬆的旅行。我也知道我實力不足，只能盡量的照顧好自己，別成爲大叔的負擔。他不愧是德萊尼第一薩滿，面對排山倒海而來的血精靈面不改色，談笑用兵。

坦白說，我根本沒力氣回應他的冷笑話。我只顧著不斷施展治療波好療癒他的傷害和我自己的傷害就快不行了，哪還有力氣說話？

「妳幹嘛不說話啊？小印？」一路打到山頂，我脫力的坐在地上喝水，他爽朗的笑，「害怕喔？等等妳看到賽羅娜斯不就腿軟了……」

他的話斷在這兒，我抬頭看他，只見大叔的臉色慘白。

「……我的媽啊……」

順著他的眼光看去，我也獃住了。當然，私底下我們常常提起賽羅娜斯，都會憤慨的叫她「女惡魔」。

但我們並不知道她真的是個三層樓高的女惡魔啊~

就在我發呆的時候，大叔衝上去賞她一個冰霜震擊，嫻熟的插了滿地圖騰。我趕緊跳

起來，在大叔背後支援他，將我所有記得的戰鬥技能都用上了，我們兩個差點就一起沒命了。

就在大叔剩下最後一口氣時，我那虛弱的火焰圖騰聽到我的祈禱，噴出一道憤怒的火苗，讓賽羅娜斯發出憎恨的絕叫，委靡倒地。

我過去扶住大叔，臉頰滾著淚。不知道是悲傷的喜悅，還是喜悅的悲傷。

「女生就是愛哭，嘖。」大叔壓了壓我的頭，「不過，就讓妳哭一下好了。我們結束了他們的世界，他們再也沒辦法傷害我們了。」他抱緊我，爽朗的大笑。

我繼續哭著，卻不是因爲這個比較正確的緣故。

我哭，因爲這代表我的孩童時代徹底結束了；我哭，因爲我和大叔相處這樣自然，當他抱我、對我親暱的時候，我沒有什麼心跳的感覺。

我哭，我發現了這種難堪的不同。

我想一生當孩子，但這絕對是不可能的。

＊＊＊

我告訴叔叔我要出使去聯盟時，他沉默了很久很久。

長老當然是堅決不允，但是叔叔，我那寵溺過頭的叔叔，一樣衝撞了長老，支持我的

決定。

我本來想馬上啓程，但是叔叔望著我，「……印拉希爾，我要穿越黑暗之門，加入回鄉的大軍。若妳遲幾天走，我們可以一起搭船去黑海岸。」

「好。」我的聲音很軟弱，我知道。

這幾天，叔叔一直在打點我的行李，跟我說了很多很多話，我只是聽，很少回答。因爲我一開口，眼淚就會滾下來。

我不要叔叔因爲我這樣軟弱而擔心、憂傷。

到了出發那一天，他牽著我的手，走向船台。我們什麼話都沒有說。長長的旅途，他一直握著我的手，我倚在他手臂上，盔甲透出了一絲絲溫暖。

我希望，這旅程長到沒有邊際。但所有的旅程都有個終點。

黑海岸到了。

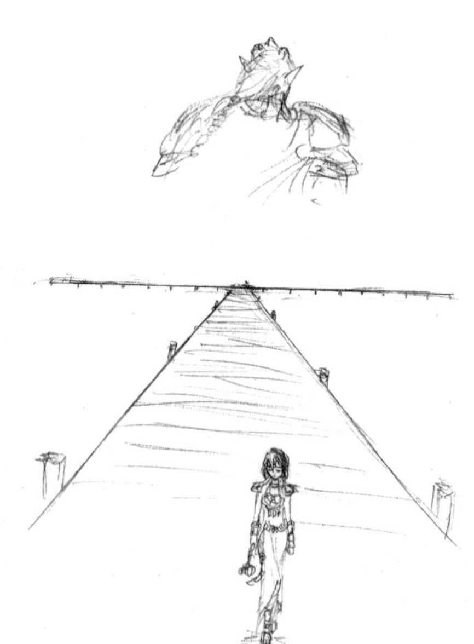

這次換我不肯鬆手，硬要跟在他身邊，陪他一起等往東部大陸的船。

當船要靠岸時，叔叔開了口，「印拉希爾，我在外域等妳。等妳長大……可以穿越黑暗之門時，我在那邊等妳。我會一直等妳，所以……不要死，千萬不要死。」

我那英雄氣概的叔叔，高貴的聖騎士，臉頰上蜿蜒著我從來沒看過的淚。

「……我不會死。」我笑了，撲到他懷裡，像是第一次見面時那樣，「我一定會、一定會回到叔叔身邊。」

然後我轉身，不去聽船悽楚的鳴笛。走過長長的甲板，一次都沒有回頭。

我不敢回頭。

爲了將來可以回去，我現在不能回頭。仰頭將眼淚吞回肚子裡，我啓程。

說再見，就是爲了再見面，而不是不再見面。而別離，只是下次重逢的開始。

這些我知道，我都知道。

（五）

到了旅館，老闆娘有點訝異的看著我，「異族的朋友，妳何以如此傷悲？」

我終於忍不住，趴在櫃台上，熱淚如傾。

我踏上聯盟的土地。

正確的說，是夜精靈的土地。

並不是說夜精靈不友善，基本上來說，他們是一群美麗的生物，行動間有種俏皮的優雅，但那只是行動間。

他們滿懷憂思，爲了日漸侵蝕凋零的大地煩惱。我奉令來協助他們，他們總是用最優雅的辭彙表達感激，但高傲的眼睛總是充滿疑慮。

他們打量我的角和尾巴，鄙夷的看著我的蹄。耳語輕悄模糊，但我知道他們大概在談些什麼。

當然一開始我是很震驚、很傷心，很消沉。若不是遇到了霾，我可能會以爲所有的夜精靈都是這樣的。

幸好我搭船去了東部大陸，也幸好，我遇到了霾。

那時我正在跟迪菲亞的盜賊們拼鬥，像我這樣不擅長戰鬥的薩滿，其實真的膽戰心驚。她剛好經過，幫我補了血，放了一個野性印記。

後來在夜色鎮重逢，我看看她，她看看我。她笑了。

她笑起來真是好看，一種暖洋洋的風般溫柔。臉上的刺青宛如蝶翼，讓她有一種特別的美。

「我記得妳欸，德萊尼的小姑娘。妳好可愛啊！」

後來我們結伴了一段時間，真是令人訝異的夜精靈。她是夜精靈中的德魯伊，當我變身成幽魂狼的時候，她就變成黃金豹，兩個人像是小動物一樣往前跑。

她跟我以前認識的夜精靈都不同，格外的天真單純。她會離開夜精靈的家鄉，是爲了尋求一個答案。

但她問我爲何部落與聯盟要互相殘殺，在這世界即將傾覆的此時此刻，我卻回答不出來。

我不知道答案。因爲我們德萊尼加入聯盟的時間還非常短，我知道血精靈是死敵，但我不知道爲什麼要殺獸人、牛頭人或不死族、食人妖。

但我不知道，在不久的將來，我將會親身去體驗這個答案。而且這個問題，甚至不是必然如此的。

＊＊＊

我們相伴的時間很短，大約只有半年左右。卻是我在艾澤拉斯最初也是最珍貴的友情。我們互相介紹自己的種族和歷史，我也終於了解夜精靈的排外是有其充滿傷痕的漫長過往。

我從她身上學到寬容和溫柔，甚至我們同意，德魯伊信奉的自然之力和薩滿遵從的元

素歌聲，甚至牧師或聖騎信仰的聖光，事實上都是殊途同歸。

我們這麼要好，像是不同種族的姊妹。她甚至跟我分享了她的情書，和一個不應該給薩滿知道的祕密。

那個時候，她已經有追求者了。我只知道是個人類戰士，名爲阿瑞斯。我們見過幾次面，但我也敏銳的感覺到，阿瑞斯並不喜歡我。

對於偏見和歧視，我已經能夠坦然平靜的面對。但阿瑞斯不能，我明白。

沉浸在愛情中的霾一點都沒有察覺。但戀愛中的女孩總那麼的喜悅，她終日歌唱，像是一隻快樂的鳥兒。而她原本就是風翔一族。

有天，她在山泉中一面沐浴，一面用我沒聽過的語言高唱著曼妙的歌曲。正在烤野豬肉的我也跟著微笑，聽了幾遍，我也跟著唱起來。

這並不困難，真的。我們德萊尼幾經流亡，快速學會當地語言已經成了本能。我們在短短時間內和聯盟結盟，就是這項優勢。不過幾年的光景，每個人都會流利的通用語，這是一種求生的本能。

但我嚇到霾了。她停下聲音，聽我唱完某個小節。

「……妳懂德魯伊古語？妳知道妳在唱什麼嗎？」她一臉不敢相信。

「我不知道這是德魯伊古語。」我有些侷促，莫非我觸犯什麼禁忌？但這種語言並不很難懂，甚至有些用詞和發音跟高等精靈慣用的語言相同。「大意是……月光撒在某個湖上？」我不太確定的問。

「天啊。」她的眼睛和嘴都圓圓的，「妳真的沒有學過嗎？」

後來她破例教給我這種語言。

原來，在聯盟和部落敵對之後，月光林地卻保持一種極度和平的狀態。在這個德魯伊的聖地裡，牛頭德魯伊和夜精德魯伊，曾經和諧的交流很長的一段時間。他們使用的就是獨屬於月光林地的古語。

只是戰爭破壞了一切，這種語言也漸漸失傳。但在兩族德魯伊之間，卻還默默的將這種古語傳承下去，在不為人知的時候，偶爾還會互相分享自然的奧妙。

這本來是德魯伊之間的祕密。

但霾卻大方的教給了我。於是我學

會了這種美妙的語言，一種異族薩滿不應該學會的語言。但我們常常用這古語交談，說著女孩子之間瑣瑣碎碎的知心話。

直到她接受了阿瑞斯，跟從他以後。她試圖說服我跟從他們的隊伍，我卻婉拒了。我無法跟從一個懷著厭惡和疑慮的隊長，我也不想讓霾為難。

她很傷心，我知道。但我更知道，她雖然年紀比我大很多，心智卻是個孩子。我的年歲可能還很小，但我早是個女人，而不是孩子了。

我揮手告別，並且在人海中失去這個姊妹。但我會不斷的想起她，並且珍視她教給我的美麗語言。

（六）

霾離開以後，有段時間我很不習慣。

我們兩個都不太擅長戰鬥，但兩個不擅長戰鬥的女生還是比一個人好。尤其我接到大量來自荊棘谷的任務，更是頭痛莫名。

我很想念霾，真的。

進入荊棘谷以後，我遇到了幾個血精靈，著實把我嚇壞了，手中的雙手錘更是握到指尖發白。

後來我才知道，血精靈加入了部落。而這些出生在逐日者之島的血精靈和家鄉的那些是不同的。

但這只延緩了我一點點的緊張，真的只有一點點。

因爲他們的眼神，像是看到什麼髒東西，懷著強烈的鄙夷和憎惡。如果說夜精靈是含蓄的高傲，這些血精靈根本是囂張的驕傲了。

我不喜歡他們，他們討厭我。

但因爲部落和聯盟的高層互相同意盡力保持表面的和平，一切紛爭都去戰場解決。理論上，我只要不要開啓挑釁的pvp，應該可以相安無事。

但這只是理論上。

冒險者公會發出的任務單往往會重複，所以我常和血精靈在同個區域。不知道爲什麼，他們厭惡我厭惡到必須拖著大群的敵人在我身邊假死、冰箱、開無敵，非讓我死個幾次不能甘心。

後來只要看到血精靈我就轉頭離開。我可以不理他們，不喜歡他們，反正他們也不會在意。

但我修煉的進度因此嚴重緩慢，任務單堆積如山。

某天，我爲了不想起衝突，進入了一個洞穴。但讓我緊繃的是，洞穴裡不但有個血精

靈，還是個聖騎士。

我們在轉角不期而遇，面面相覷。他舉起手，咧嘴一笑，跟我打招呼。

打完招呼是不是要開無敵然後去拖大堆的蜥蜴過來？遲疑了一會兒，我心不甘情不願舉手揮了揮。

反正各有各的目標，別干擾我就行了。

但他看我在剝皮，指了指自己的獵物，要我開火。

……我今天運氣很好，遇到一個心情超美麗的血精騎？我該去暴風城買張彩劵才對。我向他鞠躬，開始剝皮。

後來他更熱心了，看我被兩隻蜥蜴圍毆，他過來開奉獻吸引蜥蜴的注意，好讓我不躺地板。所謂禮尚往來，我看到他打得吃力，也上去亂揮幾刀好早點結束蜥蜴的痛苦。

後來我們和諧的互相幫忙，甚至還聯手打敗了一隻很兇的蜥蜴王。

他又飛吻又鞠躬，拚命的使用肢體語言，還說著鬼才聽得懂的獸人語。反正都無法溝通，我用德魯伊古語回了他一句，「不用客氣。」

大約是他的長耳朵讓我想起霾，所以下意識的用了這種古老的語言吧？

這個金髮長到垂腰，背影會被人誤認成女性的血精騎愕然的看我好一會兒。「……我以爲妳是薩滿！德萊尼也有德魯伊嗎？」

換我瞪圓了眼睛。「……我以爲，你是血騎士。」

「我是啊！」他雪白的臉孔興奮得通紅。

「……我是薩滿。」

我們幾乎是異口同聲的喊，「那你（妳）怎麼會？」

就在這一天，我認識了一個部落的成員，一個血精靈騎士。身爲薩滿的我，和血騎士的他，卻用德魯伊古語溝通。

這真是一個奇妙的機緣……或者說，是個有些災難的孽緣？

坦白說，我也搞不清楚。

（七）

「終於可以講話了！」他歡呼一聲，「妳知道嗎剛剛不能說話真的超悶啊但我又不會手語妳是德萊尼女生對吧妳的角和蹄好漂亮啊尾巴更是性感但我不是要追妳妳不用擔心只是跟這麼正的妹同處一室不能講話真的很悶妳說是嗎……」

……我被滔滔不絕的語言海洋淹沒了。我瞠目瞪著他，我從來不知道有人說話不用換氣的，這是血精靈的種族天賦嗎？

等他好不容易停下來，滿臉期待的看著我。「我叫麥爾康，妳呢？」

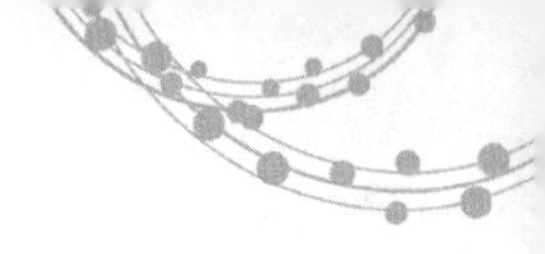

「呃……」被灌頂過度的大腦有點昏沉，好一會兒我才聽懂他問啥。「……我叫印拉希爾。」

「這名字好奇怪啊一點都不像德萊尼的名字但很好聽說真的我跟妳說唷我看過一本書……」

他又開始了。我想到之前看過山洪爆發時的精彩狀況……這比喻不好我知道。但我總不能說像「千軍萬馬」、「驚濤駭浪」吧？

「你……」我好不容易抓到他換氣的空檔，「你可以說慢一點嗎？」

「感謝老天。」他誇張的握緊雙手望著洞穴的頂端，「妳沒叫我閉嘴！居然還聽我講這麼久！大家都冷冰冰的，只會低頭看任務日誌，抬頭就是在狩獵！難道你們都不會無聊嗎？」

我張著嘴，小心翼翼的打量他，開始思考。他跟我差不多高，在血精靈中算是高個子了。有著寬闊的肩膀和結實的身材。臉孔雪白光滑，一頭金髮溫順的披到背下。

怎麼看，都是帥哥。但我認識的血精靈根本沒半個，他是女的也說不定。

「請問……這樣問雖然很冒昧，」我謹慎的問，「你是女生嗎？」

雖然嗓子很粗，又有這麼寬的肩膀，但人是各式各樣的，我還見過一個聽得見風歌的女術士，雖然她打死不承認。

說不定就有這麼魁梧的血精女郎。

「哎唷，討厭！」他跺腳，「人家是男生啦！」

不騙你，我全身的雞皮疙瘩刷得全體站立。

「……噢，是我誤會了。」我驚駭得無法把目光轉回來。

「我很帥對不對？」他露出一個極度陽光的笑容。雖然雞皮疙瘩還沒退，但我不能否認這點。

「……欸，是啊，很帥。」我湧出一種接近好笑的感覺。

「但妳不可以愛上我唷，雖然我也滿喜歡妳的。」他眼神坦白誠懇，「因爲我有心上人了。」他害羞的背著手，用腳在地上畫圈圈。

再也控制不住了。我放聲大笑，笑到眼淚流出來，笑到腹肌疼痛，並且不斷的捶著山壁。

我確認了一件事情。

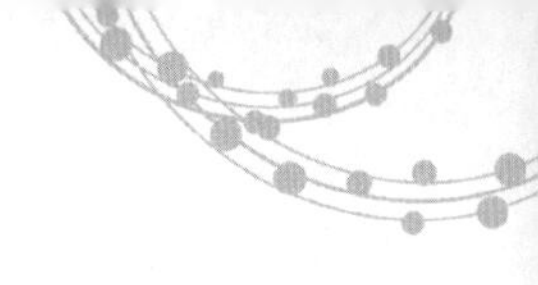

血精靈不但有那種驕傲的討厭鬼，也有娘得非常坦率可愛的帥哥。果然每個種族都相同，一樣米養百樣人。

認識的第一天，我就笑得喉嚨好痛。

（八）

後來他非常開心的跟著我跑回藏寶海灣吃飯，而且非常自然的拉了我對面的椅子坐下。

……我沒見過這麼隨和的血精靈欸？他真的是血精靈對吧？

看他一臉坦白純真的笑容，你真的很難叫他滾。所以說，人正真好。

「……你想吃什麼？」我笑得臉都有點疼，「我請你好了。牛排？哥布林煎的牛排是有名的……」

「不要牛排！」他尖叫得害我嚇到，「不要提牛肉！妳看這麼多牛頭人走來走去，妳不覺得提牛肉很傷人嗎？不要牛排！」

……呃，反正那些牛頭人也不知道我說什麼呀。不過看他氣得粉臉通紅，我想一定有什麼重大創傷之類的。「呃、喔。抱歉，那你想吃什麼？」

他悶頭看著菜單，好一會兒，小小聲的說，「對不起。」

「沒關係。」我侷促的看著菜單，「各種族總是有不同的信仰習慣……」

「不是啦！」他有點羞愧，「因爲我媽媽是牛頭德魯伊。所以……我很討厭人家吃牛……」

我把叉子掉到桌子底下去了。

……吭？我有沒有聽錯？血精靈的媽媽是頭牛？還是德魯伊？我從來沒有聽說過這種混血兒……

他父親方面的遺傳一定很強。因爲他一點牛頭人的樣子都沒有。

他看著我驚愕的表情，不太好意思的搔搔頭，「……我不是她生的啦。我爸媽早就死了，是她把我從屍堆裡拖出來救活的。對我來說，她就是唯一的媽媽……那時我還很小，三歲還四歲而已吧？」

他真情流露，孺慕與哀愁交織。我也恍然，他爲什麼和一般血精靈不同，爲什麼會德魯伊古語。

在非常小的時候，就被牛頭德魯伊救活、撫養。看他開朗天真的性情，應該是被深深疼愛過吧？

「我媽媽很美喔！她有光亮的角和漂亮的蹄子，還有很帥氣的尾巴喔。我小時候不知道我是血精靈，以爲我太挑食，所以才長不出角和尾巴……很笨吼。」他的笑容黯淡下

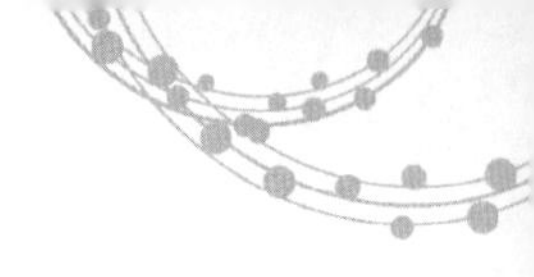

來，「……我很愛她。」

「……然後呢？」我不知道怎麼安慰他，他看起來非常傷心。所以我只能靜靜的聽。

「嗄，妳願意聽我說話啊。」他笑得很開心，「我就知道妳人很好。看到妳的角和蹄子，我覺得好親切啊，跟我媽媽一樣漂亮喔！」

……我不知道該高興還是不高興。

麥爾康被拖出來的時候，其實跟死了沒什麼兩樣。若不是養母眼尖，恐怕這孩子跟大批屍首要一起燒掉了。

養母細心照顧這個驚嚇到心智停滯的孩子，她原本是陣前戰將，戰功彪炳。當時的血精靈還是部落的死敵。但這個仁慈的德魯伊不但將他救活，甚至疼愛非常，最後退伍回雷霆崖，專心帶麥爾康。

但是麥爾康滿二十的時候，血

精靈和部落結盟了。來雷霆崖的大使驚見麥爾康，堅持要將他帶回去。養母無從反對，只能任大使帶走又哭又叫的養子。

「……你今年幾歲？」我覺得有點難過。血精靈的壽命沒有夜精靈長，但也夠長了。

「我還沒三十。」

我動容了。

嚴格來說，雖然身體跟大人一樣，但他其實還是個小孩子。這樣硬生生的拖離母親的懷抱。

「……雷霆崖也沒很遠啊。」我試圖鼓勵他，「你若想要也可以回去探望她……」

「……是啊。」他漂亮的臉孔有絲茫然和悽楚，低下了頭。「大使跟我說了很多，媽媽爲我犧牲了十幾年的青春。我卻什麼都不知道……我回逐日者之島後，她結婚了，有了小孩子了。」他強忍著，還是滴下大滴的眼淚，「……我不能去打擾她。」

我完全不知道怎麼處理這種狀況。他若是女孩子，還可以擁抱安慰。但他雖然很女孩子氣，到底還是男生。

只能輕輕拍拍他的手背。「這個，我想，我們吃莫高雷香料麵包好不好？」

「好。」他吸了吸鼻子，「吃這個好。我好餓。」

壓抑住難過，我跟旅店老闆說，「請給我兩份莫高雷香料麵包。」

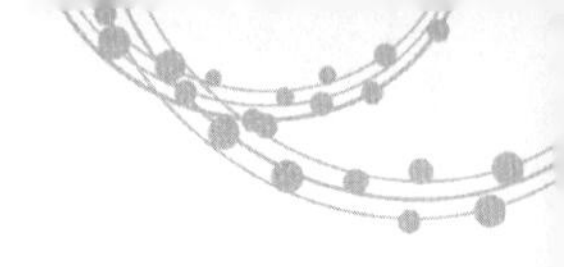

「三份。」他又吸了吸鼻子。

「……好，三份，麻煩你。」

（九）

我沒帶過孩子。

我年紀還小的時候叔叔都帶在身邊，寸步不離，長大一點我一直從事我不擅長的戰鬥訓練。我跟同齡的孩子相處的時間非常少，跟比我小的孩子更是等於沒接觸。

理論上來說，麥爾康比我大很多歲，但心智上，他小我很多。我不知道怎麼對待這個大孩子比較好。

但他很快就破涕而笑，開開心心的吃飯，天南地北的開始扯話題，還手舞足蹈。當然他很帥，但也很女孩子氣。我想他的養母一定非常非常寵他。

我支著頤，聽他哇啦哇啦的說個不停。但他心地善良、個性溫和，就算吵一點也無所謂。反正我的話不多，他也沒逼我回答，只要我笑笑的聽他就高興了。

最少我覺得這頓飯吃得很愉快，我也滿久沒跟人說話了。只是耳朵有點嗡嗡叫。等吃完飯，他有點可憐兮兮的看著我。「……妳等等要做什麼？」

「我有大疊的任務單。」

「……我也是。」他很落寞，「為什麼我們不能組隊？我想跟妳一起做任務呀。」

這……我怎麼回答？「這裡滿多血精靈的。」最少占了兩桌，他們一面看著我，一面掩嘴竊竊私語，想也不是什麼好話。

「……他們不喜歡我。」麥爾康皺眉起來。

後來這些血精靈證實了他的話。他們走過來，用嘲笑又傲慢的語氣跟他講話。如果他們用獸人語，說不定我聽不懂就算了。

但他們用撒語。他們將會很意外，我撒語非常流利。

他們說，「喂，麥爾康，你吃母牛的奶吃膩了，想換德萊尼母牛試試看嗎？」然後一陣哄堂大笑。

「我媽媽說、我媽媽說……」那一個血精靈學著麥爾康的語氣和動作，「還沒斷奶是吧，死娘炮？」又是一陣大笑。

麥爾康的臉一陣青一陣白，低聲說，「……我們走吧！」

我知道我很不會打架。我甚至不是那麼擅長戰鬥。但一股怒氣突然瘋長，我也遏止不住。

我們德萊尼也有歧視、偏見。長老提到破碎者老師都會撇嘴，說他是老騙子。但絕對不會走到他面前，用尖銳如刀的話語割裂他的心。

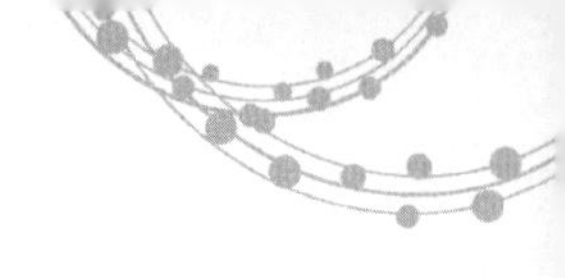

因爲那是我們珍貴的族人，即使是破碎者也是我們族人。

我不懂這些血精靈憑什麼這樣傷害麥爾康，他只是個孩子。

拍桌霍然而起，我一昂首，用撒語說，「又怎麼樣？難道你沒有媽媽，忌妒麥爾康嗎？欺人太甚了你們！」

我應該嚇到這群血精靈了，他們瞪了我好一會兒，終於有人出聲，輕蔑的。「看到小白臉就暈頭轉向？德萊尼妓女！」

我的理智馬上斷線，動作比思考快，我賞了他一記漂亮的直拳，附帶一發烈焰震擊。

整個酒館都炸了起來，那些血精靈撲向我，麥爾康怒吼著抬起整張桌子丟出去。我驚駭的發現，或許麥爾康外表很帥，行爲很女氣，但打起架真的是十足十的男人。

我的拳頭懸在空中不知道怎麼辦，因爲他已經把所有人都打趴在地上，還拉著那個罵我妓女的血精

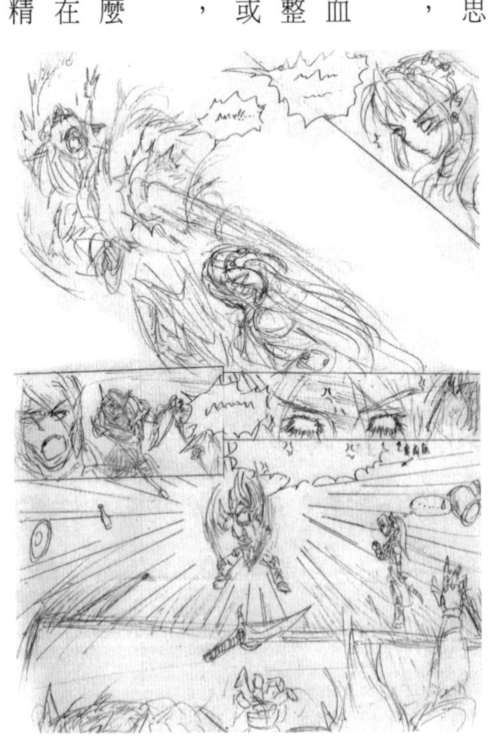

靈猛搖，「你說什麼？你給我再說一遍！你罵印拉希爾什麼？血精靈的臉都被你丟光了！你說話啊！說話啊！」

被他猛搖的那個血精靈翻了白眼，大約也沒辦法說什麼了。

後來是警衛衝過來，旅館老闆一面擋一面叫，「先生小姐、先生小姐們！請你們冷靜一點……不然我得把你們通通交給警衛了！」他陪著小心，「年輕人嘛，愛玩。只是玩得過火了點，是嗎？你把他們通通抓走，誰來賠我的損失？是不是呢？饒他們這次，好啦，下回喝酒我一定打折，ＯＫ？給個面子吧，警衛大哥……」

那群血精靈還能動的，也趕緊拽著不能動的同伴跑個精光。

哥布林老闆拉長了臉看我們，我一聲也不敢吭，乖乖掏出錢包。

一面開帳單，老闆一面罵，「年輕人就是年輕人，太衝動了！讓他們口頭占些便宜又怎麼樣？會少塊肉？荷包破個洞？你看看這堆碗盤桌椅，嘖嘖嘖……這是破個洞可以了結……？」

後來老闆看我們兩個窮酸的錢包，搖頭嘆息。我們在他那兒打了一個禮拜的工抵債，不知道洗了多少盤子和被單。

「……對不起。」一面洗著盤子，我低頭道歉。我個性並沒有那麼衝動的，相信我。只是我不懂，我真的不懂。這樣欺負和自己不同的人有什麼樂趣，爲什麼有人就是這樣樂此不疲？

娘又怎麼樣呢？依戀母親又怎樣呢？麥爾康還是個好孩子，他依舊純真善良，沒有傷害誰啊！爲什麼他們可以這樣惡意的對待他？

「他們該揍。」他笑得一臉粲然，「早就想這麼做了……但媽媽說……」他硬生生的下半句吞下去。

「牛媽媽說什麼呢？」他這樣我超難過的。

「媽媽說，要忍耐。」他沉默了一會兒，又笑開了，「但媽媽也說，不能讓人欺負自己朋友。我可是有聽話唷！」

……我是你萍水相逢的陌生人。我笑了起來。真放心不下這個大孩子。或許是因爲同樣有角和蹄，他很依戀我，這個禮拜他高興得不得了。

「……麥爾康，我們不能組隊。」我洗著盤子，「但我可以幫你做任務。兩個人作一定比一個人快。」

他驚喜的呆望著我。「……我也幫妳！我也幫妳！我們一起做任務！」

我笑了起來，眼角卻有點溼潤。他的同族，這樣惡待他。

「喔，不是每個人都這樣的啦！」他笑，「大使和老師都對我很好啊。人也是有很多樣的欸。」

他若是女生就好了。我默默的想，繼續洗著盤子。

（十）

我和麥爾康結伴同行了。

這聽起來似乎很不可思議，我在血謎島的時候，爲了捍衛新的家鄉，不知道殺了多少血精靈。

但我並不是真的恨他們，說真的。他們深陷對魔法的饑渴，我覺得這很殘忍，對他們或別人，都很殘酷。爲了使命擊殺他們從來沒有因此高興過。

這些，只有叔叔知道。叔叔跟我說，要我用自己的眼睛去看，自己去想，而不要被古老的仇恨所蒙蔽。

叔叔。

望著東北方，那是黑暗之門的方向。

這或許是種哀傷而惆悵的心情。我淚凝於睫，卻只能大口吸氣避免流淚的尷尬。我不敢想，但也不得不想，我是多麼想念他。

「……哇，印拉希爾，妳的表情好棒啊……」麥爾康張大他漂亮的藍眼睛，「很、很動人欸～」他用手肘頂了頂我，擠擠眼，「厚厚厚，戀愛唷～☆」

嘖。這小子……原本惆悵而美麗的心情讓他一鬧，瞬間煙消霧散。

「啥啦，什麼都馬是戀愛，你夠了沒？」我沒好氣的說。

說真話，麥爾康什麼都很女氣、很像小孩，但唯獨對「戀愛」之類事情特別有興趣、特別……呃，早熟。

他長得極帥，連聯盟的少女都會偷偷看他，不過聯盟和部落語言不通，這沒關係。但部落的少女就坦白直接多了，她們會設法和麥爾康攀談，然後狠瞪我。

若目光有殺傷力，我身上應該幾百個透明窟窿。

每次這個時候，麥爾康就會擺出最帥的姿態，深情款款的聽少女們的告白，其耐性和溫柔，真是令人訝異。我相信一定讓少女們印象深刻。

通常他都會婉拒，露出極爲可惜而傷感的俊美，很抱歉的說他已有心上人，但會附帶一大篇讚美少女的話，和他有多麼遺憾，相遇的太晚。

部落少女們怨恨的眼光，就會投向離麥爾康最近的我身上。我只能攤手聳肩。

風靈在上，我是無辜的。但誰也不相信我。

我知道他很享受被注目和告白的感覺，他很明白自己長得多好看，充滿自信和愉悅的接受別人的愛慕。這是他的樂趣，我明白。但我有點吃不消了。

我甚至覺得哪天被這些少女成群結隊的暗殺都不會意外。

「……你要不要乾脆告訴她們，你真正的心上人是誰？」我不想被暗殺或詛咒，拜託。

他的粉臉立刻飛紅，羞得拚命扭，「……那怎麼可以？說不定她們都認識。」

慢著，都認識。「……不會是血蹄族長吧？」我對部落了解的很少，我聽說牛頭人的族長是個女性。會弄到眾所皆知……不會吧？

「血蹄族長怎麼會是女的？不是啦，妳好討厭喔～」他的臉更紅，扭得更厲害，「……但也不能說一點關係都沒有。」

……啊？我糊塗了。「請問她的芳名？」真的有這個人嗎？

「哎唷，人家怎麼會告訴妳，別問了啦，好羞喔～」他握著兩頰輕嚷。

「……好吧。」我站起來。

「喂，妳這樣就放棄了？妳再多問一下我就會告訴妳啊，喂，印拉希爾，妳怎麼不問了～」

……他真的比女孩子還像女孩子。

他說，他喜歡的人叫做「戴拉．符蹄」。這個名字怎麼聽，都像是……牛頭人的名字。

「……是牛妹妹啊？」雖然很難想像，但他幼年都居住在雷霆崖，審美觀也深受影響，這倒不是那麼令人意外。

「是牛姊姊啦。」他大羞，「她是代表部落派去銀月城的大使。」

……難怪會眾所皆知。但、但是，大使？據我所知，通常只有德高望重的官員才有這

種殊榮，年紀當然也不會太輕。

他這個標準也放太高了吧！

「就、就沒辦法啊，人家就是愛上了嘛……」他非常不好意思的推我一把，讓我險些撞到樹上。行為再怎麼像少女，他還是相當孔武有力。「好羞喔，印拉希爾好討厭～」一面打著我的手臂。

……打我幹嘛？很痛欸。

（十一）

麥爾康剛回逐日者之島時，有段時間非常不適應。

他自幼生長在溫柔敦厚的雷霆崖，突然來到直率嗆辣、高傲又擁有強烈自尊的血精靈中，不僅僅是格格不入而已。

將他帶回來的大使要他去當個血騎士，但他第一天看到被束縛在地下室的「聖光真相」，就嚇得奪門而出。

但大使將他抓回來，嚴厲而憤怒的說，「事實上，這是凱爾薩斯王子為你準備的，你怎麼可以說你不要？」

「……放他走好不好？不然殺了他啊！」麥爾康又哭又叫，「這樣太殘忍了！」

大使打了他一掌，將他扔給血騎師傅，當然也沒放走那隻可憐的生物。師傅默默的給他一個任務，據說是個試煉。

這個第一次試煉並沒有難倒他，但他的學長卻要殺他，還是奉師傅的命令。雖然事後還是在旅館頂樓復活了死去的學長，但他開始逃學了。

這真的徹底嚇壞了這個有些女氣又軟心腸的帥哥，他整日在銀月城溜達，死也不去上學。

大使和師傅逮到他幾次，又打又罵，但他就是不去上學。他很想回雷霆崖，但聽說母親結婚了，他又不忍妨害母親的幸福。他像是被逼到絕路的小獸，瑟縮的不敢向前，縮成一團。

某天，大使看到他坐在旅館前面，旁邊都是空酒瓶，眼中燃起憤怒的火花，但他正領著部落來的使者，不好發作，只好狠狠瞪他兩眼。

但麥爾康只是漠然的看著前方，渾渾噩噩的。他甚至沒有解釋，這些空酒瓶不是他的，而是在他身後醉到睡死的酒鬼。他覺得什麼都沒有關係，他反正無處可去，無路可走。

大使的瞪視引起使者之一的注意，她順著眼光看去，滿眼訝異。她走上前，低頭看著這個自棄的帥哥，「……麥爾康？麥爾康．雪角？」

雪角？這是母親的姓氏。他茫然的抬頭，看到一雙充滿智慧和溫暖的大眼睛。「真的是你？」那位牛頭人女性笑了，「我聽說你回到銀月城了，卻沒想到會在這兒遇到你……」

「……戴拉姊姊？」麥爾康也認出她來。其實戴拉只比母親小幾歲，應該喊阿姨才對。但他都喊姊姊，他一直是個嘴甜的小孩。

在應該是故鄉卻像他鄉的地方，遇到應該是他鄉卻是唯一故鄉的舊人，他百感交集，將臉埋在膝蓋上，「……我寧可回雷霆崖。」

戴拉深深看了他幾眼，走過去跟大使低聲說了幾句話。大使不太情願的點了點頭，帶著其他使者走了。

回到他身邊，戴拉輕笑著，拉他的手臂，「坐在潮地上做什麼呢？聽說銀月城的酒棒得很，我剛好口渴了。陪姊姊喝個酒？」

他看著戴拉含笑的眼睛，光亮的角和溫柔的臉孔，覺得非常非常親切，默默的跟了進去。

「好了，你想說什麼就說吧。」戴拉輕輕握著他的手，「在雷霆崖快被你吵死了，現在你卻一個字也不吭，好可怕呢。你說吧，想說什麼就說，我在聽。」

該從哪裡說起？他顛三倒四、期期艾艾說著自己的不適應和驚駭，還有強烈思念母親和家鄉的心情。說著說著，他就哭了。

「我不要留在這裡！他們好奇怪！我不要跟他們在一起！」他不斷的哭著，「他們就這樣……把一個無辜的生物綁在地下室，就這樣抽取他的能量……他還活著，他會痛苦會哀號欸！乾脆殺了他呀！為什麼這麼零零碎碎的延長他的痛苦……」

「啊，你不該跟我說這個的。」戴拉有些困擾的搔搔臉頰，「這是你們血精靈的祕密，雖然早已經算是半公開了……」

「我不是血精靈！」麥爾康大叫。

「你是。」戴拉嚴肅起來，「你絕對不可以否認你的種族，你若愛你的母親，就該為自己種族的延續努力，因為她也是如此。要能夠愛自己的種族、愛自己，才有辦法愛別人，同時友愛尊重別的種族。妳母親就是如此。」

她頓了一下，「難道你否認雪角的做法？」

「不、不是。」麥爾康倉促的否認。

「麥爾康，你是好孩子。」戴拉憐愛的摸摸他的頭，「我也耳聞過血精靈的手段……我不太贊同，但我尊重他們的決定。麥爾康，你若覺得這樣不好，你就該趕緊長大，好好唸書修煉，將來成為一個令人敬重的血精靈。你要先有力量，才有辦法改善現況。

「我不擔心你擁有力量會濫用，只要你記得此刻的眼淚和善良，親愛的。只要你不忘初心，力量的來源其實無所謂，坦白說，我並不認為力量可以經過盜取獲得。」

她輕輕點了點麥爾康的胸膛。「真正的力量在這裡，親愛的孩子。只要你努力就沒人

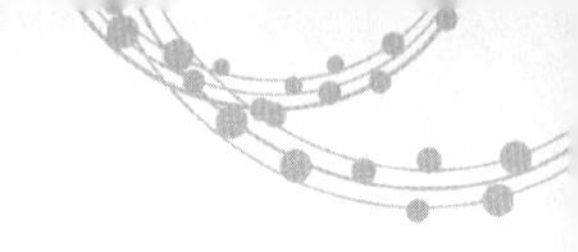

可以拿走。眼淚很珍貴，真的。但只坐著流淚，不如起來做些什麼……你能夠辦到的。」

戴拉喝完了杯裡的酒，緊緊擁抱了一下麥爾康，他含著眼淚回擁。她的身上，有令人懷念的，雷霆崖的青草芳香。

這位部落使者揮揮手，大步離去。她穿著低腰長裙和短上衣，露出矯健又優美的腰部曲線。

她的話語、溫柔的眼神和那美麗的腰部曲線，徹底奪走了他的心。

就這樣，他愛上一個年紀頗長的姊姊，一個叫做戴拉·符蹄的部落使者。

（十二）

「……妳是不是想笑？」麥爾康防衛性的繃緊臉，「我告訴妳喔，戴拉可是很漂亮的！我就喜歡她這樣！大家都說血精女孩漂亮，我不懂欸，乾巴巴一捆柴似的身材有什麼好看的，我才覺得你們的眼光……」

「我沒有笑。」我很誠懇，「我也和聯盟諸種族不同，我懂審美觀是因人而異的。」

歧視和偏見，難道我看得不夠多？他又沒傷到其他人。他喜歡年紀大他很多的牛頭姊姊，又怎麼樣？

那是他們兩個的事情，他們覺得好就好了。

麥爾康顫著唇，像是要哭出來。「……我就知道小印是愛我的。」他眼睛整個都紅了。

「……呃，是啊，就像愛我的妹妹一樣。」我尷尬的拍拍他。

他這麼大一個魁梧男人，就倒在我肩膀上哭。我湧起一股荒謬又無奈的好笑感。遞了手帕給他，我開始保養圖騰柱。他哭了好一會兒，還用我的手帕擤鼻涕。

「……你要幫我洗手帕。」

「我還會幫妳燙平才還妳。」他啜泣著。

這對我很爲難真的。我真的很難把他看成男人。我認識的男人都胳臂能跑馬，像我英挺堅毅的叔叔。我沒跟過這麼女孩子氣的男人相處，我真的沒辦法。

營火啪啦，我默默的聽他嘮叨訴說他對戴拉的愛慕。戴拉這個，戴拉那個，我快要連她的生日和升官表都知道了。我保養好了圖騰柱和磨好我的雙手錘，然後哄他去睡，幫他鋪好睡袋。

「小印，妳會不會討厭我？大家都覺得我又吵又愛哭。」他頰上淚滴未乾，映著營火，閃閃發光。

這時候我不得不承認，人正真是太好了。

「……你是過度健談了點。但反正我不太講話，你一個人講兩人份也還好。不然整天

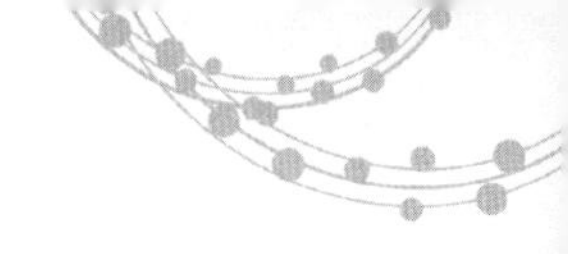

沒點聲音也很無聊。」幫他擦了擦眼淚，「睡吧。身體健康、長命百歲。」

他被我的問候語逗笑了，很快就朦朧欲睡。「……印拉希爾，妳真的好像我媽媽。」然後翻身睡著了。

……我還沒滿二十。

但我懂他的羞澀和惶恐，大人就是這樣，只看著年紀，然後因爲年紀小淘汰我們。麥爾康說，他告白過一次，戴拉卻大笑了五分鐘。

叔叔不會笑我，我知道。但這不對，這完全不對。我蒙上臉，試圖讓自己睡去。

＊＊＊

我知道麥爾康等於是暗戀，但我看到他寫的信還是眼珠子差點掉下來。

這段時間，我跟麥爾康交談使用的是德魯伊古語和部分撒語。但麥爾康雖然是血精靈，但他的撒語搞不好比我還差勁，獸人語卻呱呱叫。有些德魯伊古語無法表達的意思，他就直接講獸人語，不知不覺，我也開始能聽能說，所以更聽得懂那些部落少女罵我的話。

不過我對女人總是比較寬容，所以沒上前揍她們。

麥爾康大概覺得有趣，他甚至教我讀寫。所以我知道他寫給戴拉的信裡寫些什麼。

光看開頭我就受不了了。

「你要不要寫『戴拉母親鈞鑒』？」雖然他不是真的這樣寫，但意思實在差不了很遠。

他臉孔迅速漲紅，「討厭啦，妳偷看我寫信！」他護著信紙，只差沒有汪汪叫，「走開走開走開啦～」

「厚，你真的白長了這麼大的個子欸！」我雖然沒寫過情書，但我還有常識這種東西，「你開頭就寫『親愛的戴拉』不就好了？需要搞一大堆敬語嗎？」

「……這樣可以嗎？」他怯怯的抬頭，「會不會太親密？」

……這是最安全的抬頭了！再說，你不就是爲了親密才寫情書嗎？不然你寫來作啥？

「你對不喜歡的女生天花亂墜，那麼會唬爛，遇到心上人反而不知道怎麼開口？」

「就、就是太喜歡才會不知道怎麼寫信給她嘛。」他有些惱羞，「說誰不會說？我就不信妳情書寫多好。」

我安靜了一會兒，煩躁的。「我不寫信的。」

「妳不是喜歡妳叔叔？爲什麼不寫給他？」他的直率有種孩童純真的殘忍，「妳不知道他在哪？」

我想，我臉孔一定白得很可怕，因爲麥爾康跳起來了。

「……天哪，印拉希爾，妳是不是要中風了？」他緊張得發抖，「看醫生，對，我們

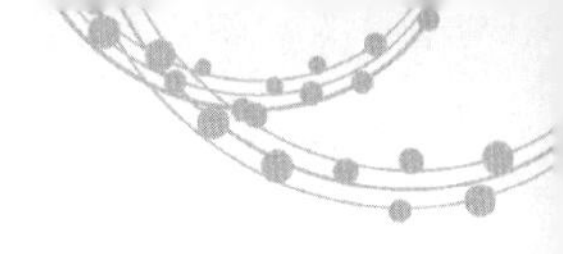

快去找醫生……」

……我才幾歲，中什麼風？

我強自鎮靜，「沒、沒事。」但心底的恐慌幾乎壓抑不住。「……你怎麼知道我喜歡叔叔？」

「妳不是常提他嗎？我沒聽過妳提其他人啊。而且是他扶養妳長大的……」換他臉孔蒼白，「喔，天哪。妳愛上自己的親叔叔？」

「……他不是我親叔叔。」我勉強笑了笑，但我想我的笑容一定比哭還難看，「他是我非常遠的遠親，我父母的侍衛。」

「……那妳愛上他有什麼問題？」

「問題很大。」我喃喃著，不想繼續這個話題。

但麥爾康是不會這樣就屈服的。他拚命追著我問，「有什麼問題有什麼問題有什麼問題……」

我轉身，很大聲的回答，「因為，他跟我親叔叔沒兩樣……不對，應該說跟我親生父母沒兩樣，在心理上！我是他撫養長大的，這樣根本不對，你懂嗎？就像你絕對不會愛上你的母親，我也不該愛上叔叔，你懂嗎？若是可以我想當一輩子的小孩，永遠不要發覺自己的心情，但我就是該死的長大了！甚至不該有的心情也有了！你懂嗎？麥爾康！」

「不懂。」麥爾康將頭一昂，「我只知道妳被燒得很難過。」

「……這是背德的。」我做了個我也不懂的手勢，「我叔叔一生都是高貴的聖騎，他若接受了養女的愛慕，就在他的品格上落下一個污點？別人會怎麼說他呢？」

我離家流浪修煉這麼久，已經不是當年初萌未發的我。我以爲，離家這麼遠，時間這麼久，我會磨去那股不成熟的愛慕，我還有機會笑笑的回到他身邊，當他的女兒。

但我辦不到辦不到辦不到！

我不要長大，我不要。我想回到叔叔的身邊，繼續當他的小孩。

「妳一定很傷心吧？」麥爾康同情的拍拍我的肩膀。

「什麼傷心，」我勉強冷靜下來，「我是痛苦，我很痛苦！」

他攬著我的肩膀坐下，我發現，我再也忍不住了。靠在他的肩膀上，放聲大哭。

「……印拉希爾，」他笨拙的安慰我，「我會在妳身邊啦。我的肩膀永遠可以借你的。」

我哭得更厲害了。

（十三）

在麥爾康面前很丟臉的哭過以後，我們感情反而變得更好。

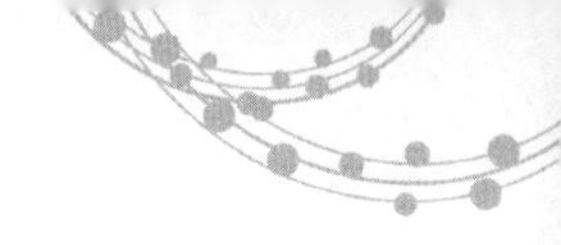

雖然我有點納悶，這種感情好很像是手帕交，該死的他卻是個男生。但我也常常忘記這個殘酷的事實就是了。

其實兩個人做任務不會比較快，尤其他是部落我是聯盟。但有人可以相依為命的感覺挺好的，只是他嘮叨多話到我覺得耳力有些受損。

但人嘛，總是有些小缺點的。

漸漸的，我們要好到可以勾肩搭背，相互牽手都不會覺得尷尬。戴拉若回信，他會高興的整天蹦蹦跳，大聲念給我聽。

他總是對這世界充滿驚奇，活力充沛的面對每個日出。跟他同行，我好像找到失去已久的童年，無憂無慮的。

他像是另外一個「霾」。

如果說，霾讓我理解到聯盟諸種族的繁複多樣，那麥爾康就讓我理解到部落的另一面。即使語言不通，他們也是會哭會笑的人，而不是互相怒目的仇敵。

當然我們的同行是很引人側目的，也幾乎沒有其他人想跟我們一起。但我和麥爾康不在意這種孤獨。

＊＊＊

麥爾康說，師傅要他回去銀月城學技能和考試。但說了一兩個小時，他還愁眉苦臉的坐在碼頭上看書。

「……到底要考什麼？」雖然我一點也不懂聖騎，但真的很想幫他的忙。

「正義防禦。」他沮喪了，「這是第三次補考了。師傅威脅我，再考不過就要讓我留級。」

……聽起來很慘。但正義防禦不就是聖騎版的嘲諷嗎？對敵人罵粗口有什麼難的？

「你試試看？」

他尷尬的闔上書，深深的吸口氣，緊緊繃著臉，繃到快要鬥雞眼了。「你、你們這些無知的賤民，在我的力量下屈服吧！下一句是什麼？……我、哦，對了……我將給予你們最嚴厲的制裁！」他整張臉都紅了，劍尖還在發抖。

……我終於知道他為什麼要補考三次了。

「兇一點試試看？不要結巴，流暢點。」我建議。

我知道他很努力試了，但他的個性和姿態實在不適合。「……這科不能放棄嗎？你放棄可能……」

「不行啦，這是必考！」他急得跺腳，又嚷又叫，「印拉希爾妳真壞欸，人家將來要當防騎呢！」

……我被「嘲諷」到了。即使是這麼好的手帕交……我還是好想打他。

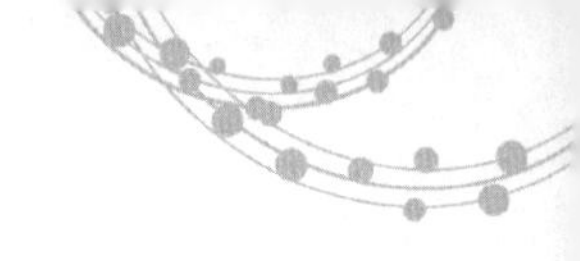

「你就照這樣去考好了。」這絕對是一種天賦，老天，娘到……讓我都忍不住想出手。「一定可以。」

「真的嗎？」他充滿疑惑，垂頭喪氣的去搭船了。

他青了一隻眼睛回來，據說他的師傅在他考正義防禦的時候，忍不住揍了他一拳，然後給他這科滿分。

後來他成了非常出色的防騎，出色到……連隊友都想揍主坦。但因爲不能打主坦，所有的隊友都兇暴化，死命的衝向王。

我真是慧眼獨具。

（十四）

我們在荊棘谷待滿久的，留下很多回憶。

我們被草藥師釘的滿頭包，抱頭鼠竄過，也曾經跟虎王對峙時，因爲麥爾康開無敵，我差點讓虎王咬死。也曾經去大海礁那邊採藍珍珠，然後被魚人圍毆，我記得幫他放水下呼吸，卻忘記幫自己施放法術，因此淹死，幸好我有帶十字章。

也曾經遇到一個不死牧師央求麥爾康幫做任務，麥爾康組了他，但他一直ＯＴ。麥爾康想幫他補血……卻哀叫一聲倒地。

我看著不死牧師身上泛著神聖的光動彈不得，默默的上前清掉敵人。

「你……」我說不出話來。

「就、就不小心施放了神聖干涉嘛。」復活起來的麥爾康嘟著嘴。

還有一回，我們跑去打蜥蜴要水晶，結果我的圖騰引到一大堆蜥蜴，我毅然決然的跳下來，結果踩到老鱷魚，腿差點被咬斷了。

麥爾康緊張的殺光所有的爬蟲，包括那隻老鱷魚。發現我血流如注，骨頭也斷了，他想也沒想，把我背起來就往格羅姆高營地跑，渾然忘了我是聯盟成員，直到守衛喊打喊殺，他才驚覺不對，背著我沿著海岸狂奔，最後還游了一小段路，把我拖回藏寶海灣。

我血沒流乾，也沒引來鯊魚，真的是運氣。

但我記得那天沙灘上的夕陽。我記得他的憂心如焚和陽光遍撒金髮的模樣。他真的很好，非常非常好。我們同行也很快樂，但我非常沮喪。

如果我沒愛上叔叔，說不定我會以爲我們這樣就是愛情。但因爲我知道愛情本質的狂烈傷痛，像是在心口剜出一個極大的傷口，卻死都不想痊癒。

因爲我知道，麥爾康也知道，所以我們真的很遺憾。

如果我們能夠愛上對方，去他的聯盟部落，我們在一起多愉快開心。但就是辦不到，

這真令人絕望。如果我們同性別，我們可以永遠這麼要好，快快樂樂。

去他的性別。

我們各自懷抱著幾乎無望的愛情，被性別和盟別隔閡。將來有一天，我們一定會失去對方。這多令人痛苦。

可以動心就好了，但我只感到一片安適的平靜。

「……如果我會愛上印拉希爾就好了。」他低下茫然的臉。

「我懂。」躺在病床上，我沉默。「你如果是女生就好了。」

「人家是男生。」他扁嘴。

「……你當女生比較合適。」

「好死相喔，印拉希爾怎麼這樣哪～人家是男生！」

……我真的沒辦法愛上他。

＊＊＊

與其擔憂還沒發生的別離，不如珍視眼前的相聚。

離開荊棘谷以後，我們盡量尋找同區域的任務共同狩獵，後來跑去塵泥沼澤。主要是泥鏈營地是哥布林的，哥布林則是我們這兩個人的好朋友，旅館老闆跟我們有了感情，還寫了封推薦信給我們，讓那邊的哥布林幫我們打折。

這邊有更多的恐龍、更多又肥又醜的鱷魚，和更多的軟泥怪。

但也有個傳奇巫師塔貝薩。聽說她年紀很大了，但實在漂亮得令人目瞪口呆。說她是老婦的人，是不是把眼珠子放在口袋啊？

聽我提及她的美貌，麥爾康張大嘴，「……我也想看看她。」

「不行。」我警告她，「她是聯盟方的。她門口還有個軍情五處的硬漢看守，你想死啊？」

「但有正妹不看，還算是男人嗎？」他很理直氣壯。

……我說啊，你要娘就娘到底，不要遇到美女就不娘了好嗎？

「我要看我要看我要看～」他鬧了起來，還滿地打滾。

「……我要寫信跟戴拉說喔！」我恐嚇他。

「寄得到妳就寫啊！」他嘿嘿的笑，還賴在地上，「我要看我要看我要看～」

這個時候，我並不知道塔貝薩是什麼人物，我只知道她是個巫師，橫跨奧法和闇法之間。我只覺得她很和氣，目光犀利，是個知性美女。

直到很久以後，我才知道她是怎樣的大人物，法師和術士提到她都會發抖。其實，等我知道時，我也才為時已晚的跟著一起抖。

但這時候的我，什麼都不知道。為了被麥爾康纏到快發瘋，我硬著頭皮去問她可否見

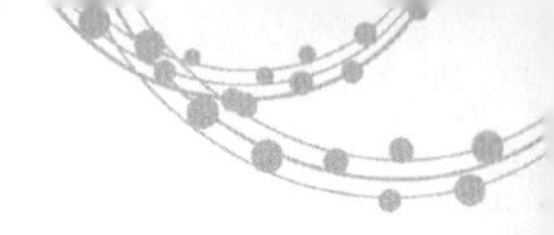

我部落的朋友一面。

她眨了眨翦翦秋瞳，「妳部落的朋友？妳說說看，若是說得好，我就破例。」

說？「呃，這有點長，得從我另一個朋友說起。」我有點尷尬。

「沒關係，我時間很多。」她喝了口茶，偏頭看著我。

我開始說了。

她聽得津津有味，美麗的眼睛看得人心慌。

等我說完，她遺憾的搖搖頭，「手帕交？居然不是另一對小珍珍和小索索啊……？」

然後充滿期待的看著我。

小索索和小珍珍是誰啊？大約也是什麼跨盟的戀情之類的，但我們真的不是。

「……我們各自心有所屬。」我更尷尬了，「他若是女生應該好一點。」

「雖然有點缺憾，但也是很不錯的故事。」她站起來，「好，我就見見他吧……」她將食指豎在嬌嫩的唇間，「其實我也很喜歡看看帥哥的。」

我苦笑了起來。

（十五）

我帶麥爾康進入農場時，塔貝薩原本嬌媚笑著的臉瞬間變色，但很快就恢復常態。

麥爾康倒是沒發現，他簡直樂瘋了，他擺出最帥的姿勢，用最繁複的言語讚美塔貝薩的花容玉貌。塔貝薩也媚笑如絲應答。

……我真不懂麥爾康。人要娘就娘到底，幹嘛這樣啊？

我還真不了解俊男美女的社交禮儀，聽得我想睡覺。正昏昏欲睡的時候，我聽到塔貝薩說，「你真俊美……跟你父親真像。」

我瞬間清醒了。塔貝薩認識麥爾康的父母？

轉頭看麥爾康，他臉孔雪白，顫著唇。「……我父親過世了。」

塔貝薩困惑又有趣的凝視他，「親愛的，你不想問嗎？我應該也認識你母親哦。」

「……我的母親叫做繁風．雪角。」他不自在的別開頭，「她是牛頭德魯伊，是我唯一的母親。」

塔貝薩沒有說話，沉吟了好一會兒。「你並不是一無所知。」

「我什麼都不知道。」他明顯的慌亂，「我要走了。」

「坐下。」

他僵了一會兒，坐了下來，恐懼又哀求的看著我。我完全不知道發生什麼事情，但這

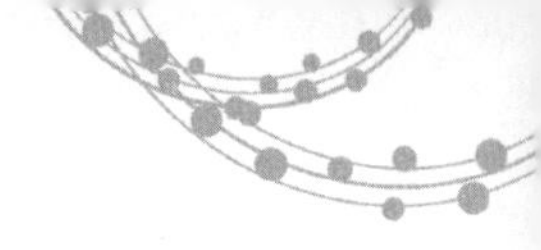

種氣氛……我不知道該不該離開。

塔貝薩像是未卜先知，她瞥了我一眼，「要她先離開嗎？麥爾康？」

「……請讓她留下來。」他小小聲的說，「她僅次我母親。」

她挑了挑眉，沒說什麼，喝了口茶。「凱爾薩斯王子為他的孩子送了隻那魯去銀月城。」

「……我知道來龍去脈。」

「子民。」麥爾康糾正她，「是子民。」

「但我不想知道。」麥爾康急促的回答，「我不想知道。」

塔貝薩看了他好一會兒，「你是個聰明的孩子。但你真的不要？你若拿出……」

「我不要。」麥爾康打斷她的話，「我早就丟掉了。」

「哦，哇。」塔貝薩露出一絲笑容，「帥哥，你很無欲無求。」

「我只想平靜的過日子！」麥爾康輕嚷，眼眶充滿眼淚，「我不需要那些！我要的很少很少……我、我的母親是繁風．雪角！她是令人敬重的德魯伊！」

「我明白了。」塔貝薩饒有趣味的看著麥爾康，「從現在開始，我也什麼都不知道了。」

他大大的鬆口氣，眼淚幾乎滾下來。他單膝跪下，喃喃的感謝，然後親吻塔貝薩的裙裾，塔貝薩悲憫的摸了摸他的頭。

但我聽到什麼？我的天哪……這不該是我知道的事情。這太……太令人震驚了。但我什麼也不敢問，只能跟麥爾康默默的回泥鏈營地。

麥爾康異常的沉默。習慣他整日聒噪，現在一個字也不吭，我真的嚇壞了。但我不知道怎麼安慰他，甚至不知道怎麼提及。

「……他不是我父親。」麥爾康祈求似的看著我，「他二十幾年前的確偷偷回來過一次，但他不是我父親。」

「……嗯。」坐在他身邊，輕輕拍他的背。

「我生母死了。」他嚥了嚥口水，「她也不是那種背著自己丈夫……我的母親是繁風．雪角。誰也不能逼我承認沒有的事情……什麼都沒有，什麼都沒有！我就是繁風．雪角的孩子！永遠都是她的孩子！」

「我知道，我知道。」我喃喃著，撫著他的背。

他倒在我懷裡，大聲哭起來。

「你啊，」我輕輕的說，「你就是我的姊妹手帕交，你就是麥爾康．雪角。就這樣啊。你永遠是我的老好朋友。」

他伏在我膝上哭泣，哭了整整一夜。

也好啦，希望他可以改掉喜歡看正妹的習性。但這次教訓他馬上忘記，還是盯著正妹

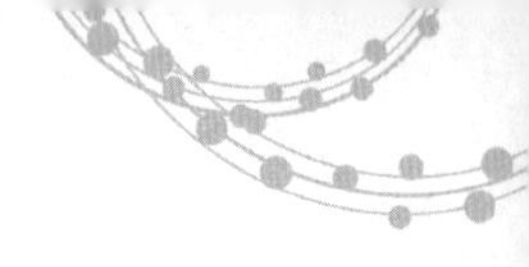

傻笑。

男人這種根性真的沒救了。即使是很娘的男人，也不例外。

（十六）

後來我們到西瘟疫之地執行任務。

我繼續被部落少女狠瞪、咒罵，麥爾康還是繼續聒噪、繼續娘。

他似乎忘記塵泥沼澤的打擊，我也就忍受他喋喋不休的「健談」。但每次他回去考試之後，總會悶悶不樂一段時間，話變得很少。

我倒寧可他吵到我耳力受損，也不太喜歡他沉默下來。

但問他也不說，這倒很罕有。

不過我到暴風城找薩滿師傅之後，終於知道大約是發生什麼事情了。

這天，我到暴風城的英雄谷找師傅考試，她有點心不在焉。我知道我考得很爛，但她讓我過關了。等我要告辭，她突然叫住我。

「印拉希爾，印族長老託了封信在我這兒。」

我迷惑起來。印族長老爲什麼不直接寄給我？而且印族長老頑固得跟石頭一樣，薩滿

對他來說是聖光外的邪道，爲什麼他會託付遠在暴風城的薩滿師傅？

接過了信，我讀了起來。

這是一封措詞客氣，但語氣嚴厲的信。他指責我不該跟血精靈同行，忘記種族的過往傷痕和苦難，「曲意通敵」。

什麼跟什麼啊！

「……印族長老希望我勸勸妳。」薩滿師傅輕輕的說，「印拉希爾，血精靈對我族做了不可原諒的事情。妳知道墜機當中死了多少族人嗎？而這些……」

「血精靈不是一個人。」我氣得聲音有點顫抖。「讓艾克索達墜機的是外域來的血精靈，麥爾康是土生土長的血精靈！更何況，爲什麼一小撮人造成的仇恨要擴大到全種族？我們浪費時間在這些古老而無謂的種族仇恨上面，意義在哪？若我們把這些精力拿來對付燃燒軍團早就大獲全勝了！

「難道一個人殺人，被害人的家屬就要去殺了加害人的家屬？有罪是殺人兇手不是他倒楣的親朋好友啊！師傅，爲什麼你們比我還不懂事呢？」

「妳這是狡辯。」薩滿師傅根本不聽我說，「不要被外貌迷惑，血精靈就是靠這點迷惑了聯盟，之後又迷惑了部落。他們是背叛者！他們先是背叛了聯盟，然後跟部落同盟，誰知道哪天他們會投靠燃燒軍團？他們膽大妄爲，都是一群毒癮犯！他們甚至綁架了一隻那魯……不斷折磨那麼高貴的生物！更何況妳是印族未來的家督，不該跟個異族男子無恥

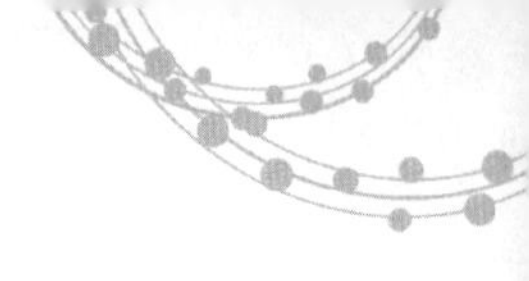

同行！」

「師傅！」我冒火了，「師傅，這些都是元素告訴妳的嗎？身爲薩滿要遵循真理之道，聽從元素的聲音，妳遵從了嗎？」

她啞口無言。

「大地滋養萬物，不管德萊尼或血精靈；無論男女，風歌吹拂心靈，一視同仁。這是我聽到的元素之聲，妳聽到什麼？」

我吼完就離開了。其實我不該發脾氣的，甚至不該對師傅怒吼。

但我一走出英雄谷，就把長老的信燒個乾乾淨淨。

我很氣，的確很氣。

等我回到西瘟，麥爾康已經在營地等到快睡著了。看到我，他露出天真開心的笑容，我的怒氣稍褪，但悲哀湧了上來。

爲了可以同行，大半的時間我們都在野地露營，其實是很危險的。麥爾康雖是男孩子，但看他嬌嫩的容顏，就會覺得很不忍心。

但他沒抱怨過，總是高高興興的。

我想到他回去考試都會沮喪的回來，現在我能明白他的心情了。

「爲什麼生氣？」他微偏著頭，「我做錯什麼嗎？」

「……你是好孩子。」拍了拍他的手，「甚至不忍心告訴我，血精靈的長輩責備你和個德萊尼同行。」

他刷的臉紅，「妳怎麼……妳怎麼會……」

「我剛讓薩滿師傅罵了一頓。」

他臉孔由紅轉白，深深沮喪起來。「……不要走，印拉希爾。不要討厭我……」他低下頭。

其實他一直都是孩子。他很出色，戰鬥方面的才能比我高太多了，就算一個人也不會有問題的。但和他強烈的戰鬥天分比起來，他心靈脆弱，需要人照顧愛護。

但我也讓他照顧保護著。

「拜託，怎麼可能？」我勉強一笑，「我反而罵了薩滿師傅一頓。」

他張大眼睛，「妳也……？」噗嗤一聲，他笑出來。

……麥爾康大概也又跳又叫，狠狠地「嘲諷」過他可憐的聖騎師傅。

我內心的鬱悶消散了，我們吃了簡單的晚餐，麥爾康唧唧聒聒講了半個晚上的話。這時候都不覺得他很吵了。

等我們都鑽進睡袋，朦朧欲睡的時候，麥爾康輕喊，「印拉希爾。」

「嗯？」我勉強睜開眼睛。

「……塵泥沼澤的時候，我沒跟妳說實話。」他聲音微弱，「事實上，凱爾薩斯是……」

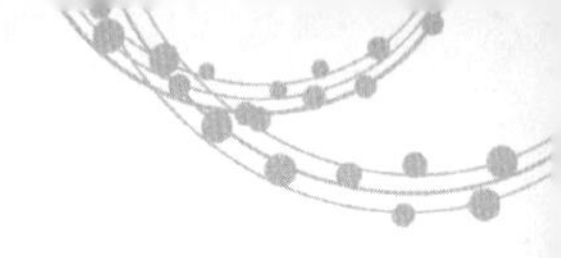

「不要緊，我知道。」

「……妳會不會很氣我？是他讓你們的飛船……」

「是他又不是你。」我輕輕的說，「麥爾康，你是我最好的朋友，是我的好姊妹，永遠都不會變的。」

好一會兒，他沒說話，卻開始啜泣。

我像是隻毛毛蟲，在睡袋裡蠕動到他身邊，握住他一隻手，他用力握了握，還是在哭。

他若生長在逐日者之島，說不定會漠然面對這些殺戮。但他卻讓溫柔寬厚的養母養大，格外不能接受吧？

「麥爾康，你還是當女生好些。」我輕嘆口氣。

「人家是男生啦！」但他靠在我肩膀哭。

……唉，隨便啦。

（十七）

在我滿十九，麥爾康滿三十的那一年，我們終於站在黑暗之門前面了。

說真話，我緊張到發抖，麥爾康也臉孔鐵青。我們緊緊牽著手，懷著敬畏的心看著旋轉著綠色漩渦的莊嚴大門。

我們兩個都不是什麼好學生。我的戰鬥能力低落，又屢屢衝撞師傅和長老；麥爾康是復學的中輟生。一路跌跌撞撞，相依爲命的走過艾澤拉斯大陸。

現在我們終於取得進入外域的資格，卻不知道前方有什麼在等我們。

深吸一口氣，我們並肩攜手跨過那個門。

就像是和少年時光做了分隔，我們從此被承認爲成人，而不再是個孩子了。

＊＊＊

我們進入一個危險到幾乎抵擋不住的世界。野營是完全不可能的事情了。我一定得回榮譽堡，麥爾康非回索爾瑪不可。每天要會合都成了搏命的事情。

更糟糕的是，我們各自接了地下城的小規模軍事任務。可以的話，要不就是我們可以組隊進入、不然就是放棄。

組隊是不可能的，我們卡在聯盟和部落無聊的仇恨中。若是我的話，是寧可放棄的。

但我跟麥爾康就是傳說中的「好人」。他可以婉拒部落少女的告白，卻無法拒絕部落少女軍事任務的組隊哀求。我可以不去地下城，但榮譽堡願意補血的人少到靠北邊走，我

也很難忽視這些期待請求的眼神。

所以往往他在地獄火壁壘的時候，我剛準備要去血熔爐。等他從火壁壘脫身，我還在裡頭。等我出來，他又去血熔爐了。

我們相處的時間越來越少，他會寫一大篇沾滿眼淚（不知道有沒有鼻涕）的信給我，跟他本人一樣囉唆聒噪，而且每天如此，沒有間斷。

有時候我覺得很失落，甚至不自覺的跟事實上不存在的麥爾康說話，卻不承認自言自語。麥爾康也會寫信來哭訴，說他看不到我的角，心情很難過。

……是說你想念的對象居然是我的角，這叫人情何以堪？

原本以為，我們到了贊格沼澤這種情形可以得到緩解，但贊格沼澤有盤牙蓄湖相關的深幽泥沼和奴隸監獄兩個地下城，他的坦克技巧受到很好的評價（雖然隊友都想揍他），我又是個認真的補師。

結果我們兩個好人被各自的聯盟或部落朋友拖著跑，更沒有見面的機會了。

這種分離的狀況一直到撒塔斯定居才有改善，我們一起選擇了奧多爾陣營，租賃了相鄰的房間，兩個人在旅館裡頭抓著手臂又跳又叫，大家都以為我們瘋了。

白天的確還是各自奔波，但晚上，我們最少可以一起吃飯。麥爾康的聒噪比以前嚴重多了，他將好幾個月的話加上一整個白天像傾盆大雨一樣嘩啦個不停，說到深夜都不捨得睡覺。後來乾脆拖著棉被和枕頭來我房間打地舖。

撒塔斯的夜晚其實很冷，他也因此得了重感冒。我看看他穿著小熊睡衣打噴嚏，叫他回去睡，他又不要。

後來我們就一起在床上睡了。=_=|||

當然啦，流言真是多得可怕，我們年紀也不小了。一來是我們都不懂，二來是誰也沒把誰當異性。何況之前野營的時候，我們都習慣裹著睡袋靠著對方沉睡，已經非常習慣了。

現在也是各自裹著棉被，靠著頭呼呼大睡，跟以前一模一樣。只是床到底比較舒服，底下沒有石頭磕得難過。

至於流言……管他的。我不在意，麥爾康也不在意。

只是我在泰洛卡森林的大樹上發現幾個寫了我名字的草人，釘滿釘子。幾個跟我很熟的聯盟男生，動不動就衝去找麥爾康插旗。

我覺得這些人未免也太閒了。

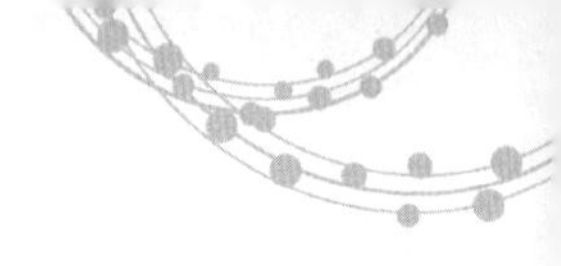

（十八）

這天，剛好聯盟的朋友還沒來抓人，麥爾康天剛亮就被拖走，一路哭哭啼啼的準備去法力墓地。被吵醒的我坐在床上發愣了一會兒，梳洗之後就出門了。

我的任務單還一大堆，總是得消化掉的。

半打瞌睡的跑去火翼崗哨。樹林裡露珠未乾，許多人還在睡夢中。蒙著薄霧的泰洛卡森林美得像是一首詩。我清醒過來，深吸一口沁涼而甜美的空氣，享受靜謐的一刻。

突然，我聽到一聲驚恐而絕望的吶喊。

行動比意識快，我衝上前，看到一個血精靈被火翼崗哨的血衛與老鐵顎夾擊，眼見就要沒命了。

那個血精靈抬頭看我，眼底的絕望更深。我一面扔下石爪圖騰，一面覺得他好眼熟……

靠，他在藏寶海灣跟我打過架，還罵過我是德萊尼妓女！

「……去旁邊綁帶！」我對他吼，「別擋路！」

我戰鬥的本事很爛沒錯，但我是個專業的治療師。光是磨也可以磨死人，雖然要打很久，我還是磨死了敵人。

那個血精靈牧師還是蹲在地上，滿眼戒心的看著我。「……我可沒要妳救！妳這個德萊尼……」

「你說出來我就揍你。」我彎腰收起圖騰柱。

他閉了嘴，眼中滿是不敢置信和羞怒。「……我不會說謝謝的！」

「沒要你說！」我吼回去，背著他坐下，不看他。

可以的話我也想走。但這個地方不安全，我若走了，他體力和魔力沒恢復，很可能白費我的力氣。我也很悶，做什麼救他。

但他有著麥爾康同樣顏色的眼睛，他是麥爾康的族人。就算打過架、被罵過，我就是沒辦法裝作沒看到。

他在我後面吃麵包一面喝飲料，我有被注視的感覺。

「妳幹嘛救我？」他突然問，「我可不會被妳收買。」

「白癡。」我罵了一聲，拍拍屁股上的土，「雖然我討厭你，但你是麥爾康的族人。我們不是不認識，我不能夠轉頭當作沒看到，我會睡不好。保重。」頭也不回的朝後招了招手。

我很快就忘記這件事情。但那天晚上，我在銀行前面被一個美貌的血精靈女子攔下，後面跟著嘟著嘴的血精靈牧師。

……血精靈的男人為什麼都愛嘟嘴？

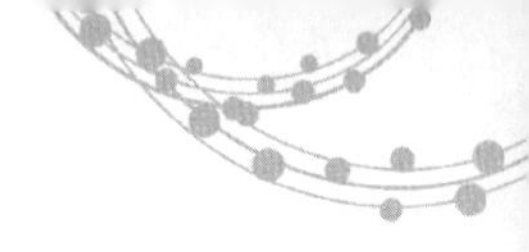

「我是肯的姊姊，歐雯．塞隆。」她行了個標準的禮，「今天聽說你救了舍弟，特來道謝。」她推了推血精靈牧師，投給他嚴厲的一眼。

名爲肯的血精靈牧師扁了扁嘴，很勉強的說，「……謝謝妳救了我。」

「小事不必言謝，你們太客氣了。」我也照德萊尼的標準禮儀行禮，「吾名乃印拉希爾。」

「我這個笨蛋弟弟不懂禮貌，實在很抱歉。」她輕笑，有著血精靈高傲氣質的和藹，「可否跟妳談談？」

我做了個請的手勢，她和我找了個僻靜的角落，肯扁著嘴跟在後面。

「聽說妳是德萊尼印族的未來家督？」她綠寶石般的眼睛閃爍著智慧。

現在我不像之前那麼無知茫然，我已經知道血蹄族長不是女性了。當然，我也知道塞隆這個姓不平凡。

「我想妳是銀月城城主家的千金。」

她笑了。「很好，我們知道彼此。我知道德萊尼和血精靈之間古老的仇恨似乎沒有化解的跡象，但今天妳的善行讓我看到一線曙光。」

我瞇細眼睛，打量這位美麗的城主千金。我以爲像她身分如此的小姐只會成天唱歌跳舞。

「……這只是舉手之勞。」

「如果兩族都願意如此『舉手之勞』，再深遠的古老仇恨都可以化解。」她嚴肅的看著我。「妳將來會成為印族家督，而印族在德萊尼間舉足輕重。我將來會成為銀月城城主。我請求妳，接受我的感謝和善意。並且在未來的某一天，可以為兩族的和平盡最大努力。」

我想，我吃驚了。「我是女性，妳也是女性。我非常願意和平……我最好的朋友麥爾康就是血精靈，我甚至認為大家都肯放下古老仇恨，省下的精力早就打敗燃燒軍團。但妳知道，我們就算是當了家督和城主，政治依舊在男人手底……」

「那可由不得他們。」她輕輕挑挑眉，「任那些男人亂搞，這世界就死定了。瞧瞧凱爾薩斯王子為我們準備了什麼。」她笑了一聲，卻冰冷沒有歡意。「印拉希爾，我們不能當作沒看到了。我不是想要革命，只是請求一個共同努力的目標，並且表達我的善意。」

咬了咬唇，我沒想過這些。但知道血精靈中也有追求和平的人，並且致力於此，我非常感動。

「我會在可能的範圍內盡最大的努力。」我伸出手。

她應該不習慣這麼男性化的禮儀，但還是伸出手和我緊握。她的手和我一樣，都是暖的。我們血管裡流的血都是熱的。

她是我老好朋友麥爾康的族人，還是理智堅強的那一種。

「讓我們一起呼喚和平。」她笑了，非常非常美麗。

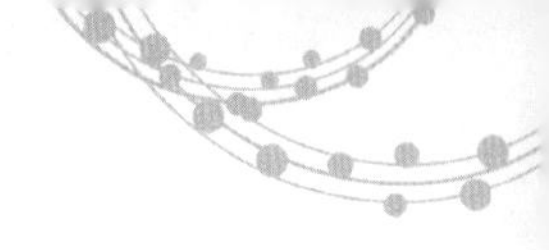

（十九）

晚上我跟麥爾康說了這件事情，他坦了一天，看起來累壞了，正抱著我買給他的狗骨頭造型抱枕，眼神有點茫然。

「……印族家督？聽起來很偉大欸。」

我說什麼你說什麼，要說偉大，你是血精靈的皇儲欸。不過我沒說出口。

「並沒有。」我捲著被子和他對著臉躺著，「家督通常只是傳下『印拉希爾』這個名字的人。為了避免獨裁，家督得向長老群諮詢，實權並不在家督身上。」

我的正式稱號是「十六華代印拉希爾」。共有六十個字代表年代，六十年一循環，有非常繁複的傳承。我出生之後就熟讀列代知名印拉希爾的行誼，雖然沒什麼用處。

家督的地位很崇高，長老群式微家督權重的年代當然有，但那是當代印拉希爾英明神武，實力堅強的緣故。

那麼多強勢的家督中，只有第七月代印拉希爾是女性。她有狂月的別名，因為她非常驍勇善戰。

而且她不是因為生育取得家督資格，而是通過艱困的考驗。她直到四十歲才生育，一生都在戰場上。

我辦得到嗎？

「可以啦。」他愛睏的眼睛很可愛，「妳是我最喜歡的印拉希爾啊……只比戴拉和媽媽差一點點而已。」

……真謝謝你這麼看重我。

快睡著的時候，大門突然粗暴的撞開，一群又叫又跳的獸人和食人妖載歌載舞的跑進來，還帶來一大堆酒。

又來了。

「……我去你的房間睡覺。」我翻翻白眼，拖著枕頭和被子。

被拖下床的麥爾康慘叫，「不要拋棄我！印拉希爾！我會被灌死！」

我停下腳步。無奈的。

這就是好人的代價。他坦怪坦到認識一大卡車的獸人和食人妖，這些人沒事就愛找主坦喝酒，美其名是培養感情……

事實上只是想這個好漂亮的小白臉陪酒而已。

將被子和枕頭扔回床上，我跟著坐在地板上，「酒來。」

這些獸人和食人妖跟我也熟了，「哼哼，這次非讓妳求饒不可！」捧了一大碗公的酒過來。

「手下敗將，還敢言勇？」我冷笑著灌下一大碗酒。

兩個小時後，麥爾康已經倒在床上呼呼大睡，地下躺平了七橫八豎幾條部落的好漢，

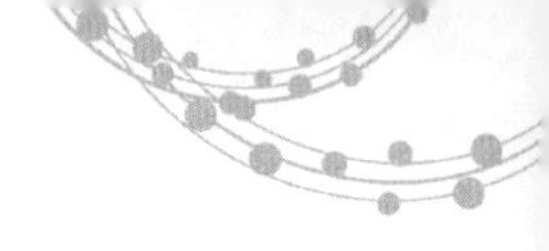

我還覺得薄有醉意而已。

我還小的時候，就坐在叔叔的鞍上跟著出征。戰地的叔叔伯伯都是勇悍之輩，酒膽更是十足。我打小喝酒就比喝水多，墜機後因爲物資不足才不喝了。

跟我比喝酒？練個二十年再來吧。

我爬上床，幫麥爾康蓋好被子，然後將自己裹得像蠶寶寶。今晚一定很好睡。安心的睡去，就算此起彼落如雷的鼾聲也沒造成我任何困擾。

（二十）

等我一頭亂髮的坐起來，發現滿屋子男生還在打鼾。屢敗屢戰，我一定要佩服他們的勇氣。

下床的時候差點踩到食人妖的獠牙，又差點踹到獸人的中心椿。真是步步危機。我必須又蹦又跳的踩著少到可憐的地板空隙，這些大漢快佔滿所有的空間了。

等我梳洗完，他們還沉睡不醒。

搖搖頭，我溜了出去。我不想打擊他們的自信心，每喝一次就打擊一次，我覺得我在欺負小孩子。

深深的伸個懶腰，真是個適合工作的清晨……

我的任務單越來越少，心情也越來越好。或許是因為太順利了，我甚至決定挑戰一個比較困難的任務單，並且確定帶了十字章。

這是一個必須殺入聖光之墓的任務，淨化被暗影議會腐化的聖光之墓，並釋放我們英勇先祖的靈魂。

我不確定自己辦不辦得到，但在冒險者公會接到這任務時，我感到強烈的哀傷。我渴望，並且祈禱這些不幸的英靈可以安息。所以這個艱困的任務對我來說並不只是任務，而是使命。

雖然被腐化的英靈困惑而憤怒，但我還是完成了這個任務……在沒命之前。

我感到歡欣，即使疲勞到幾乎站不住，只能靠麵包和飲料補充體力和法力。但我心情很輕鬆。

我愛他們。他們是我們的先祖，他們的不幸可以完結，終於可以安息。我感到平靜，這幽深的墓穴迴響著風的歌聲和無數的光。

我是一個，德萊尼的薩滿。由他們的血脈傳承下來的後代。

正沉浸在這種溫柔情感時，我卻看到不應該在此出現的人。

那是一群血精靈。但他們跟麥爾康、肯或歐雯不同。他們某種氣味勾起我遙遠的記憶……饑渴的氣味，永遠貪婪，永遠不夠。

對魔法強烈的癮頭。

「印拉希爾？」帶頭的血精靈睥睨的看著我。

扔下地縛圖騰，我試圖逃走。但他們起碼有十人以上，最少我看到的是如此。地縛讓他們慢了一點點，但他們隊裡的法師卻追來了各式各樣的法術。

我努力抵抗，但收效極微，我被擊倒在地上。

會死，我會死。一個血精靈抓著我的頭髮，仔細看著我的臉。「就是她。」他用口音奇怪的撒語說，「奉王子之令，殺了她。」

……哪個王子？

鋒利的雙手劍在我眼前，閃閃發光。

我要死了。

但雙手劍卻轉了方向，我被扔在地上，半昏半醒的聽到腦袋上面兵刃相交，法術呼嘯。

猛然的，我被抱起來。同時被聖光形成的護盾保護著。驚嚇得幾乎麻木的轉頭，那群血精靈被凍在地上，看起來像法師的冰霜新星。

應該是……工程學的冰霜炸彈？但麥爾康怎麼會？

以爲救我的是麥爾康。但這種熟悉的感覺，皮革、血腥，鋼鐵的氣味。

我抬頭，看見一雙焦灼熾熱的眼睛。「……叔叔？」

這是夢吧?這是臨終的幻夢吧?我撲進他的懷裡。腦海一片渾沌。

(二十一)

「叔叔、叔叔。」我意識不清的喊著,緊緊的抱著他。

這是夢吧?即使是夢,我的心還是跳得這麼快,眼淚幾乎奪眶而出。我離開他的時候還不到十六歲,現在我要二十了。

我以為,我離得夠長,走得夠遠。我以為,我認識了那麼多人,跟麥爾康也擁抱無數次。我以為我已經可以拋去青澀的錯覺。

但我還是,心跳得幾乎控制不住,全身發抖。我一直壓抑著不去想,但我最渴望的是這個懷抱,我最想回來的地方是這裡。

我的情感一點都沒有變,一點點都沒有。這不是孺慕、而是愛慕。強烈飢餓感的愛慕。

這不是我應該有的情感。

「……印拉希爾。」他用低到幾乎聽不見的聲音,「噓……別出聲。不能讓他們發現……」他環住我的肩膀,擁緊我,細細的在我耳邊說,「我的小印拉希爾。」

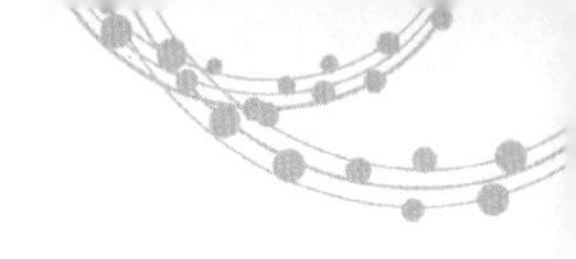

我張大眼睛，臉孔貼在他肩膀上。我沒辦法思考。

這是夢吧？

擁緊他，我空白了好久。我聽到血精靈的呼喝，和翻箱倒櫃的聲音。我們現在躲在聖光之墓的副墓，一個破爛棚架後面的凹洞中。

我們都沒講話，只聽到彼此的心跳和急促的呼吸。我漸漸清醒，掙扎了一下。叔叔卻把我抱得更緊。「別動。」他很低很低的說，氣息吹在我耳上，讓我像是被燙到一樣，「會被發現。」

緩緩的，我將臉貼回他的肩膀，用力的抱住他，無聲的啜泣。

我有多狂喜，就有多痛苦。

十分鐘？十五分鐘？我不知道。但這對我來說實在太漫長又太短暫。

血精靈的腳步遠去，他放鬆我，傷心的看著我臉上和手上的傷口，跟以前一樣。「怕他們去而復來，先別出去。」他露出非常痛苦的表情，像是這些傷是在他身上，「讓我看看。」

我呆呆的看著他的臉，任他在我臉上或手上治療。我一點都不痛，其實，現在用刀砍我的脖子，說不定也沒感覺。

叔叔。

他做了緊急處理，也看著我，戴著鋼鐵手套的手輕輕拭著我頰上的淚。「……叔叔，你怎麼會在這裡？」這不合理啊，「你應該在黑暗神廟那邊……」

「本來是。」他盤膝坐著，將我拉到他懷裡，像小時候那樣，順著我的背。「但我們聽說凱爾薩斯那邊派出一支祕密隊伍，侵入撒塔斯。我奉令去探查……我沒想到他們的目標是妳。」

「……爲什麼？」我茫然了。

他僵硬了一會兒，「大約是妳跟某個長得很像凱爾薩斯的血精靈交往甚密的關係。」我不知道流言傳得那麼遠。但我突然光火，非常光火。「麥爾康只是我的好朋友。」

「……印拉希爾，我不會責備妳。只要妳喜歡他，就算是伊利丹我也沒有關係。」叔叔急促的說，「……他對妳好嗎？妳跟他在一起快樂嗎？」

一股委屈湧了上來，化成眼淚充滿我的眼睛。「……我從來沒有愛上他。他愛的人也不是我。你若看過他就知道了，我們就是好姊妹而已。」

「印拉希爾，妳不用……我不會反對。」叔叔的神情很痛苦。

「我反對，我非常反對，反對而且非常傷心！」我緊緊的握拳，不讓自己去碰他的臉，「叔叔我從來沒對你撒過謊！過去不會將來也不會！」

他呼吸粗重了一會兒，「……爲什麼呢？印拉希爾？戀情很美好，妳正是應該好好的、好好的……不用爲了家督這個位置……」

「去他的家督！」我低低的喊，氣到哭出來，「我會離家這麼遠，我會外出修煉，我

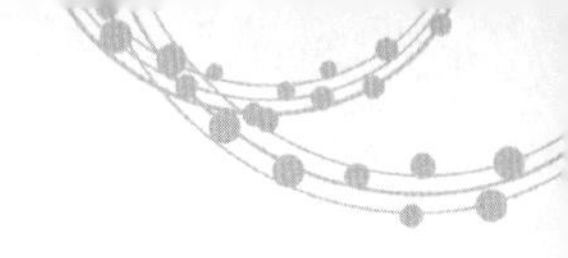

就是想確定……就是想確定一件事。一件我不應該的事情！我早就是女人而不是小孩，雖然我一直希望我只是個小孩！」

叔叔沒有說話，只是望著我，眼神漸漸哀傷而悽楚。「……妳得到答案了嗎？」

我早就得到答案了。

事後我後悔不已，但再給我一次機會，我也會這麼做的。

我吻了叔叔。

這是我第一次，我想也會是最後一次吧？我想到那個早春的沙梨，微甜酸澀的滋味。

我知道他不會回應我，我甚至知道，他心底深愛一生的是上任的印拉希爾，我的母親。他在我身上看到的是母親的幻象，不是我。我什麼都知道。就算我還是孩子的時候，就已經知道得太清楚了。

但他回應我。

這讓我更傷心欲絕。我崩壞了原本的關係，我在他嚴守的榮譽上面染了污點。但他看到的……還是母親的幻象，不是我。

離他遠點，我輕輕的說，「這是我的答案。叔叔……再見。」

我狂奔而去，他沒有追來。

這樣最好，對我們兩個都好。我真正失去可以回去的地方了。

（二十二）

麥爾康點亮燈以後，嚇得跳起來。

我猜我看起來很可怕。剛洗澡的時候，我才發現我鼻青臉腫。我居然用這種臉去親叔叔。

糗透了。

「……誰打妳？老天，我非殺了他們不可。」他尖叫。

總不能告訴你是你老爸吧？我不能逼人家大義滅親。「……皮肉傷。」我攤了攤手，抱著抱枕繼續發愣。

「印拉希爾，怎麼了？」他擔心的直抖，「妳是不是被性侵了？專線是幾號……」

我一腳把他踹下去，氣得幾乎掉眼淚。「我只是被群暴徒揍了而已！」我對他揮拳頭，「什麼性侵不性侵……真遇到這種事情我自己會去看醫生！」

「嗚……」他眼淚汪汪的爬起來，「那妳幹嘛那樣要死不活的？」

「……麥爾康，你接過吻沒有？」我愣愣的問。

「討厭啦，」他害羞的直扭，「人家這麼帥，難免會被親一兩次……有些女生被拒哭得很厲害，你總不能說不給親哪……」

「好極了，」這樣不算奪走別人初吻吧，這傢伙老經驗，「吻我。」

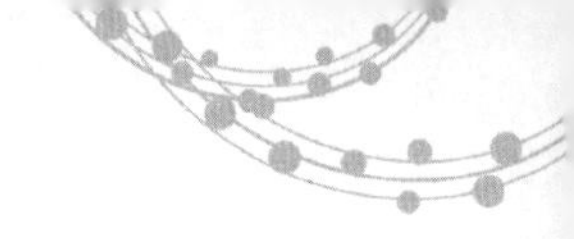

「……什麼？」他尖叫的我耳膜發痛。

「沒關係，」我爬起來穿外套，「我記得那個叫做邁克的獸人好像住隔壁的隔壁……」

「喂喂喂，妳到底想幹嘛？」他嚇得跳起來攔住門，「不要做傻事啊！～」

「……我只是想知道滋味是不是相同。」我現在簡直是萬念俱灰，只欠一死。

他一臉囧像，扭了好一會兒，「……好啦。」

結果我發現，我親叔叔多自然，但要親麥爾康，卻連手腳都不知道怎麼擺。最後只好嘟起嘴來，非常純粹的接吻。

五秒鐘後，麥爾康衝向垃圾桶，我衝向洗手間，不約而同的一起「嘔～」。

吐完以後，我開始哭，越哭越大聲。抱著垃圾桶的麥爾康不知道怎麼辦，只能要我不要哭。

「妳、妳再這樣……我我我、我，我也要哭了啦！」他也放聲大哭。

最後我們兩個哭著，擠在洗手台一起刷牙。我以爲接吻都是那種心魂欲醉的感覺。但麥爾康這麼帥，我只覺得噁心。

只有叔叔才可以。

「嗚嗚嗚，到底是怎麼了啦？」麥爾康哭得兩眼紅腫。

「我遇到叔叔，還吻了他。」但我已經沒有力氣哭了。沒想到哭比攻打地下城還累。

「……那不是很好？」麥爾康忘記要哭。

「他愛的是我媽媽，不是我。」

我沒力氣哭，麥爾康倒是哇的一聲，聲嘶力竭。我真羨慕他體力好，還哭得出來。我現在真的好像被大火燒個乾淨，連灰都不剩。

「對不起喔，麥爾康。」我喃喃著，「我只是想知道接吻是不是都一樣的。」

「嗚嗚嗚，沒關係啦……但我也不知道為什麼會吐，只是……親妳好像在親男生……」

「……謝謝你喔，你真會安慰我。」我翻了翻白眼。

我哭不出來了，麥爾康倒是靠在我肩膀上哭了大半夜。

就說了，他當女生比較適合。

（二十三）

有段時間我像是死了大半個，連哭都哭不出來。當然，應付日常生活和地下城任務沒有問題，但朋友們以為我得了一種叫做「機器人關節炎」的疾病。

……我真謝謝他們替我發明這個新病名，我是不是該感動一下？

雖然麥爾康聽了這個新病名狂笑了五分鐘，讓我忍不住把他摔出大門。但這段失戀到簡直要死人的日子，也幸好有麥爾康陪著我。不然我可能會把十字章扔了，然後從奧多爾高地跳下去。

他真是個好人，雖然他說跟我接吻像是跟男人接吻，也還是個好人。而且他在關鍵時刻阻止我幹傻事，誰知道若那天親了邁克結果會如何。

世界上有那麼多人失戀，也沒聽說失戀會致死。真正死掉的原因是自殺，但這個事實對我幫助不大。

不管怎麼緩慢和痛苦，我的確漸漸痊癒了。好吧，表面上。

我不再去想叔叔，決心當個強勢的家督。聽說部落的大頭目索爾酋長都去轉恢復薩了，沒道理我這個印族家督不行。

專心用功還是有好處的。最少我不再亂想。我跟麥爾康的部落朋友熟起來，也跟聯盟方的朋友處得很好。肯和歐雯也常來找我們吃飯，在撒塔斯這座國際大城市，部落和聯盟的分野變得很模糊，有段時間，我完全忘記盟別的阻礙。

我沒加入什麼公會，但麥爾康被延入部落數一數二的大公會，而且會長非常欣賞他那出神入化的強大嘲諷功力，只是要避免攻略目標會心控。若麥爾康坦的目標將他心控了，這個裝備不壞的坦騎往往活不過兩秒。

聽說他會中所有的負面狀態，包括神牧的痛。

你知道的，強大的能力往往附帶強大的副作用。不分敵我一起嘲諷也是很傷腦筋的。

至於追殺我的血精靈，不知道爲什麼銷聲匿跡。我猜想是因爲阿達歐察覺了他們的入侵，派遣重兵監視的緣故。起碼一兩個月內，我避免獨自行動，卻也沒再遇到暗殺了。

麥爾康在公會裡如魚得水，他既興奮又開心。我完全能夠了解。他在血精靈中一直適應不良，缺乏歸屬感。這個公會很老，成員多半是牛頭人和獸人，充滿粗豪率性的風格。而且，這些大漢都熱情的歡迎他，視他爲一員。

我跟他們成員很熟，我會說獸人語，對他們來說分外親切。而且他們超愛來擠我的小房間，喝酒打牌或者吹牛，我也覺得他們很可愛。

我聯盟的朋友也會來，有時候兩路人馬都快塞爆房間了。我曾經擔心他們會打起來，但喝酒打牌又不用語言，真的需要溝通，我跟麥爾康可以翻譯，或者比手畫腳也夠用了。

在這種吵吵鬧鬧的環境裡，我不但能夠用功，還順利的通過封頂測驗。甚至我失戀的傷口都因此可以結痂，不去碰就沒事。

我曾以爲這樣的日子會一直過下去，曾經這麼以爲。

但某一天，部落的朋友突然不再來了。毫無預警的，麥爾康退了公會。但我怎麼問都問不出來。

甚至在路上遇到部落的朋友，他們露出爲難的表情，只能對我的招呼視而不見。

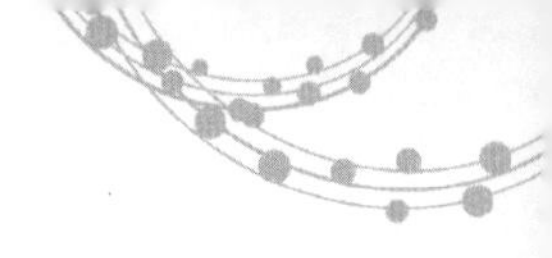

這些都比不上這個國際消息給我的震撼。

我在吃早餐的時候，買了份鐵爐堡日報，在國際新聞版看到歐雯．塞隆的名字。我往下看，三明治掉到桌子底下。

好幾天沒看到她沒錯，但我不知道她因爲叛國被捕、在銀月城交保候傳，並且被褫奪銀月城繼承人的身分。

發愣了一會兒，我覺得背後有視線，轉過頭，看到肯。

他將臉轉開，從我面前走過去，卻從衣袖掉下一張打結的紙條。

上面寫著：「帶釣竿來水池釣魚。」

……我不會釣魚，但我可以裝裝樣子。我馬上去買了根釣竿，衝去城東的水池。

（二十四）

「肯……」我抓著釣竿衝過去，他卻像是聾了只顧著釣魚，等我離他三步，他才低聲，咬牙切齒。

「別叫我、別看我、別跟我說話。這個距離就好，釣妳的魚！」

我茫然沒有頭緒，只能照辦。天知道我只能做做樣子，我沒有釣魚的耐性。尤其是這

種鬼時候，我怎麼有心情釣魚？

就在我盯著池面心焦的時候，肯低聲說，「就這個樣子。我姊姊被抓起來了。」

「我看了今天的報紙了。」我也小聲的回答，「爲什麼？最近部落的熟人看到我像是看到空氣，我做了什麼？到底發生什麼事情？」

「麥爾康沒跟妳講吧？我就知道。」肯嘆息一聲，繼續壓低聲音，「這就是政治。」

我稍微轉眼看他的神情，陰沉而憤怒，像是在整理思緒。

「凱爾薩斯跟燃燒軍團掛鉤了。」他悶悶的說。

這不是新聞吧？雖然是檯面下的動作，大家也都知道凱爾薩斯和伊利丹面和心不和，傳說凱爾薩斯和燃燒軍團已然結盟，這也是占卜者出走的原因之一。

「但銀月城的人卻都不知道。」

……什麼？「但每天都有人從外域回銀月城……」

「對，很奇怪吧？但穿越過薩塔這邊的傳送門回到銀月城，我們就會忘個一乾二淨。關於凱爾薩斯的記憶就停留在他去外域爲血精靈尋找新的生機。雖然回來外域又會覺得很怪，但回去就忘個精光。

「但這根本無從查起……妳怎麼查不在記憶裡的疑問？我姐是審核年度預算有筆不明而龐大的項目，這才追查到這個驚人的真相。」

「……這不可能吧？要操控這麼多人的記憶，這……」我呆掉了。

「可能的。」肯靜了會兒，「在傳送門和入境地安放咒文陣就可以。但這需要耗費很大的經費來維持這個強大法術。我爸爸……我是說，城主大人。他早就知道凱爾薩斯的打算，他用一種愚蠢的忠貞效忠這個瘋狂的王子，就算他將我們帶往滅亡也在所不惜。表面上他是說為了維護銀月城領地的安定，我姐跟他吵到最後，戳破他只是愚忠的保皇黨，他就惱羞成怒了。」

「血精靈需要王子！」城主大聲咆哮，「他的一切都是為了血精靈！」

「就算他帶我們通往毀滅？」歐雯不屈的瞪著自己父親。「燃燒軍團欸，父親，我真不敢相信，我們居然要屈膝於毀滅我們家園、甚至準備毀滅世界的燃燒軍團？父親，你難道看不出來……」

「王子是對的！」城主拍桌子，「他們是該毀滅！那些瞧不起我們、讓我們流離失所的種族都該毀滅！無論部落和聯盟，都該去死！王子的決定睿智而正確！我不該放妳出去亂跑，應該讓妳留在銀月城！結果學了什麼？一肚子大逆不道！」

「我們的敵人不該是其他種族，我們應該跟他們和諧相處並且致力於對抗燃燒軍團！其他種族最少會想要讓這世界延續下去，燃燒軍團唯有毀滅二字！父親……」

「妳給我閉嘴！……」

「我姐跟他吵了好幾次，最後我姐說要把事情公諸於世，他就把我姐關起來了。」他短促的冷笑一下，「結果我成了銀月城繼承人。」

「……天哪。」我幾乎說不出話來。

「這還不是最糟糕的。」肯細聲說，「上回麥爾康回去考封頂測驗，短暫昏迷了十秒，妳知道嗎？」

他摩挲額角，「反正我不知道那票瘋子是怎麼弄的，他們把麥爾康弄昏過去，取了他一點血，就靠這一點血確認了凱爾薩斯王子和他的親屬關係。若不是現在局勢太微妙，凱爾薩斯現在正在敷衍伊利丹又跟燃燒軍團結盟，他會把麥爾康帶走的。但他現在不敢冒險，卻很關注他的孩子。」

「所以他派人來暗殺我。」我喃喃著，「他以為皇儲和一個德萊尼鬼混。」

「他這麼做？」肯緊張起來，「後來呢？妳現在安全嗎？」

「那魯們一直很注意他們的動向，別擔心。」我覺得有點缺氧，「暫時應該沒有問題。」

「妳不能跟麥爾康在一起了。」肯揉了揉太陽穴，「妳知道他退公會的主因？」

「我不知道，他不告訴我。」我的心情越來越低落了。

「……銀月城花了一大筆錢去運作，促使部落方正視聯盟間諜造成的惡劣影響。管不到撒塔斯方，但他可以運作部落方。我姐被抓起來之前，他們就常吵了。妳知道我姐的，

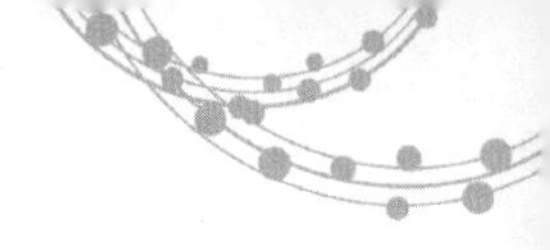

她總是希望可以諸種族和平相處，城主早就認爲她受了聯盟太多『污染』。」

他短短笑了一下，「他把繼承人的位置給我，又放心派我去勸姊姊……就是因爲之前我跟他的想法很接近。但人都會改變。」他眼眶紅起來，「不過我不像姊姊那麼傻。」

「聽著，小印。現在部落方下達行政命令，不准與聯盟有接觸，被抓到會有嚴厲的處分。撒塔斯佈滿了這類祕密警察。之前因爲麥爾康的身分，我父親不敢動他，但王子知道妳和麥爾康的事情了，他不會饒妳。快跟麥爾康斷絕關係！」

「……爲了我自己的性命拋棄麥爾康？」我辦不到！

「妳因爲麥爾康死掉，他要怎麼辦？」

我說不出話來。

「我姐要我勸妳，我也要勸妳！不會永遠都是黑夜的……」他大大喘口氣，「我們都會長大，繼承權力。我是父親眼中的乖孩子，他不會動我，只要他沒發現。我會緘默到我繼承城主那一天爲止。小印，妳將來是印族家督，麥爾康將來是血精靈的王。我姐要我來找妳，她說，只要我們都不忘記這份初心，不久的將來就會出現曙光。

「我懇求妳忍耐待時。」他嗚咽著，「我、我從沒想過我會成爲城主繼承人。這原本是姊姊的使命。我怕我辦不到……但爲了姊姊，我非辦到不可……」

「……歐雯還好嗎？」

他不說話。

我好害怕。大人爲什麼這麼奇怪？他們掌握權力，就想盡辦法要戰爭、要將世界毀掉，用各式各樣的手段。

我將來不要成爲這樣的大人。

「麥爾康被監視的很嚴重，我不能去找他談。」肯稍微冷靜一點，「妳願意告訴他嗎？他不能再這樣傻兮兮的了。就像我不能一樣。」

「……我會的，」我又有點缺氧，「我會的。」

（二十五）

我呆呆的回到房間發呆。麥爾康出去了，我獨自面對一室寂靜。

我必須跟麥爾康分開。

但這完全不合理啊。我們什麼事情都沒有做，我們就是好朋友，相依爲命跟親人一樣的好朋友。

我們沒有傷害過別人或者礙到別人過，爲什麼要因爲大人奇怪的毀滅性格，我們就得分開呢？

我好生氣，好想哭，好想尖叫或砸些什麼。

但我什麼都沒做，只是坐著發呆，瞪著陽光一寸寸的游移。點點滴滴的回憶。我們一起笑、一起哭，他背著斷腿的我在海岸奔跑，在我痛苦欲絕的時候，他耐性的陪伴我。許許多多的往事，三年多來耳邊都塞滿他的聲音和笑語。

我愛他宛如愛我自己，我愛他宛如雙生姊妹。

夜幕低垂的時候，我也已經冷靜下來。

等他蹦蹦跳跳的進了房間，依舊是一臉無憂無慮的笑容。「印拉希爾！妳今天這麼早回來啊？」

「……麥爾康，我知道你為什麼退公會了。」沒想到我可以冷靜到這種程度。

他的笑凝固起來，侷促的將眼睛挪往旁邊，「……那根本不合理嘛。大家都勸我要遵守禁令，為什麼我要遵守這種莫名其妙的法律？」

「你記得我鼻青臉腫回來的那一天嗎？」我喃喃著。

「妳說接吻那一天啊？」他微偏著頭。

可以的話，我希望他永遠這麼無憂無慮，吵得要死，蹦蹦跳跳的繼續娘下去。

「……對，就那天。」我把所有的事情都告訴他了。包括他父親派人暗殺我，歐雯被她老爸抓起來關，和肯告訴我的一切。

他臉孔越來越白，最後簡直是慘無人色。我的心非常痛，我真不懂，我居然有辦法如此語氣平靜，像是談天氣一樣。

等我說完，他沒說話，眼睛瞪得大大的。「……我聽不懂。」他輕輕的、怯怯的說。

「你聽得懂。」我冷靜到接近冷酷的說。

「人家不要聽懂！」他又嚷又跺腳，「我不要聽我不要聽我不要聽！」

「麥爾康你該長大了！」我大聲，「不是你不要聽就可以了。我們要出發了，你懂嗎？我們該出發了！如果你真的很重視我，如同我重視你一樣，那就趕快長大吧！爲了未來可以安心握手擁抱，不被別人打擾我們的友誼，你就快點長大吧！」

「我不要長大！我哪裡都不要去！」他哭喊起來。

「你不愛我嗎？」我也哭了，「但我很愛你啊，麥爾康。我就像愛自己的雙生妹妹一樣愛你啊！以前我只覺得我該扛起責任，現在我覺得我非當家督不可，你不明白嗎？我要、我要改變這個該死的現況，我希望有一天，可以和你光明正大、快快樂樂的牽手一起散步，而不會有什麼該死的法令或權威人物阻止我們啊！」

頹下肩膀，我矇住臉，淚滴不斷的從指縫潸然而下。我知道，我跟麥爾康這種情誼難能可貴到極點，說不定比愛情更奇蹟。我們比朋友更朋友，比親人更親人。我們若生爲同性可能會幸福點，但因爲生爲異性，才更珍稀。

所以要分離才會特別痛苦。

「……不要哭，印拉希爾。」麥爾康抱著我，哭得比我還厲害，「不要哭，印拉希爾……我、我會成爲血精靈的王，我會……我會努力……」他嚎啕起來，「因爲我愛妳啊，我真的很愛很愛妳啊！我希望將來、將來……將來還可以跟妳散步！印拉希爾……」

我們相擁而泣，哭了一整夜，互相親吻對方的臉頰和眼淚。最後他趴在我膝蓋上不斷啜泣，直到睡著。

撫著他金色的長髮，我像是失去所有的一切。

先是叔叔，然後是麥爾康。果然一切皆是無常。

等他睡熟，我讓他在床上躺平，幫他蓋好被子。呆看了他一會兒，他的睡顏甜美，眼角卻還有一滴淚。拭之不去的眼淚。

我不放心，我好不放心。但我也只能摸摸他的額頭，轉身離開。

蒼白的飛去贊格沼澤，我想我應該不會再來撒塔斯。下了鳥，我在泰倫多爾的旅館租賃了房間。

從平台望出去，非常遼闊，天空旋著溫柔的紫。天亮了，白雲飄飛。

我像是看到一個血精靈少年和德萊尼少女搭著肩膀，又笑又叫的在沙灘跑步，他們的笑，多麼無憂無慮。

躺在床上，我遮住眼睛，卻沒有哭。眼睛像是著了火，苦澀的疼痛著。

（二十六）

整整一個月，我沒進入撒塔斯。

我覺得好像是我的心臟沒了，什麼都沒有。失戀的時候可以撐下去，是因爲麥爾康在我身邊，現在我失去麥爾康，誰也不在我身邊。

我也不要其他人。

直到逼不得已，我必須去奧多爾交印記，我才像是逃難般，一大清早就衝去，希望馬上就能回來。

結果護光者收了我的印記，卻笑笑的看著我。「印拉希爾？」

我困惑的看著他。「……是。」

「旅館老闆說，看到妳的話，要妳去找他一下。」

啥？我摸不著頭緒，事實上也不想去。我怕遇到麥爾康，我怕我會崩潰決心。但，這麼早，說不定旅館老闆有什麼任務要幫忙也未可知。

我去了。

旅館老闆笑了笑，「妳很久沒來買麵包了。買一些吧，我幫妳打折。」

我不懂。但我掏出錢買了幾塊麵包，旅館老闆卻用個很大的紙袋裝起來。我接過手，沉甸甸的。

滿腹疑惑的搭了鳥，我在鳥背就打開紙袋，那是一大疊、厚厚的跟書一樣的信。而且用種奇怪的文字寫。

表面上看起來是通用語拼音，但組合起來完全看不懂。這是麥爾康的筆跡。看了好幾遍，我已經回到泰倫多爾，呆了幾秒，我抓著紙袋衝回旅館，掏出紙筆，一個字一個字的翻譯。

麥爾康這傢伙……他用通用語拼音，寫德魯伊古語。我跟他學獸人語的聽說讀寫時，我也教了他通用語。

我撐著臉笑，但也哭了起來。我明白他的意思，我明白。當然我們可以用別人一看就懂的文字，但接到信必須毀去避免麻煩。用這種密碼似的書信，最少可以留得久一點。

我感謝奧多爾諸多善心人，我是如此幸運。

哭了一會兒，我寫了封很短的回信，約定下個月正式回信給他。路過撒塔斯的時候，交給旅館老闆，她笑得很燦爛。

一開始，真是痛苦。我得翻譯過才看得懂他在說什麼，漸漸就流利起來，然後一目十行。雖然我知道他說得不過是些瑣瑣碎碎孩子氣的事情，但我回給他的也只是每日點點滴滴。

我終於體認到一個重大的事實。

誰也不能逼我跟麥爾康斷交，除非我們互相討厭了。只要心還在一起，血還是熱的，就算天涯，也不夠遠。

我從來沒有失去過他。

偶爾，偶爾我們會巧遇，在對方眼中看到狂喜和隱隱的淚。但他會眨眨眼，我會悄悄舉起大拇指。

我知道他過得很好。通過幾年的信，所謂滴水穿石，戴拉終於答應他的約會，即使只是在銀月城的酒館小酌。但這傢伙……居然鼓起勇氣吻了戴拉。雖然被戴拉一掌打到貼牆壁，但答應了他下次的約會。

他在信裡尖叫轉圈圈，我也回信去尖叫。

我可以放心了。

＊＊＊

時光過得很快，一年年不易察覺。我在二十五歲那年，申請了成爲家督的考驗。你不知道長老的表情有多精彩……他的下巴差點掉到地上。

「……妳打算結婚？」他瞠目瞪著我。

「不是，我要接受考驗。」

「妳知道考驗是什麼意思嗎？」他的聲音拔尖顫抖。

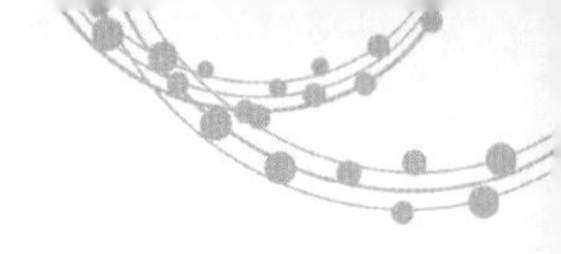

「知道啊。」我點頭，「我要通過第七月代印拉希爾相同的考驗。」

我猜這刺激有點大，他昏過去，帶倒了衣帽架。

應該沒有那麼令人驚駭吧？雖然這些考驗慘絕人寰，但我總得試一試。當然，結婚最快，但那就成了只會生孩子的家督了。

我要成爲被信賴被倚重的家督，舉足輕重。我有需要捍衛的目標，我需要力量。當然，好幾百年沒出現自動要求通過試煉的家督候選人了，長老群炸了起來，還驚動了費倫首領。

……事情不用鬧這麼大的，拜託。

他們不能拒絕我的要求，卻可以修改試煉內容。或許他們怕在太嚴酷的試煉中失去唯一的家督候選人，所以他們把這燙手山芋交給阿達歐，開始了那魯的試煉。還派了四個英俊瀟灑的德萊尼勇士來幫助我……

事實上，這是相親吧？他們說什麼培養戰鬥情感，真的完全是見鬼。

長老們的想法相當好笑，他們希望我半路就愛上某個勇士，然後乖乖結婚放棄危險的試煉。

「第七月代四十歲才結婚。」我試圖說服他們打消這個愚蠢的主意。

「那是她太完美，直到四十才遇到足以匹配的對象。」

……好，我知道，我沒那麼完美。「我心有所屬。」我不可能再愛上其他人！

長老瞪了我一會兒，「老天，妳還想著那個血精靈！你們不是分手很久了嗎？印拉希爾，血精靈都是禽獸壞蛋騙子和娘炮！妳到現在還看不清他們的真相嗎……？」

我明白，我不可以敲長老的腦袋，他年紀那麼大了。所以我只是翻了翻白眼，大跨步的走出去，後面跟了四個門神似的勇士。

這完全不像要去試煉好不好？看起來完全像是黑社會要去打架。

我沉重的嘆了口氣。

（二十七）

我最近常想到麥爾康說的話，「親妳好像在親男生。」覺得我該好好檢討一下。

這四位勇士成了我把酒言歡的朋友，他們甚至跟我一起討論女人。（……）

還試圖帶我去看豔舞。（死）

「……我很沒有女人味？」我喃喃自語。

四勇士說，「印拉希爾很有女人味啊……身材和臉孔的確是。」「內心可是比男人剛強喔！」「哥兒們把命賣給妳了啦！」「敬家督！乾杯！」

當真無語問蒼天。

但我跟他們出生入死，同甘共苦。在鐵爐堡日報的花絮上看到的聳動標題是：

「四勇共享寵愛，家督情歸何處？」

哥兒們笑得很開懷，我想找到那個特約記者砍他個十七八刀。更糟糕的是，長老居然寫信來要我選一個，不可以四個都要。

我……我……我除了把報紙和信撕個粉碎，我還可以怎麼辦？

唯一跟我憤慨的只有麥爾康，他說他寄了硝化甘油給報社。

……原來不久前的報社爆炸事件是這麼來的。

在哥兒們的護航下，我拿到「那魯的勇士」這個稱號，通過第一階的試煉。然後我得獨自去面對阿達歐最後的考驗。

我勉強鼓起勇氣，面對阿達歐。

他「凝視」我很久。「我認識初代印拉希爾的母親。妳擁有她相同悲傷的眼睛。」

在他的「凝視」下，我有窒息、並且欲淚的衝動。那個失去所愛，痛苦莫名的女戰士，我的先祖。

「妳要走的路崎嶇而漫長。」他似乎可以看透人心，「妳決定了嗎？」

「我早已下定決心。」

他似乎在笑，美妙的聲音充滿我的靈魂。

「妳去影月谷的此處。」他在我腦海印出清晰的影像，「聽聽內心的聲音，三天後，回來見我。」

這是試煉內容？

但我照辦了。我飛到那個山巔，只勉強有個房間大的平台。風很強勁，我用披風裏緊自己。抬頭看，撕裂的天空有著奇異的星河和極光。

站在山巔，觸目都是遼闊、憂鬱的風景，熔漿、火山，充滿傷痕的大地。風歌低吟，旋即高亢，哀號似的吶喊。

德萊尼族曾經的聖地，現在已經被玷污到不堪聞問的地步。

叔叔每日所見的，都是這樣悲傷的風景嗎？

九年了。

從我十六歲離開家鄉，到如今，九年了。五年前見過一次以後，再也沒有謀面、未曾通訊。但很好笑的是，我的心意依舊如故。

我真死心眼，而且頑固不知變通。不愧是他教養大的女兒，連死心眼都相同。當年他被挑選爲我母親的侍衛，原意是要當母親的丈夫候選人，叔叔也愛上她。但我母親愛上別人，從來沒有愛過他。

但他不肯改變心意，只是深埋心中，依舊忠誠的護衛我的母親和父親。我父母戰死時，他正帶另一支小隊突破重圍衝入救援。他差點也死了，卻自責甚深。

他愛我母親一生不改，而我愛他一生也不改。這說不定是種償還。

或許等我四十歲，我會選個健康的男人生孩子。但那還好久以後的事情了。

抹去眼淚，我笑起來。真好笑。阿達歐要我聽內心的聲音，我卻淨想這些沒用的事情。

但我沒有機會好好想這些……應該說，我總是把自己弄得很累，倒下就睡。每天都塡滿忙碌，我就不會去碰到結痂的傷口。

但我現在，沒別的事情可以做。我只能想他，脆弱的。

要幾個九年我才能忘記他呢？我是不是要抱著這個傷口痛上一生呢？我沒有答案，我真的沒有答案。

呼出一口氣，我握緊拳頭。加油，印拉希爾。妳可以的。完成阿達歐的要求吧，好好的聽自己內心的聲音……

我聽到哀戚的風，吹拂過無盡滄茫的荒野，聲音卻是悲哀的溫柔。

「印拉希爾。」

我睜開眼睛，卻不敢回頭。

鎧甲唏唆的聲音在我背後站定。我交握著手，指節發白，聲音卻意外的平靜。

「好久不見，叔叔。」

（二十八）

我不敢回頭。拜託，我都二十五了，我居然還跟十五歲時一樣，心跳得這麼快。不敢回頭。

他輕輕環著我的肩膀，從背後抱住我，跟小時候一樣。我依舊交握著雙手，怕鬆手就失去勇氣。

「……叔叔，我長大了，已經不是小孩子了。」我的聲音發顫。

「我知道妳長大了。」他低笑一聲，傷感的，「我也老了。」

「叔叔永遠不會老的。」我也笑，只是有點發抖和欲淚。「……你怎麼會在這裡？」

「阿達歐召見我，」叔叔頓了一下，「要我聽聽自己內心的聲音。」

……爲什麼？難道這是我試煉的一部分？那的確是我最艱苦的試煉，之前的任務成了家家酒似的小玩意兒。

這太難了。

「……你聽到什麼了嗎？」

他沉默很久，「我想到五年前……」

「不要說。」我蒼白著臉孔低下頭，我不要聽。

「讓我說。」他的聲音很低，充滿痛苦。

僵持了一會兒，我軟弱下來，「……好。」

「我愛妳的母親。」

雖然早已知道，但我聽到的那一刻，還是被戳了一刀。我贏不了她，甚至不能忌妒。她是我過世的母親。

「到她死的那一刻我依舊愛她，恨不得跟她一起死去。但我看到妳……小小的女孩兒。真的還滿險的，差一點點，妳就是我的女兒。因爲妳我才有活下去的勇氣，我不能看妳孤苦伶仃。

「我無法離開妳，離開妳我就了無生趣。再激烈的戰事我也帶著妳，那時我一定是瘋了……讓個小孩在危險的戰場上。但我覺得與其拋棄妳一個人，不如一起死。直到墜機……」

他將我抱得更緊。「我差點失去妳，印拉希爾。妳就這麼冰冷的躺在我懷裡，沒有呼吸和心跳。那時妳還不到十三歲，已經有少女的模樣了，妳的人生才開始……」

他的眼淚滲入我的後頸，非常滾燙。「我不斷呼喚妳，一遍又一遍。我發現……我已經想不起妳母親的模樣了。」

他的聲音很低很細，充滿痛苦和自責。「我愛上我帶大的孩子，她還沒十三歲。」

我沒辦法開口，全身都僵硬了。我在發抖，不斷的發抖，卻不是因爲寒冷。

「這是不應該的。妳還那麼小，什麼都不懂。身爲一個聖騎，我卻有這樣污穢的想法，這不對，這完全不對……抱著妳的時候我很自責，妳那麼信賴的貼在我胸口喊我……但沒有妳我又覺得很空虛。我這麼愛妳，卻不是用父親的態度……我很抱歉，印拉希爾……」

「叔叔。」我輕輕的喊他。

「印拉希爾，一定是我的態度給妳壞的影響，一定是的。雖然我覺得我隱瞞的很好，但妳一定被影響了。」他說得很快很急，「我不是想回戰場，而是我必須離開妳。妳的人生才要開始……我撫養妳並不是要滿足我的私慾。請妳原諒我……」

「叔叔，你並沒有做錯什麼。」我喃喃著，湧起酸楚的哽咽。

他停了一會兒，將臉埋在我後頸，「五年前……我以為，時光過去這麼久，我應該……但我忍不住，我……」

「是我主動要給你答案的！」我喊起來。

「但妳還這麼小……」

「我十五歲開始就不是孩子了。」我的手握得更緊，像是要把自己抓傷，「今年我二十五，通過大半的家督試煉。我很早就是女人了，而我只愛一個人。我也以為我會改變，但我改不了。我知道這背德，我也掙扎過，但我就是沒辦法改變……」

我哭，聲嘶力竭的，「我怕在你的品格上染上污點！不然我一過黑暗之門只想飛奔到你懷裡！除了你我什麼都不要，我寧可孤獨一生也不要別人！你為什麼不追上來？你為什

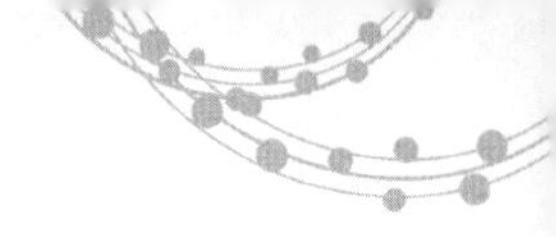

麼丟開我這麼久？」

轉過身，我揪著他，用盡我最大的聲量，「你怎麼可以拋下我這麼久！你知不知道這五年我是怎麼過的？你怎麼賠我？你怎麼賠我！」

叔叔的頭髮，白了好多好多。我好心疼。

他摸了摸我的臉孔，抵著額，將我抱緊。我跟小時候一樣，滿腹委屈的在他懷裡放聲大哭。

我猜我的試煉完蛋了。阿達歐要我去聽內心的聲音，我跟叔叔抱著哭了半天，然後坐在他膝上，說了三天的話。

呃……還有接吻。

最少叔叔不會說親我像在親男生，我也感覺很棒。但要從父女形態進化到情人形態還是有困難的，一來是我完全不懂，二來是叔叔還有聖騎的榮譽感。再說，山巔很冷。

結果我們兩個很羞愧的在阿達歐面前半跪著。沒想到我最後被自己打敗。

但阿達歐說，「恭喜妳通過試煉。」

……啥？

「妳現在是個完滿的人了。也將有勇氣行走崎嶇坎坷的道路。」

吭？

「敖索托，也恭喜你，了解真正的榮譽爲何。」

叔叔恭敬的行禮，但我只聽得一頭霧水。那魯真是一種謎樣的生物，連說話都跟講謎語一樣。

二十五歲那年，我成爲印族家督。

〈末章〉

我把跟叔叔的事情寫信告訴麥爾康，第二天去奧多爾旅館就收到回信了。大約有十頁，他是熬夜回信嗎？

結果第一頁，寫了滿滿的「啊啊啊」，第二頁「喔喔喔」，第三頁「尖叫尖叫尖叫」。

……你到底想說什麼？

到第四頁他才龍飛鳳舞的表達他的激動和開心，並且給了我很多「建議」。看起來他跟戴拉的進展神速，難得這位牛頭姊姊不嫌棄他這麼娘。

不過麥爾康，我是女生。你的「建議」我大半都不能用，但我還是感謝你的心意。

我邊搖頭邊笑，翻到最後一頁，他草草寫了一行，「我認祖歸宗了。@_@y」。

……喂！你沒用的寫那麼多，真正重要的才寫一行，你搞什麼啊，麥爾康！

後來我聽聞了凱爾薩斯敗走的消息，銀月城宣稱與凱爾薩斯無關，並且公開了新的皇儲。

麥爾康，你就不能少說些廢話，寫些真的有用的消息嗎？

這幾年，發生了很多事情。

肯加入了占卜者。但據我所知，他不是加入陣營，而是祕密的準備成爲占卜者。這是肯跟麥爾康說，要他有機會告訴我的。我因此知道他的決心。

他的決心在歐雯過世以後更加堅定。麥爾康寫信給我說，他以爲肯會崩潰，因爲早年喪母的肯是歐雯帶大的，但肯卻意外的冷靜沉著，並且通過占卜者的入會考試。

歐雯的死因是魔法過度成癮。

……我沒想到當父親的人會用毒品控制自己女兒，讓女兒無法逃走，最後還因此而死。

我想到她美麗的容貌、堅定的意志，和無比的熱情。我來到撒塔斯，當初我們會談的僻靜角落，默默的放上一束鮮花。

第二天，那束鮮花插在水晶瓶裡，我湊近去看，發現水晶瓶底有些異樣。瓶底刻著：「謝謝。期待曙光。」

我又刻了一行字在下面：「不負初心。」

說不定，在我們這代都無法開花結果，我們的努力。但只要不忘初心，有一天，或許在我們兒女、或子孫的某一代，我們堅持呼喚的和平，將會到來。

即使已經成為家督，我也絕對不會忘記。

＊＊＊

啊？叔叔？這不能跳過去嗎？（轉頭）

這個……欸，我剛成爲家督不久，還沒有建樹，怎麼可能這麼早結婚？

不過爲了不讓鐵爐堡日報亂寫，我跟叔叔訂婚了。長老倒是笑到臉快裂成兩半。

即使如此，鐵爐堡日報還是八卦滿天飛，什麼「叔侄密戀」都跑出來了，我每天撕報紙都撕到手酸。

我們還是分隔兩地就是了。他駐守在黑暗神廟之前，和那魯並肩作戰。而我回到艾克

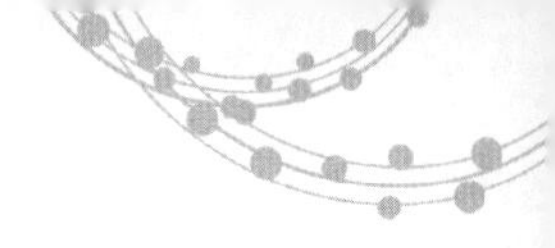

索達擔任家督和首領費倫的資政。

不過他每十天會排一次假回來，我們還是住在當初一起住的小屋。

至於其他，恕不奉告。因爲我剛採了一大籃沙梨，正要拿去洗呢。今天，可是他難得的休假啊。

你聽，他敲門了。我也該去迎接他了。

畢竟他的懷抱，是我最想回去的地方。

（完）

附錄

以下是血精靈的官方簡史：

在遙遠的數千年前，被驅逐而失去魔法之力的高等精靈們在羅德隆海岸登陸，他們在極為艱困的情況之下建立了奎爾薩拉斯王國。然而這些高等精靈們為了滿足自身的魔法慾望，利用當初從永恆之井所撈取的一小瓶井水建立了太陽之井，雖然日子過得極為辛苦，這些顛沛流離的精靈子民們總算有了個棲身之所。

（血精靈對魔法成癮，類似吸毒的毒癮者。血精靈終生都在學習如何不被魔法癮頭控制）

時光流逝，歲月如梭，雖然不安穩但是尚可接受的生活突然被破壞，太陽之都突然在天譴軍將領——阿薩斯王子的指揮之下遭到攻破，這些邪惡的不死軍團屠殺了太陽之都幾近所有的居民，並且利用太陽之井的能量，將最強的巫妖——科爾蘇加德復活。

（太陽之井因此毀滅，血精靈幾乎滅族，也失去藥源……呃……）

（此時血精靈還是聯盟成員，但遭受聯盟惡待，後來脫盟）

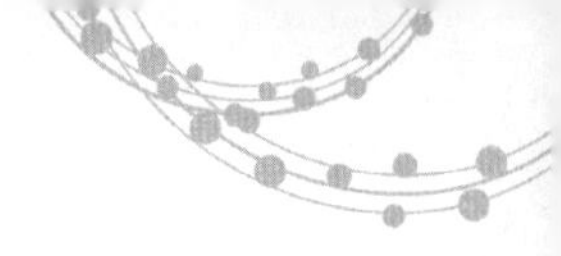

當災難過後，這些精靈明白他們已經一無所有，以往的魔法毒癮，又重新在他們身上發作。在這些精靈最爲黑暗的時刻，凱爾薩斯‧逐日者，最後一個皇家血脈，他了解到他的同胞是多麼依賴魔法能量，在爲了替同胞尋求一條生存路線，他不惜冒險進入外域中投靠伊利丹，不管是虛空中奧術能量也好，惡魔的能量也好，只要是能幫助同胞生存下去，凱爾薩斯會毫不猶豫挺身而出。

（但凱爾薩斯去外域投靠伊利丹時，他的同胞並不知情，只知道凱爾薩斯去為他們尋找出路）

當玩家選擇血精靈當作你的起始種族時，出生地並不是在外域之中，而是爲了跟外域中的凱爾王子會合，不得已而跟部落結盟的血精靈們，也許往後的立場不同，說不定你也有可能會跟凱爾王子一戰。

（起始地點在逐日者之島，就是被毀滅大半的銀月城——太陽之都）

＊＊＊

以上是官方說法。

所以我大膽的插入野史。

凱爾薩斯出發去外域之前，依舊身在聯盟作戰。偶然邂逅了麥爾康的生母，當時她是

有夫之婦。但還是一見鍾情，甚至背著麥爾康的父親有了王子的孩子，並且獲贈信物。

後來麥爾康的生母輾轉和王子取得聯繫，告知產子的消息，而且孩子越來越不像她丈夫，越來越像王子。即將去外域的王子立刻命令銀月城方面派遣軍隊去迎接這對夫婦和孩子，但經過東瘟疫之地時，被天譴軍團襲擊，麥爾康的父母身亡，孩子不知去向。

但銀月城方面不敢告訴已遠赴外域的王子真相，畢竟這是唯一的皇儲，一面暗自尋找。

直到血精靈與部落聯盟，出使到部落的大使驚見和王子非常相似的麥爾康，將他帶回，並且告訴他所有的過往。驚嚇過度的麥爾康卻將他出生就有的信物丟棄，矢口否認。

麥爾康的生母是塔貝薩的學生，曾經因為孩子越大越不像丈夫的事情向塔貝薩求救過，也是塔貝薩建議並幫助她連絡上王子的。而塔貝薩也跟王子有交情。

這就是八卦的真相。

……

是說我沒事設定這麼多幹嘛啊？

作者的話

這部小說會出版，我可能是最震驚的。當編輯告知我已經和智凡迪談好了，我陷入嚴重渾渾噩噩的狀態。

我對魔獸世界非常迷戀，但我切入的點和其他人不盡相同。

對於這個龐大架構、充滿史詩感的網路遊戲，我被任務抓得緊緊的，在執行任務時不斷的有故事冒出來，以至於滿到不能再滿，不得不寫出來。

當初我是直接在 ptt 的魔獸版寫，寫的時候也沒什麼想法，只是很直接的想要將滿溢的故事說給同樣沉浸於此的朋友聽，所以我很開心的寫了又寫，即使是在瘋狂趕稿中也沒辦法停止。

在寫作的過程，甚至引起幾次wow版的暴動，我常在螢幕之前狂笑。但也因爲版友的熱情，才有這本超過十三萬字的大部頭同人小說。在此我一定要感謝一下 ptt 的版友們，謝謝你們的熱情回應。

但我真的沒想到，這部純粹寫娛樂的遊戲之筆，居然要出版了。不僅僅是我，連幫我畫插畫的特莉亞都像是被雷打到。

（原本只是想出出同人誌就算了……為甚麼事情會變成這樣～）

但是最糟糕的是，這是我寫的魔獸小說中的一部分而已。囧

我想要是統統塞進來，這本就可以當作年度最佳兵器……（沉默）

所以我選了聖騎世家帖斯特府三兄妹（日影和恩利斯為親兄弟，翡為堂妹）為主題，和印族家督的印拉希爾，合併成一本書。

在書寫時，採取了許多別人的梗，當然也有我的感觸，因此構成這本同人味道非常濃厚的魔獸小說。

以下是分別的雜感，希望能夠讓讀者更容易進入這部小說的世界。

關於「光與闇」和「悸動」。

這是用魔獸背景寫出來的小說，但又不完全契合。

會寫「光與闇」和「悸動」，只不過是兩個畫面非常煩擾我。一個是星耀在卡拉贊的闇影猖獗，另一個則是紅葉臉上那滴滾燙的淚。

就是這兩個畫面日夜在我眼前，讓我非常煩躁不安，萬般無奈下才開稿寫作，開始了「地無三里平」的魔獸挖坑之旅。

（我覺得早晚我會被自己摔死）

只能說這是「類魔獸」，採納魔獸世界的背景設定，卻不是完全的遊戲設定。所以我相信沒玩過魔獸的讀者應該看得一頭霧水，許多笑點笑不出來。在這裡我得爲了作者的任性致歉，同時推薦一些可以讓讀者閱讀的資料或書籍。

其實暴風雪說故事的本事很令人讚賞，這也是我會取小巧偏鋒不去觸及正史的緣故。整個波瀾壯闊宛如史詩，魔獸爭霸系列的故事即使是沒有玩過的人也會感到感動。

各位可以去魔獸官網翻閱，對故事的背景有進一步的瞭解，減少一些痛苦感。

也就是說，我偷懶沒有自己設定，而是借用了魔獸的設定寫了這兩篇小說。

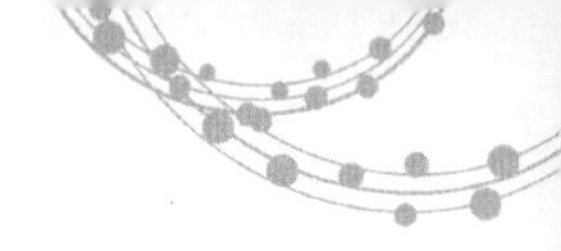

順便說明在這兩個故事裡出現的職業。術士和聖騎士：（若本身是魔獸玩家，可以將此跳過不看。）

術士在許多奇幻小說裡都有其蹤影，但與法師總是混淆不清。在魔獸的設定中，給了術士很明確的地位：闇法施行者，與惡魔打交道，擅長召喚與反召喚。

所以術士除了殺死敵人外，還可以吸取靈魂碎片，改作其他用途。比方說，治療石。這是一種暱稱為「糖」，可以補充血量的道具。靈魂石，這可以使用在自己或隊友身上，將靈魂保存在虛空中，若是死亡可以原地復活。

所以說，星耀會發糖綁靈魂石，就是讓隊友在危急時可以吃下糖不至於猝死，綁靈魂石是確保一個隊友不死（通常是補師），這是術士的基本工作。

用黑暗的力量保住全隊的安全。

然而，術士是闇法施行者，所以精通各式各樣的詛咒和負面魔法，簡稱 dot。若讀者不了解，可以想像成各式各樣的蠱毒。是持續緩慢的扣血，唯一的直接傷害法術是暗影箭，但這是單體傷害法術，並且需要施法時間。

（就像明峰也必須時間念咒，不管是多好笑的咒……）

星耀獨有的暗影箭雨，就如同字面上的解釋，是瞬發而攻擊多位敵人的暗影箭。這是

小說家的虎爛，事實上，玩家所操控的術士不會這招，這是某些副本 boss 才會的技能。

此外多解釋一個專有名詞：AoE（或稱ＡＥ）。ＡＥ是廣域性魔法的縮寫，我想大家看動畫應該有所了解，就是那種大範圍，會冒出蕈狀雲，像是原子彈爆炸的法術。在魔獸中通常都稱爲ＡＥ。

術士的ＡＥ技能有兩種，一種是火焰之雨，在固定範圍內下火雨，每幾秒造成多少傷害。

另一種是腐蝕之種（或稱腐蝕種子）。這個技能很奧妙，他的概念像是在怪物的體內種下定時爆炸的蠱毒（十八秒後），但這個奇妙的腐蝕之種在怪物累加傷害到1044的時候會提早爆炸，造成一千以上的傷害。但若是有兩個以上的怪物都中了腐蝕之種呢？這時候就會引起連鎖爆炸，傷害非常恐怖。

但這個技能是術士七十級才會的（在文內設定為最高等術士），所以星耀算是天賦異稟的實驗品。

術士又是優秀的召喚士，可以從異界召喚惡魔前來幫助作戰，是爲僕從。不管是魅魔還是虛空行者，甚至是地獄犬，都是惡魔僕從。電得日影滿街亂跑的地獄犬，被稱爲法系殺手（笑）。只要知道地獄犬非常威猛，除了獵人，擁有法力的職業無一不懼就好了，不用了解得太深入。

正因爲是優秀的召喚士，所以可以逆轉召喚儀式，將惡魔或元素生物放逐出這個世界

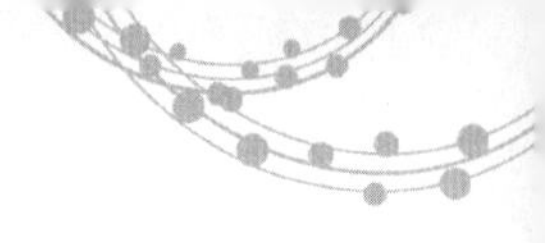

（暫時）。

這些都是術士的基本技能，但術士還有三系天賦可以加強。分爲痛苦、惡魔、毀滅。痛苦系術士就是加強 dot 的威力，惡魔系術士加強惡魔僕從的能力，並從中得利，毀滅系就像是闇影版的強大法師了。各系都有大絕招，但因爲天賦點數有限，不可能有三系大絕並存的術士存在。

星耀則是特例。這也是她爲什麼會憂心忡忡，自我封閉的緣故。

聖騎士也在奇幻小說中常常出現，當然有人稱爲騎士。崇敬聖光，並循聖光之道行事。在魔獸世界中，聖騎士的定義是惡魔與不死系的專家，能夠坦（防護系）、補（神聖系）、攻擊（懲戒系）。

在最近的改版中，大大增強了防護系聖騎的技能，讓他們成爲群坦的優秀高手。而神聖系聖騎則擁有高超的治療加成，號稱鎧甲奶媽。懲戒則是狂熱暴力的攻擊手。

而日影是防護系聖騎，所以他是坦克又是隊長。剋星大概就是會沉默的狗吧。（笑）

順帶一提，所謂坦克、ＯＴ。魔獸代入一個很合理也很有趣的仇恨系統。玩過天二的人可能會比較清楚，肉盾上去挨打，挑釁怪物。但魔獸又更精緻些，攻擊和補血都有仇恨，但主坦（坦克）有許多製造高仇恨的招數。

這就變成了主坦和其他隊友的仇恨競賽。主坦要將仇恨飆高，而攻擊手要盡量控制自己的仇恨。若攻擊手控制不佳，或主坦製造仇恨的速度太慢，就會造成ＯＴ（over tank），怪物就會去找仇恨超越主坦的人。

希望這篇簡單的說明可以讓大家閱讀時減輕一些痛苦感。（同樣的，若您是魔獸玩家，可以完全跳過這段廢話不看）

之所以會寫這兩篇，只是當我漫遊在艾澤拉斯的世界時，不免會有所感，然後就想說說故事。

僅僅如此而已。

＊＊＊

此外，我想說明悸動的幾個梗，因爲那不是我的創意。

第一個是夜精戰的阻擾。這是戰士技能，但有回我看到一篇漫畫笑到脫力，戰士義薄雲天的阻擾，大喊，「要傷害她先過我這關！」然後牧師被撞到噴血……

我覺得超好笑的，但我真的想不起來是哪篇漫畫……當作是自己的創意太過分，一定要說明一下。

第二個是盜賊的偷箱學開鎖。這是大力大大畫的漫畫，「偷香」的點子極妙，所以我

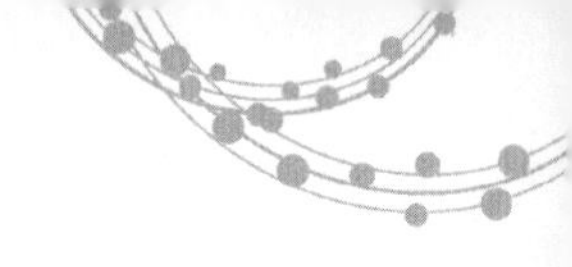

在文章裡借用了，這也不是我的創意。

請這兩位大大原諒我不告而取。

其實會寫「悸動」，主要是因爲我有點感慨。作爲人類就是很麻煩，會對「戀慕」這種事情有所需求。雖然已經衰老到半截入土，偶爾也會湧起這種寂寞。

有陣子我超喜歡綳帶人那個王子，沒事就去暴風之尖坐著發呆。

戀愛是一種奇妙的災難。但身爲人就是不能夠沒有這種奇妙的災難。總要有個歸依，有個想念的方向，才會覺得安穩。

有的人會談網戀，在遊戲互認公婆，雖然很可笑，但沒辦法，人類就是需要溫暖，哪怕是虛擬的也好。

在這片虛擬的蜉蝣之地悠遊，我常看到許多人的掙扎和矛盾。但那些年輕孩子的掙扎，讓人覺得可憐又可愛。

這篇故事也是身邊許多人模糊曖昧的心事，看著看著，總覺得不吐不快。

或許是一種溫柔的惆悵吧。

但是寫著寫著，卻越寫越長，真是始料非及。本來只打算寫到「悸動Ⅱ」，恩利斯以惡魔守衛的型態回來就好，但我被故事啃噬得很難過。

「悸動Ⅲ」應當要保留到北域開放寫才對，因爲所有資料片資料等於空白的狀況下，我根本不應該知道怎麼寫他們啓程的段落。

但戀愛之蜜的芳香不斷的飄散，恩利斯的染血盔甲又宛如在眼前，不斷的不斷的煩擾我。

萬般無奈，我只能發揮作者天賦：強化虎爛、模糊其詞專精。（遠目）

其實我去年年底卡在一個焦頭爛額的狀態，痛苦莫名。趕稿趕到寫寫跑去洗澡兼大哭發洩壓力，健康狀況又很差，差點我懷疑會不會突然掛點……

雖然無力，但我發洩壓力的另一個方法是寫悸動。（……死好）

現在稿子趕完了，原本想要緩著寫，一天一篇就好，但是今年年初我不知死活的跟去洗溫泉，結果回來不久就開始發燒頭痛，一大早就痛到醒過來，無法再睡。

痛到這種地步，只能寫作止痛。因為當你腦漿沸騰的時候，就感不到頭痛了。寫完很虛，但也很爽，非常爽。

雖然說我原本就設定好了大綱，但是臨到下筆，主角意志會突然冒出來，修改一些小的細節，似乎自己有生命。我也就順著他們的腳步，從東部王國到卡林多，見識到他們的冒險。

其實，我根本不知道他們要去塞拉摩，本來米港就要拆穿了。但因為神祕的召喚，他們去了塞拉摩。我也不懂去塵泥沼澤幹嘛，事到臨頭才知道，喔喔，原來塔貝薩要上場啊……（……）

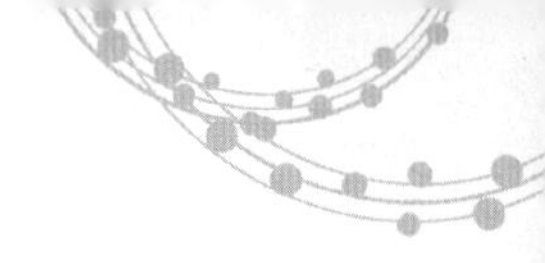

一切都是大宇宙神祕的意志。（茶）

此外，說明一些設定上的問題。

「爲什麼在黑暗神廟死去的聖騎（伊利丹勢力），會變成巫妖王手下的死騎？雙方勢力應該不同阿？」

我的設定和官方設定有很大的差異……（對不起Orz）

我的設定是這樣，當飽受折磨的魂魄被轉化成惡魔之後，都會到達相同的異世界。姑且稱爲惡魔界好了，術士喚名召喚僕從，就是這一界的惡魔。

不管是伊利丹要選賢與能，還是巫妖王要選拔人才，都得去相同的惡魔界尋找。這是大家共通的人才庫，抓得到什麼就看能力和運氣。

巫妖王特別在這邊精選了一批死後被轉生爲惡魔的聖騎士，事實上數量並不多，所以顯得很珍貴，但他要到很後面才發現他失蹤了一名士兵。

而這個士兵，則是被他人間的術士女朋友誤打誤撞拐走的。（茶）

至於BZ的死騎設定，我覺得短短的影片實在不能蓋棺論定，還是得等資料釋出，所以我大膽的「捏造」，無法完全忠於史實，完全是才能所限，抱歉抱歉。（是說，我設定這個幹嘛啊我～囧）

關於「緋・帖斯特」

其實這是我另一部小說「蓮華王」的某重要配角的名字。緋・帖斯特，別名狂花緋。她是個女武將，非常勇猛。有著冷冰冰的美貌，卻有著狂暴的戰意，敵國將兵看到她都會覺得恐懼，所以稱她為「狂花緋」。

但她又擅於撫琴，雅好詩詞，有非常纖細女性化的一面。

因為很喜歡這個名字和這個配角，所以在這裡套用了魔獸的設定，私自加上我自己的設定，誕生了這個溫柔的緋出來。

至於帖斯特府，其實有讀者知道了，就是「test」的音譯。這個看似惡搞的音譯，是為了紀念我當年混跡很久的椰林 test 版，不過這跟本文一點關係也沒有。

但為什麼會有這個故事呢？其實這是篇淡到有點無聊的小故事。只是我之前在練聖騎士，為了解飾品，花了幾天在那邊鬼混，天天在看繃帶人。看著看著，我就好奇起來，這些繃帶人有沒有性別之分？有沒有家庭？若沒有家庭，哪來的「王子」？若有，怎麼分性別？

其實繃帶人的個性很酷，行動也很有型。我不懂怎麼沒有這個種族可以選……

但是暴風雪給的資料真是少到可憐，說不得只好亂編一通，滿足一下我自己的好奇

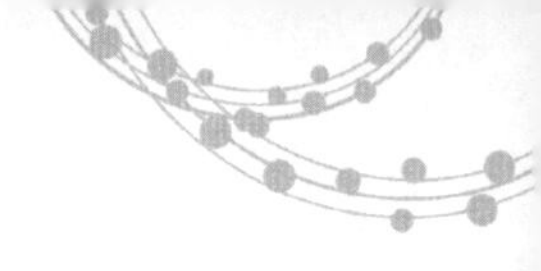

心。

這就是緋・帖斯特的創作由來。

關於「在遙遠的彼岸」

其實「彼岸」跟「魔戒」脫離不了關係。

我是個怪人，我不是只喜歡小說主角，甚至我會特別注意某些配角，譬如魔戒中的「印拉希爾王」。我迷他迷得不得了，最後甚至私自送了個德萊尼女戰士去給他，甚至還有了子嗣。

但關係也就這麼多而已。

當然，我一定要慎重的說明，「遙遠」篇是徹徹底底的稗官野史，已經徹底偏離魔獸正史達恆河沙的地步，請大家不要跟我計較當中的bug、若干致命錯誤……

其實書寫「彼岸」我擱了非常非常久，最重大的原因是麥爾康冒出來。這個和她同行，凸顯種族衝突的主角之一（我真的沒辦法把他當男的），有太多不合理性等待解決。雖然這是種無聊的堅持，但我還是希望能夠儘可能趨近於合理，所以我花了很多時間去設定語言問題，又剛好趕稿到一個段落，我就手癢的想要寫完。

但我忘記了，我把架構弄得太大，不可能兩天寫完的。其實「彼岸」篇真的要細寫，真的可以拉很長很長。但我對部落實在不夠了解，硬要去碰撞這個題材，實在力有未逮。

所以有很多錯誤、含糊其詞，模糊帶過。請原諒我小娘騎才玩到十五級，實在沒有時間精力。（淚）

其實寫魔獸同人，最大的痛苦不是情節和人物，乃是魔獸並沒有出版官方編年史。其實因爲我寫過架構非常龐大、雙線進行的小說，所以我也能夠同情魔獸官方的困窘。

但我在發現架構大到難以控制的時候，會筆記簡單的編年史，好讓自己不混亂，其實我現在最大的期望也是官方能夠發表簡單編年史，就算用黑暗之門開啓做紀元也行，不然在模糊的年代中跋涉取材，真的有瞎子摸象的痛苦。

當然，這只是魔獸同人作者的碎碎念。很高興我終於填完這個龐大的坑了！

（「彼岸」第一篇發表於2007/6/14，完結篇卻是2008/3/8……真的拖好久。）

其他還有許多未收錄的作品，限於篇幅和調性，只能暫時忍痛割愛。我不能將這本書弄成辭海，雖然加上插圖也夠當兵器了……（默）

直到我整理完畢的此時此刻，我還陷在渾渾噩噩的狀態，真的要出這本完全是遊戲之筆的同人小說嗎？

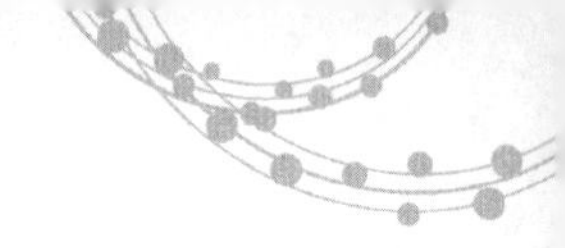

（編編，你不要點頭點得這麼快……）

懷著非常緊張的心情，我除了感謝 ptt 的 wow 版版友，也感謝被我拖下水的插畫家特莉亞。謝謝你們，不然這本書不會誕生。

同時，也向智凡迪致意，謝謝你們包容這本吃書吃得亂七八糟的同人小說，還取得美國官方的同意。

要感謝的人太多了，將一切的榮耀，都歸於源頭的暴風雪吧。

希望聖光永遠與你們同在，並受伊露恩永恆的眷顧。

請聽聽我虔誠的祈禱，並期待在艾澤拉斯與你們相逢。

蝴蝶 2008/5/3

專有名詞中英對照表

A'dal	阿達歐
Aesom	艾伊森
Aldor	奧多爾
Aldor Rise	奧多爾高地
Allerian Stronghold	艾蘭里堡壘
Alliance	聯盟
Arakkoa	阿拉卡
Area 52	52區
Archmage Alturus	大法師艾特羅斯
Archmage Tervosh	大法師特沃許
Arthas	阿薩斯
Auchindoun	奧齊頓
Auction House	拍賣場
Azeroth	艾澤拉斯
Azshara	艾薩拉

Blade's Edge Mountains 劍刃山脈
Bloodhoof 血蹄
Bloodmyst Isle 血謎島
Boros 波羅斯
Booty Bay 藏寶海灣
Broken 破碎者

Captain Saeed 瑟翼德上尉
Coilfang Reservoir 盤牙蓄湖
Commander Ameer 指揮官阿密爾
Corin's Crossing 考林路口
Cosmowrench 扭曲太空
Crystalforged Sword 晶鑄長劍

Darkshire 夜色鎮
Demolitionist Legoso 破壞者勒苟索
Defias 迪菲亞
Deviate Fish 變異魚
Dimensius 迪曼修斯

Disgusting Oozeling	噁心的軟泥怪
Draenor	德拉諾
Dustwallow Marsh	塵泥沼澤
Dwarven District	矮人區

Eastvale	東谷
Eastern Plaguelands	東瘟疫之地
Elekk	伊萊克，德萊尼豢養的騎乘象
Ethereum Staging Grounds	伊斯利恩軍事要塞

Fel Cannon	惡魔火砲
Firewing Point	火翼崗哨

Grom'gol Base Camp	格羅姆高營地
Gruul's Lair	戈魯爾之巢

Hearthglen	壁爐谷
Hearthstone	爐石
Hellfire Peninsula	地獄火半島
Hellfire Ramparts	地獄火壁壘
High King Maulgar	大君王莫卡爾
Highlord Bolvar Fordragon	伯瓦爾・弗塔根公爵 新譯為大領主伯瓦爾・弗塔根
Horde	部落
Honor Hold	榮譽堡

Illidan	伊利丹
Ironforge	鐵爐堡

Karazhan	卡拉贊
Kel'Thuzad	科爾蘇加德
Kuros	庫羅斯

Lady Jaina Proudmoore	珍娜　普勞德摩爾小姐
Lordaeron	羅德隆
Lower City	陰鬱城

Manaforge Ultris	法力熔爐奧崔斯
Mana-Tombs	法力墓地
Maraudon	瑪拉頓
Medivh	麥迪文
Menethil Harbor	米奈希爾港
Moonglade	月光林地
Mount Hyjal	海加爾山
Mudsprocket	泥鏈營地
Mulgore Spice Bread	莫高雷香料麵包

Netherstorm	虛空風暴
Nexus-King Salhadaar	奈薩斯王薩哈達爾
Nexus-Prince	奈薩斯王子
Nexus-Prince Haramad	奈薩斯王子哈拉瑪德
Northrend	北域

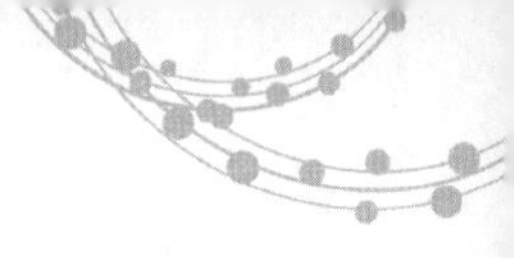

Old Ironjaw	老鐵顎
Old Town	舊城區
Outland	外域

Prince Kael'thas	凱爾薩斯王子
Prophet Velen	預言者費倫
Protectorate	護國者
Protectorate Disruptor	護國者干擾器
Protectorate Watch Post	護國者哨站

Quel'Thalas	奎爾薩拉斯

Ratchet	棘齒城

S

Savory Deviate Delight	美味風蛇 新版譯為美味變異點心
Scourge	天譴軍團
Sentinel Hill	哨兵嶺
Sethekk Halls	塞司克大廳
Shadow Council	暗影議會
Shadowmoon Valley	影月谷
Shattrath City	撒塔斯城
Sironas	賽羅娜斯
Silvermoon City	銀月城
Stranglethorn Vale	荊棘谷
Stormwind	暴風城
Stormwind Stockade	暴風城監獄
Subway	地鐵
Sunstrider Isle	逐日者之島
Swamp of Sorrows	悲傷沼澤

Tabetha	塔貝薩
Talon King Ikiss	鷹王伊奇斯
Telredor	泰倫多爾
Tempest Keep	風暴要塞

Terokkar Forest	泰洛卡森林
Theramore	塞拉摩
The All-Devouring	吞盡者，迪曼修斯的稱號
The Barrens	貧瘠之地
The Black Morass	黑色沼澤
The Black Temple	黑暗神廟
The Blood Furnace	血熔爐
The Burning Legion	燃燒軍團
The Caverns of Time	時光之穴
The Consortium	聯合團
The Dark Portal	黑暗之門
The Deadmines	死亡礦坑
The Ethereum	伊斯利恩
The Exodar	艾克索達
The High Elves	高等精靈
The Lich King	巫妖王
The Lightwarden	護光者
The Marris Stead	瑪瑞斯農場
The Mechanar	麥克那爾
The Naaru	那魯
The Scryers	占卜者
The Shadow Labyrinth	暗影迷宮
The Sha'tar	薩塔
The Slave Pens	奴隸監獄
The Stormspire	風暴之尖
The Slaughtered Lamb	已宰的羔羊

The Sunwell	太陽之井
The Tomb of Lights	聖光之墓
The Underbog	深幽泥沼
The Vector Coil	旋繞導航器，舊譯航線纏繞
The Violet Eye	紫羅蘭之眼
The Well of Eternity	永恆之井
Thrall	索爾
Thrallmar	索爾瑪
Thunder Bluff	雷霆崖
Tinker Town	地精區

Undercity	幽暗城

Valley of Heroes	英雄谷
Vindicator	復仇者
Vindicator's Rest	復仇者之陵
Voidlord	虛無領主
Void Conduit	虛無導線
Voidwind Plateau	裂風高原

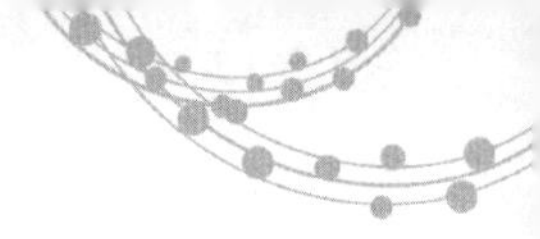

Wailing Caverns	哀嚎洞穴
Western Plaguelands	西瘟疫之地
Westfall	西部荒野
World's End Tavern	世界盡頭小酒館

Zangarmarsh	贊格沼澤

國家圖書館出版品預行編目資料

光與闇的邂逅：蝴蝶的魔獸故事集 / 蝴蝶著.
-- 初版. -- 臺北縣板橋市：雅書堂文化, 2008.08
面； 公分. -- (蝴蝶館；19)
ISBN 978-986-6648-25-0(平裝)

857.83　　　　97013460

蝴蝶館 19

光與闇的邂逅：蝴蝶的魔獸故事集

作　　者／蝴　蝶
發 行 人／詹慶和
總 編 輯／蔡麗玲
副總編輯／劉信宏
執行編輯／莊麗娜
編　　輯／方嘉鈴
特約編輯／黃子千
行銷企劃／許伯藝
封面設計／斐類設計
排　　版／愛　倫
繪　　圖／特莉亞

出版者／雅書堂文化事業有限公司
郵政劃撥帳號／18225950
戶名／雅書堂文化事業有限公司
地址／台北縣板橋市板新路206號3樓
電子信箱／elegant.books@msa.hinet.net
電話／(02)8952-4078
傳真／(02)8952-4084

2008年8月初版一刷　定價299元

總經銷／朝日文化事業有限公司
進退貨地址／台北縣中和市橋安街15巷1樓7樓
電話／（02）2249-7714　傳真／（02）2249-8715
星馬地區總代理：諾文文化事業私人有限公司
新加坡／Novum Organum Publishing House (Pte) Ltd.
20 Old Toh Tuck Road, Singapore 597655.
TEL：65-6462-6141　FAX：65-6469-4043
馬來西亞／Novum Organum Publishing House (M) Sdn. Bhd.
No. 8, Jalan 7/118B, Desa Tun Razak, 56000 Kuala Lumpur, Malaysia
TEL：603-9179-6333　FAX：603-9179-6060